STAR WARS™

Skywalkers Rückkehr

Alan Dean Foster

Das Star-Wars-Universum im Blanvalet Verlag:

Terry Brooks: STAR WARS. Episode I – Die dunkle Bedrohung (35243)

George Lucas: STAR WARS. Krieg der Sterne (35248) • Donald F. Glut: STAR WARS. Das Imperium schlägt zurück (35249) • James Kahn: STAR WARS. Die Rückkehr der Jedi-Ritter (35250)

Timothy Zahn: STAR WARS. Erben des Imperiums (35251) • Timothy Zahn: STAR WARS. Die dunkle Seite der Macht (35252) • Timothy Zahn: STAR WARS. Das letzte Kommando (35253)

Alan Dean Foster: STAR WARS. Skywalkers Rückkehr (25009)

Kevin J. Anderson (Hrsg.): STAR WARS. Sturm über Tatooine (24927) • Kevin J. Anderson (Hrsg.): STAR WARS. Palast der dunklen Sonnen (24928) • Kevin J. Anderson (Hrsg.): STAR WARS. Kopfgeld auf Han Solo (25008)

Brian Daley: STAR WARS. Han Solos Abenteuer. Drei Romane in einem Band (23658)

L. Neil Smith: STAR WARS. Lando Calrissian – Rebell des Sonnensystems. Drei Romane in einem Band (23684)

Michael Stackpole: STAR WARS. X-Wing – Angriff auf Coruscant (24929) • Michael Stackpole: STAR WARS. X-Wing – Die Mission der Rebellen (24766) • Michael Stackpole: STAR WARS. X-Wing – Die teuflische Falle (24801) • Michael Stackpole: STAR WARS. X-Wing – Bacta-Piraten (24819) • Aaron Allston: STAR WARS. X-Wing – Die Gespensterstaffel (35128) • Aaron Allston: STAR WARS. X-Wing – Operation Eiserne Faust (35142)

Kevin J. Anderson & Rebecca Moesta: STAR WARS. Young Jedi Knights 1: Die Hüter der Macht (24873) • Kevin J. Anderson & Rebecca Moesta: STAR WARS. Young Jedi Knights 2: Akademie der Verdammten (24874) • Kevin J. Anderson & Rebecca Moesta: STAR WARS. Young Jedi Knights 3: Die Verlorenen (24875) • Kevin J. Anderson & Rebecca Moesta: STAR WARS. Young Jedi Knights 4: Lichtschwerter (24876) • Kevin J. Anderson & Rebecca Moesta: STAR WARS. Young Jedi Knights 5: Die Rückkehr des Dunklen Ritters (24877) • Kevin J. Anderson & Rebecca Moesta: STAR WARS. Young Jedi Knights 6: Angriff auf Yavin 4 (24878)

Weitere Bände sind in Vorbereitung.

STAR WARS™

Skywalkers Rückkehr

Alan Dean Foster

Roman

Deutsch von
Tony Westermayr

BLANVALET

Die Originalausgabe erschien unter dem Titel
Star Wars: Splinter of the Mind's Eye
bei Ballantine Books, New York

Umwelthinweis:
Alle bedruckten Materialien dieses Taschenbuches
sind chlorfrei und umweltschonend.
Das Papier enthält Recycling-Anteile.

Blanvalet Taschenbücher erscheinen im Goldmann Verlag,
einem Unternehmen der Verlagsgruppe Bertelsmann GmbH.

Deutsche Taschenbuchausgabe 12/96

Eine frühere Ausgabe unter dem Titel „Die neuen Abenteuer des Luke
Skywalker“ wurde für diese Ausgabe von Gerd Rottenecker überarbeitet.
Lizenzausgabe mit freundlicher Genehmigung der Copyright Promotions
GmbH, Ismaning
Umschlaggestaltung: Design Team München
Umschlagillustration: © 1994, 1999 by Lucasfilm Ltd. & ™
Satz: deutsch-türkischer fotosatz, Berlin
Druck: Elsnerdruck, Berlin
Verlagsnummer: 25009
Redaktion: Gerd Rottenecker
V. B. • Herstellung: Sabine Schröder
Printed in Germany
ISBN 3-442-25009-9

5 7 9 10 8 6 4

1

Wie herrlich ist das Universum, dachte Luke. Wie wundersam fließend, prunkvoll und leuchtend wie die Robe einer Königin. Eisschwarz rein in seiner Leere und Einsamkeit, so unähnlich dem kunterbunten Wirrwarr rotierender Stäubchen, die die Menschen ihre Welten nannten, wo die Menschen-Bakterien gediehen und sich vermehrten und einander niedermetzelten. Und alles nur, damit einer behaupten konnte, er stehe ein wenig höher als seinesgleichen.

In Augenblicken der Bedrückung spürte er die Überzeugung, daß es auf keiner dieser Welten wahrhaft glücklich lebende Materie geben konnte. Nur ein Übermaß an zerstörerischen menschlichen Seuchen, die unaufhörlich gegeneinander kämpften und tobten, eine Folge krebsartiger Zivilisationen, die sich von ihrer eigenen Masse ernähren, nie geheilt werden, aber aus irgendeinem Grund auch nie ganz dem Tod anheimfallen.

Eine besonders giftige Art eines solchen Krebsgeschwürs hatte seine eigenen Eltern getötet, danach noch Tante Beru und Onkel Owen. Und sie hatte ihm den Mann genommen, den er mehr als jeden anderen zu achten gelernt hatte, den alten Jedi-Ritter Ben Kenobi.

Obwohl er selbst gesehen hatte, wie Kenobi auf dem jetzt vernichteten Todesstern vom Lichtschwert Darth Vaders getroffen worden war, gab es keine Gewißheit, daß der alte Jedi auch wirklich tot war. Vaders Säbel hatte zuletzt nur leere Luft hinterlassen. Daß Ben Kenobi diese Daseinsebene verlassen hatte, war unbestreitbar. Aber niemand konnte sagen, auf welche Ebene des Seins er übergetreten war. Vielleicht Tod und …

Vielleicht auch nicht.

Manchmal hatte Luke eine angenehm kribblige Empfindung, so, als stehe jemand hinter ihm. Diese unsichtbare Anwesenheit schien manchmal für ihn Arme und Beine zu bewegen oder Vorschläge und Gedanken zu liefern, wenn sein eigenes Gehirn hilflos und leer war. Leer wie das des ehemaligen Farmerjungen von der Wüstenwelt Tatooine.

Unsichtbare Geister hin oder her, wenn es etwas gab, dessen er sicher war, dachte Luke grimmig, dann, daß der unreife Junge, der er gewesen, tot und verweht war wie Staub. In der Rebellen-Allianz der Welten, die sich gegen die verbrecherische Herrschaft des Imperiums wehrten, hatte er keinen offiziellen Titel, aber niemand machte sich über ihn lustig oder nannte ihn einen Bauernjungen – nicht, seitdem er mitgeholfen hatte, die von Moff Tarkin und Darth Vader, dem Schwarzen Lord, gebaute protzige Kampfstation zu zerstören.

Luke hatte keine Erfahrung mit Titeln, konnte mit ihnen also auch nichts anfangen. Als die Rebellenführer ihm jede Belohnung boten, die sie gewähren konnten, hatte er nur gebeten, weiterhin im Dienst der Allianz einen Raumjäger steuern zu dürfen. Manche empfanden diese Bitte als unangemessen bescheiden, aber ein weitsichtiger General vertrat die Meinung, daß Luke ohne Titel oder Rang für die Rebellion von größerem Wert sei, denn große Auszeichnungen würden den jungen Mann zu einem Hauptziel für imperiale Attentatsversuche machen. So blieb Luke der Pilot, der er immer hatte sein wollen, vervollkommnete sein fliegerisches Können und rang unaufhörlich mit der Macht, die im Ansatz zu begreifen Ben Kenobi ihm ermöglicht hatte.

Jetzt war aber nicht die Zeit zum Meditieren, ermahnte er sich, während er die Instrumente seines X-Flüglers überflog. Ein Blick nach vorn zeigte die grell pulsierende Sonnenkugel von Circarpous Major; ihr schrecklich blendendes Leuchten wurde durch das phototrope Material der durchsichtigen Kanzel auf ein erträgliches Maß reduziert.

»Dahinten alles in Ordnung, Erzwo?« rief er ins Mikrofon. Ein fröhliches Piepen des Roboters, der hinter dem Cockpit eingerastet war, versicherte Luke, daß das der Fall war.

Ihr Ziel war der vierte Planet dieses Sterns. Wie so viele andere waren auch die Circarpousier entsetzt über die Greuel, die das Imperium auf dem Gewissen hatte, aber von Angst zu sehr gelähmt, um sich der Rebellen-Allianz offen anzuschließen. Im Lauf der Jahre war auf Circarpous eine überaus aktive Untergrundbewegung entstanden, die nur genug Hilfe und Ermutigung von seiten der Allianz brauchte, um sich zu erheben und ihre Welt der Sache der Freiheit zuzuführen.

Luke und die Prinzessin rasten von der winzigen, versteckten Rebellenstation auf dem äußersten Planeten des Systems zu einer entscheidenden Besprechung mit den Führern der Untergrundbewegung, um das notwendige Versprechen voller Unterstützung zu überbringen. Er warf einen Blick auf seinen Konsolen-Chronometer. Sie würden rechtzeitig zur Stelle sein, um die überaus nervösen Untergrundchefs zu beruhigen.

Als er sich ein wenig vorbeugte und nach Steuerbord blickte, konnte er den eleganten Y-Flügler bewundern, der neben ihm flog. Zwei Gestalten saßen im Cockpit, Silhouetten im Licht der Instrumente. Eine davon war die schimmernd-goldene Gestalt von Dreipeo, dem Dolmetscher-Droiden.

Die andere ... sooft er sie ansah, ließ sie andere Gefühle in ihm aufbrodeln wie Suppe, die zu lange auf dem Feuer steht, gleichgültig, ob sie, wie jetzt, durch das Beinahe-Vakuum von ihm getrennt war oder nur durch Armlänge in einem Konferenzraum. Wegen ihr, wegen Prinzessin und Senatorin Leia Organa, hatte Luke sich der Rebellion überhaupt angeschlossen. Zuerst ihr Bild und dann ihre Person hatten die unwiderrufliche Verwandlung vom Farmerjungen zum Kampfpiloten bewirkt. Nun waren sie beide die offiziellen Abgesandten des leitenden Rates der Rebellen-Allianz zum unentschlossenen Untergrund auf Circarpous.

Ihr einen so gefährlichen Auftrag zu erteilen, war, so hatte Luke von Anfang an gedacht, ein Risiko. Aber ein zweites Planetensystem stand im Begriff, sich der Allianz anzuschließen, *wenn* bekanntgegeben werden konnte, daß auch Circarpous beigetreten war. Gleichzeitig würde, wenn dieses zweite System erklärte, sich gegen das Imperium zu stellen, auch der Untergrund auf Circarpous sich der Rebellion anschließen. So wartete nicht nur eines, sondern zwei Systeme den Ausgang dieses Unternehmens ab. Und wenn es mißlang, da war sich Luke sicher, würden beide Systeme wahrscheinlich den Mut verlieren und ihre dringend notwendige Hilfe verweigern. Sie *mußten* Erfolg haben.

Für Luke gab es, während er lautlos die Fluglage des Raumjägers um einen Viertelgrad der Ebene der Solarekliptik anpaßte, keinen Zweifel daran, wie ihr Unternehmen ausgehen würde. Er konnte sich niemanden vorstellen, der von Prinzessin Leia nicht zu überreden gewesen wäre. *Ihn* vermochte sie von allem zu überzeugen. Luke genoß die Augenblicke, in denen sie Rang und Titel vergaß. Er träumte von einer Zeit, in der sie überhaupt nicht mehr an sie denken mochte.

Ein Pfeifton hinter Luke weckte ihn aus seinen Tagträumen und wischte das Lächeln von seinem Gesicht. Sie standen im Begriff, nah an Circarpous V vorbeizufliegen, und Erzwo machte ihn darauf aufmerksam. Der Planet, eine riesige, wolkenumhüllte Kugel, war in Lukes Datenspeicher als zum größten Teil unerforscht registriert, mit der einzigen Ausnahme einer frühen Erkundungsexpedition des Imperiums. Laut Auskunft des Computers kannten die Circarpousier den Planeten auch unter dem Namen Mimban, und ... Sein Sprechgerät machte sich mit einem Summton bemerkbar.

»Ich empfange Sie, Prinzessin.«

Ihre Antwort klang gereizt.

»Mein Backbordantrieb fängt an, unregelmäßige Strahlenimpulse abzugeben.«

»Ist es schlimm?« fragte er und runzelte sorgenvoll die Stirn.

»Schlimm genug, Luke.« Ihre Stimme klang gepreßt. »Ich verliere schon die Kontrolle, und die Unregelmäßigkeit nimmt weiter zu. Ich glaube nicht, daß ich werde ausgleichen können. Wir werden den ersten Stützpunkt auf Mimban ansteuern und den Schaden beheben lassen müssen.«

Luke zögerte kurz, bevor er antwortete.

»Sie schaffen es auf keinen Fall bis Circarpous IV?«

»Ich glaube nicht, Luke. Ich könnte es vielleicht fast bis zur Umlaufbahn schaffen, aber dann müßten wir uns an amtliche Reparatursysteme wenden und könnten nicht landen wie geplant. Wir würden das Treffen versäumen, und wir *dürfen* es nicht versäumen! Es werden Widerstandsgruppen aus dem ganzen System Circarpous da sein. Wenn ich nicht erscheine, gibt es eine Panik. Es wird ungeheuer schwer sein, sie wieder zum Auftauchen zu bewegen. Und die Welten von Circarpous sind für die Rebellion lebenswichtig, Luke!«

»Ich glaube trotzdem –«, begann er.

»Zwingen Sie mich nicht dazu, einen Befehl daraus zu machen, Luke!«

Er biß sich auf die Zunge und begann eilig, den Computer zu füttern. »Nach meinen Informationen gibt es auf Mimban keine Instandsetzungsstation, Leia. Es könnte sogar sein, daß Mimban nicht einmal eine Notstation hat«, fügte er mit einem Blick auf die dunstige, grün-weiße Kugel seitlich unter ihm hinzu.

»Das spielt keine Rolle, Luke. Ich muß um jeden Preis zur Konferenz, und ich lande, solange ich noch steuern kann. In einem so belebten System wie diesem wird sicher jede Welt mit atembarer Atmosphäre mit Anlagen für Notreparaturen ausgerüstet sein. Ihre Daten müssen veraltet sein, oder Sie haben die falschen abgefragt.« Nach einer Pause fuhr sie fort: »Das können Sie feststellen, wenn Sie Ihren Monitor auf Kanal vier-sechs-eins schalten.«

Luke drehte an den Knöpfen. Augenblicklich war die kleine Kabine von einem schrillen Heulton erfüllt.

»Kommt Ihnen das bekannt vor?« fragte sie.

»Das ist ein Peilfunkfeuer, richtig«, erwiderte er verwirrt. Mehrere zusätzliche Anfragen ergaben aber keinen Hinweis auf eine Station auf Mimban. »Aber es ist nichts registriert, weder in unseren Speichern noch in denen des Imperiums. Wenn wir ...« Er verstummte, als am Raumjäger der Prinzessin eine leuchtende Gaswolke aufblühte, sich grell ausdehnte und verschwand. »Leia! *Prinzessin Leia*!«

Das kleine Raumschiff kurvte bereits davon.

»Das Backbordsteuertriebwerk ist ganz ausgefallen, Luke. Ich muß hinunter!«

Luke beeilte sich, ihrem Kurs zu folgen.

»Ich bestreite ja nicht, daß es das Funkfeuer gibt. Vielleicht haben wir Glück! Versuchen Sie auf Steuerbord umzuschalten.«

»Ich tue, was ich kann.« Nach einer kurzen Pause: »Hör auf herumzuwackeln, Dreipeo, und paß auf deine Füße auf!«

Ein reumütiges, metallisches: »Verzeihung, Prinzessin« ihres Cockpitgenossen, des goldglänzenden Droiden Dreipeo, war die Antwort. »Aber wenn Master Luke nun recht hat und es unten keine Station gibt? Wir sitzen vielleicht für immer auf dieser leeren Welt, ohne Gesellschaft, ohne Wissensspeicher, ohne ... ohne *Schmierstoffe*!«

»Du hast doch das Funkfeuer gehört, oder?« Luke sah eine kleine Explosion, worauf der Y-Flügler in viel steilerem Winkel zur Oberfläche hinabraste. Eine Zeitlang hörte er auf seine verzweifelten Rufe nur ein Rauschen. Dann verschwand die Störung.

»Das war knapp, Luke! Ich habe mein oberes Steuerbordtriebwerk ganz verloren! Ich habe den oberen Backbordantrieb um neunzig Prozent gedrosselt, um die Lenksysteme auszubalancieren.«

»Ich weiß. Ich habe die Beschleunigung weggenommen, um auf gleicher Höhe zu bleiben.«

In der winzigen Kabine des Y-Flüglers seufzte Dreipeo und stemmte sich fester an den Wänden ein.

»Versuchen Sie, sanft aufzusetzen, Prinzessin, bitte. Bruchlandungen wirken sich auf meine Innenstabilisatoren schrecklich aus!«

»Auf meine auch«, fauchte die Prinzessin, die Lippen zusammengepreßt, während sie mit der trägen Steuerung rang. »Außerdem hast du keinen Grund zur Besorgnis. Droiden werden nicht raumkrank.«

Dreipeo hätte widersprechen können, blieb aber stumm, als der Y-Flügler ein Rolle abwärts vollführte, bei der sich einem der Magen hätte umdrehen können. Luke mußte schnell reagieren, um mitzukommen. Es gab nur ein winziges positives Zeichen: Das Funkfeuersignal war keine Einbildung – es war wirklich da und piepte regelmäßig, als er an den Knöpfen drehte. Vielleicht hatte Leia recht.

Aber Zuversicht empfand er immer noch nicht.

»Erzwo, gib mir Bescheid, wenn du unterwegs etwas Ungewöhnliches entdeckst. Laß alle Sensoren in Betrieb.«

Ein beruhigendes Pfeifen erfüllte die Kabine.

Sie waren in zweihundert Kilometer Höhe und weiter im Sinkflug, als Luke zusammenzuckte: Irgend etwas bedrängte sein Inneres – eine Regung der Macht. Er versuchte, sich zu entspannen, die Macht eindringen und durch sein ganzes Ich strömen zu lassen, wie der alte Ben es ihn gelehrt hatte.

Seine Empfindsamkeit dafür war bei weitem nicht voll entwickelt, und er bezweifelte ernsthaft, daß er je auch nur die Hälfte der Beherrschung der Macht erlangen würde, die Kenobi besessen hatte ... obschon der alte Mann großes Vertrauen in Lukes Möglichkeiten bekundet hatte. Immerhin, er verstand genug, um das schwache Prickeln richtig einzustufen. Es entzündete in ihm ein nahezu greifbares Gefühl des Unbehagens, und es kam von einer Quelle (oder mehreren Quellen) auf der Oberfläche des Planeten. Trotzdem hatte er keine Gewißheit. Nicht, daß er jetzt noch etwas dagegen hätte tun können. Die einzige Sorge im Augenblick galt Prinzessin Leia und der Frage, ob sie sicher aufzusetzen vermochte.

Aber je früher sie Mimban verließen, desto wohler würde er sich fühlen.

Die Prinzessin nahm sich trotz ihrer Probleme die Zeit, ihm Koordinaten zu übermitteln – so als wäre er nicht selbst in der Lage gewesen, den Kurs zu berechnen. Nun versuchte er, etwas auszumachen, das er unter sich entdeckt hatte, als sie in die oberen Schichten der Atmosphäre eindrangen. Etwas Merkwürdiges hier in den Wolken ... er konnte es einfach nicht genau feststellen.

Er teilte der Prinzessin seine neue Sorge mit.

»Luke, Sie grübeln zuviel. Sie grübeln sich noch zu Tode. Und das wäre schade um ...«

Er kam nie dahinter, worum es schade gewesen wäre, weil sie in diesem Augenblick in die Troposphäre eintraten und die Reaktion der Luft auf die Schiffe alles andere als normal war.

Es schien, als wären sie plötzlich aus einem wolkenreichen, aber normal aussehenden Himmel in ein Meer flüssiger Elektrizität gestürzt. Gigantische, vielfarbige Energieblitze zuckten aus der leeren Luft, trafen die Rümpfe der beiden Schiffe und entfachten ein Chaos in den Instrumenten. Statt des blauen oder gelblich getönten Gewölbes, durch das zu fliegen sie erwartet hatten, war die Atmosphäre ringsum von bizarren wilden Energien durchzogen. Erzwo piepte nervös hinter Lukes Sitz.

Luke kämpfte mit seinen eigenen Instrumenten. Sie überschwemmten ihn mit einem Wirrwarr von elektronischem Unsinn. Der wild schwankende Raumjäger befand sich im Griff unergründeter Kräfte, die ihn wie Spielzeug umherschleuderten. Dann blieb der chromatische Sturm hinter ihm zurück, als sei er plötzlich einer Wasserhose entronnen, aber seine Steuerung verriet weiterhin, was mutmaßlich dauerhafte Erscheinungen elektronischen Wirrwarrs waren.

Eine schnelle Überprüfung bestätigte, was er am meisten gefürchtet hatte: Der Raumjäger der Prinzessin war nirgends zu sehen. Luke versuchte mit einer Hand sein torkelndes Schiff zu bändigen, während er mit der anderen den Kommunikator betätigte.

»Leia! Leia, sind Sie ...?«

»Keine ... Kontrolle, Luke«, kam die von Störungen zerhackte Antwort. Er konnte die Worte kaum verstehen. »Instrumente ... wappgezuck. Ich versuche, noch ... ganz ... hinunterzukommen. Wenn wir ...«

Fort, so sehr er sich auch bemühte, noch etwas aus dem Gerät herauszuquetschen. Seine Aufmerksamkeit wurde abgelenkt, als über ihm etwas explodierte. Ein Regen von Funken und Metallsplittern sprühte durch die Kabine, dann breitete sich beißender Rauch aus.

Luke schaltete die Peilanlage des Raumjägers ein, gedrängt von einem verzweifelten Gedanken. Die Anlage gehörte zum Waffensystem des kleinen Raumschiffs und war einer der am sorgfältigsten gebauten und gesicherten Bestandteile. Trotzdem war sie durch die Heftigkeit der seltsamen Verzerrungsenergien überbeansprucht worden, Energien, mit deren Einwirken die Konstrukteure nie gerechnet hatten.

Aber sie verfügte doch noch über eine intakte automatische Aufzeichnung, die abgespielt werden konnte. Mehrere Augenblicke lang zeigte sie die Sturzspirale, die nur vom Schiff der Prinzessin stammen konnte. Luke lenkte den X-Flügler auf einem Verfolgungskurs hinab, so gut das ohne Automatik ging. Es bestand wenig bis keine Aussicht, den Kurs der Prinzessin genau zu verfolgen. Er betete darum, daß sie nicht gerade auf zwei verschiedenen Halbkugeln des Planeten landen würden. Er betete schließlich nur noch darum, daß sie überhaupt landen konnten.

Der Raumjäger stürzte weiter hinab und ruckte ein wenig zur Seite wie ein lahmes Kamel in einem Sandsturm. Als Luke die üppige Vegetation von Mimban entgegenfegte, sah er zuckende, vorbeirasende, sich drehende berglose, grüne Flächen, durchzogen von Venen und Arterien in schmutzigbrauner und blauer Farbe.

Obwohl er von der Topographie Mimbans nicht das Geringste wußte, schienen das Grün und Blaubraun der Flüsse und der Vegetation als Landeplätze doch unendlich besser als etwa das endlose Tiefblau des offenen Meeres oder die grauen Zacken junger Berge. Kein Gestein ist so weich wie Wasser, kein Wasser so weich wie Sumpf, dachte er, bemüht, sich aufzumuntern. Er fing an zu glauben, daß er die Landung doch überleben mochte, ebenso die Prinzessin.

Verzweifelt bemühte er sich, eine Schaltkombination zu finden, mit der die Peilanlage wieder funktionieren mochte. Einmal gelang es ihm teilweise. Der Bildschirm zeigte den Y-Flügler noch immer auf dem Kurs, den er gerade berechnet hatte. Die Aussicht, in der Nähe ihres Schiffes aufzusetzen, schien sich zu bessern.

Obwohl der Sturzflug des Raumjägers seine ganze Aufmerksamkeit beanspruchte, kam er nicht umhin, über die Energieverzerrungen nachzudenken, die die Instrumentenanzeigen in ein Chaos gestürzt hatten. Die Tatsache, daß der regenbogenfarbene Mahlstrom auf ein bestimmtes Gebiet beschränkt war – ein Gebiet ganz in der Nähe des Peilfunkfeuers –, warf Fragen auf, die so interessant wie beunruhigend waren.

Luke versuchte, die Auswirkungen seiner toll gewordenen Steuerung möglichst gering zu halten, schaltete den Antrieb ab und flog weiter hinab. Zu Hause auf Tatooine hatte er auf Spazierflügen mit seinem ›Himmelshüpfer‹ genug Übung gehabt, aber es war ein großer Unterschied, praktisch das gleiche in einem so komplizierten Fluggerät wie seinem Raumjäger zu tun. Er wußte nicht, ob die Prinzessin auf denselben Gedanken kommen würde oder ob sie Erfahrung mit antriebslosem Flug besaß. Luke kaute sorgenvoll an seiner Unterlippe, denn er wußte, daß auch dann, wenn sie es mit Segelflug versuchte, sein Jäger für solche Manöver viel besser geeignet war als ihr Y-Flügler.

Wenn er sie wenigstens hätte sehen können, er hätte sich gleich wohler gefühlt; aber so sehr er seine Augen auch anstrengte, er entdeckte keine Spur von ihr. Er wußte, daß bald jede Möglichkeit für einen Sichtkontakt verschwunden sein würde. Sein Schiff stürzte unbekümmert in einen Riesenballon wie schmutzig-graue Baumwolle wirkender dichter Gewitterwolken.

Mehrere weitverzweigte Blitze zischten durch die Luft, nur waren es diesmal natürliche. Luke befand sich aber inzwischen schon tief in den Wolken und konnte nichts sehen. Ein Gefühl der Panik packte ihn. Wenn die Sicht bis hinab zur Oberfläche so blieb, würde er den Boden ein bißchen zu spät entdecken – und auf harte Weise. Während er überlegte, ob er auf Automatik zurückschalten sollte, brach er durch die unterste Wolkenschicht. Es regnete heftig, aber er konnte das Gelände unter sich erkennen. Die Zeit raste dahin, während er immer schneller an Höhe verlor. Er besaß von beidem kaum genug, um den Knüppel der Atmosphärensteuerung zurückzureißen, bevor der Raumjäger von unten gerammt wurde. Schon folgte eine Reihe gleichartiger Stöße, als er die Wipfel der höchsten Bäume abrasierte.

Lukes Blick löste sich nicht vom Geschwindigkeitsanzeiger, während er die Bremstriebwerke zündete und den Bug der Maschine ganz sanft nach unten drückte. Wenigstens würde ihm die Sorge erspart bleiben, die Vegetation rund um den Landeplatz könnte in Brand geraten. Hier troff alles vor Nässe.

Noch einmal aktivierte er die Bremstriebwerke. Eine Reihe heftiger Stöße und Sprünge schüttelte ihn trotz seiner Gurte. Eine grüne Welle brach sich vor ihm und riß ihn in die Dunkelheit ...

Er blinzelte. Vor ihm umrahmte die geborstene Frontscheibe des Raumjägers mit kristallener Geometrie den Dschungel. Alles war still. Als er sich vorzubeugen versuchte, rann Wasser über sein Gesicht. Das half ihm, klarer zu denken und den Blick zu schärfen. Selbst der Regen fiel bedachtsam, sann er, das hieß, wenn es wirklich leichter Regen war und nicht außerordentlich dichter Nebel.

Luke verrenkte den Hals und entdeckte, daß die Metalldecke über ihm wie von einem Riesen-Büchsenöffner aufgeschnitten und zurückgerollt worden war – von dem dicken, jetzt abgerissenen Ast eines gewaltigen Baumes. Wäre der Raumjäger durch Zufall dort noch ein wenig höher gewesen, hätte es Luke ebenso säuberlich den Schädel abgetrennt – eine leichte Neigung nach Backbord, und er wäre an dem breiten Stamm des Baumes zerquetscht worden. Er war der Enthauptung wie dem tödlichen Aufprall nur um jeweils einen Meter knapp entgangen.

Wasser tropfte unaufhörlich vom Holz in das geborstene, aufgerissene Cockpit. Luke entdeckte plötzlich, daß er völlig ausgetrocknet war, und öffnete den Mund, um mit dem Wasser seinen Durst zu stillen. Er bemerkte einen schwachen Salzgeschmack, der nicht richtig zu sein schien. Das Regen- (oder Nebel-) Wasser sah klar und sauber aus. Es war es auch. Er merkte gleich, daß der Salzgeschmack von dem Blut stammte, das aus einer Schnittwunde auf seiner Stirn rann. Es lief am linken Nasenflügel herab auf seine Lippen.

Luke löste den G-Verschluß und schlüpfte aus dem Gurtnetz. Selbst wenn er sich langsam und vorsichtig bewegte, kam es ihm vor, als sei jeder einzelne Muskel in seinem Körper an beiden Enden gepackt und bis fast zum Zerreißen gespannt worden. Er ignorierte die Schmerzen, so gut es ging, und nahm eine Bestandsaufnahme seiner Umgebung vor.

Mit den vom elektrischen Sturm erzeugten Verzerrungen und den prosaischeren Folgen der Bruchlandung waren seine Instrumente reif für den Schrotthändler geworden. Diesen

Raumjäger würde niemand mehr steuern. Er drehte sich nach links und betätigte den Ausstieg, war aber nicht erstaunt, als der Schalter nicht funktionierte. Nachdem er den Doppelschalter am Handauslöser betätigt hatte, drückte er auf die Nottaste. Zwei von den Sprengbolzen explodierten. Der Ausstieg öffnete sich ein paar Zentimeter, dann klemmte er.

Luke preßte sich in den Pilotensitz, stemmte sich mit beiden Händen ab und trat mit den Füßen zu. Das erbrachte nichts als einen durch beide Beine zuckenden Schmerz. Es blieb nur noch der Normalausstieg, wenn dieser nicht zu stark klemmte. Er griff mit beiden Händen hinauf und stieß den Auslöser hinein, dann drückte er dagegen. Nichts. Er richtete sich keuchend auf und überlegte, was er noch tun könnte.

Das Kanzeldach begann sich von selbst zu heben.

Luke wand sich verzweifelt und suchte seine Pistole. Ein fragender Pfeifton beruhigte ihn.

»Erzwo Dezwo!«

Ein runder Metallhelm beugte sich zu ihm herunter, und das einzelne rote Elektronenauge betrachtete ihn sorgenvoll.

»Ja, alles in Ordnung ... glaube ich.«

Luke benutzte das Mittelbein von Erzwo als Hebel und zog sich hinauf und hinaus. Er stand auf und sah sich auf dem abgestürzten Raumjäger um. Er lehnte sich mit dem Rücken an die Wölbung des riesigen herabhängenden Astes.

Er hörte ein klagendes Pfeifhupen und schaute hinunter zu Erzwo, der fest am Metallrumpf des Jägers hing.

»Ich weiß nicht, was du sagst, wenn Dreipeo als Dolmetscher fehlt, Erzwo. Aber ich kann es mir denken.« Er richtete den Blick nach draußen. »Ich weiß nicht, wo er und die Prinzessin sind. Ich weiß nicht einmal genau, wo *wir* sind.«

Langsam ließ er den Blick über die Oberfläche von Mimban gleiten. Ringsum wucherte dichte Vegetation, aber sie ballte sich überall zu großen Klumpen zusammen, statt einen normalen, sich in alle Richtungen gleichmäßig erstreckenden

Dschungel zu bilden. Es gab genug freien Raum. Mimban oder zumindest die Gegend, wo er heruntergekommen war, bestand zum Teil aus Sumpf, zum Teil aus Dschungel.

Flüssiger Schlamm füllte fast den ganzen trägen Fluß in der Nähe des Raumjägers. Er mäanderte im Zeitlupentempo dahin. Auf der anderen, linken Seite ragte der riesige Baum, an den er beinahe geprallt war, in den Nebel hinauf. Dahinter lag ein Gewirr anderer hoher Gewächse, eingerahmt von Gebüsch und schlaff hängendem Farnkraut, alles umgeben von graubraunem Boden. Aus der Entfernung konnte man nicht beurteilen, wie fest der Boden sein mochte. Luke hielt sich mit einer Hand an einem kleinen Ast fest, beugte sich seitlich hinaus und tastete mit einem Bein den Boden ab. Er sank nicht ein. Das hieß, daß er auf dem Boden vielleicht würde gehen können. Immerhin ein Trost für ihn, denn ohne Raumjäger war er ein miserabler Flieger. Der Raumjäger schien auf ähnlichem Terrain zu liegen.

Er lächelte schwach, duckte sich und schaute unter dem Ast hindurch. Der Doppelflügel auf der Backbordseite des Jägers war irgendwo im Wald glatt abgerissen worden und hatte nur zwei Metallstummel hinterlassen. Auf dieser Seite fehlten natürlich auch beide Triebwerke. Der letzte Zweifel war beseitigt: Er saß fest.

Vorsichtig kroch er in das zerstörte Cockpit zurück, entriegelte den Sitz und schob ihn auf die Seite, dann begann er in dem Fach dahinter nach den Dingen zu kramen, die er würde mitnehmen müssen. Notrationen, das Lichtschwert seines Vaters, einen Thermoanzug; letzteren, weil es – trotz des tropischen Aussehens eines Teils der Vegetation – draußen ausgesprochen kühl war.

Luke wußte nicht, daß es nicht nur in den Tropen, sondern auch in gemäßigten Zonen Regenwälder gab. Die Temperatur mochte zwar nicht gefährlich tief absinken, konnte aber in Verbindung mit der allgegenwärtigen Feuchtigkeit vielleicht dafür sorgen, daß er elend frieren würde. Er packte also vorsichtshalber den dünnen Anzug ein. Von der Rückseite des Pilotensitzes nahm er den Notrucksack ab und begann das geräumige Innere mit der Ausrüstung aus dem Fach zu füllen.

Als der reißfeste Sack vollgestopft war, dichtete er die Kanzel ab, so gut es eben ging, dann setzte er sich auf die Kante des Pilotensitzes und dachte nach.

Seine vorherigen Beobachtungen hatten keine Spur vom Y-Flügler der Prinzessin erbracht. In der feuchten, nebligen Luft konnte er aber nur zehn Meter entfernt aufgesetzt haben und trotzdem praktisch unsichtbar sein. Wahrscheinlich war sie ein Stück vor ihm gelandet oder abgestürzt. Da ihm jede Information fehlte, blieb ihm nichts anderes übrig, als den zuletzt für sie berechneten Kurs zu Fuß fortzusetzen.

Zuerst wollte er sich auf den Bug des Raumjägers stellen und schreien, aber er hatte entschieden, daß es besser wäre, das Schiff zuerst optisch auszumachen. Die Kakophonie von Schreien, Heulen, Brüllen, Pfeifen und Summen im Sumpf ermutigte ihn nicht, Aufmerksamkeit auf sich zu lenken. Seine Rufe mochten Neugierige herbeilocken, zu denen vielleicht Fleischfresser gehörten.

Es wäre besser, zuerst den Jäger der Prinzessin zu finden. Mit etwas Glück saß sie vernünftig in der Kanzel, unversehrt und wütend vor Ungeduld, während sie auf ihn wartete.

Luke zog sich wieder nach oben aus der Kanzel und hielt sich an Ästen fest, während er zum Stummel des abgebrochenen Backbordflügels hinunterkletterte. Er hangelte sich vorsichtig auf den Boden hinunter, der weich, beinahe federnd war. Er hob einen Fuß und sah, daß seine Stiefelsohle schon mit klebrigem, grauem Schlamm überzogen war, der nassem Modellierlehm glich. Aber der Boden trug ihn. Erzwo kam Augenblicke später nach.

Nach einem Stock brauchte er nicht lange zu suchen. Hinter dem Raumjäger lagen zerbrochene, zersplitterte Äste in Hülle und Fülle. Er suchte sich einen aus, der sowohl als Stütze wie als Tastsonde für den Boden dienen konnte.

Den Bug des Jägers als primitiven Richtungsweiser nutzend, stellte er seinen Marschkompaß ein, und sie machten sich auf den Weg, in einem Winkel von einigen Grad steuerbords.

Es mochte eine Bewegung des Gebüsches im Wald, es mochte die Macht oder es mochte eine altmodische Ahnung gewesen sein, aber selbst Ben Kenobi hätte eingeräumt, daß Luke nur eine Chance hatte, das Schiff der Prinzessin zu finden. Wenn es nicht in unmittelbarer Nähe des Weges lag, den er nahm, wenn er es verfehlte und daran vorbeiging, konnte er jahrelang auf der Oberfläche von Mimban dahinstapfen, ohne sie jemals wiederzusehen.

Wenn seine erste Kursberechnung richtig war und sie nicht aus irgendeinem Grund im letzten Augenblick die Richtung ihres Gleitflugs geändert hatte, sollte er sie innerhalb einer Woche finden. Natürlich konnte es ihr nicht möglich gewesen sein, ihren Raumjäger daran zu hindern, daß er seinen Fallwinkel veränderte. Er schob jeden Gedanken daran beseite. Die Lage war schlimm genug, auch ohne solche Spekulationen.

Der Anzug schützte seinen Körper vor dem Nebel-Dunst-Regen, aber er verbrauchte noch immer einige Energie dafür, das Wasser von Kopf und Gesicht zu wischen.

Einmal sah er etwas, das einer vier Meter langen, bleichen Schlange ähnelte, bei seinem Herankommen ins Dickicht gleiten. Sie hatte eine mit glänzendem Schleim gefüllte Furche im weichen Boden hinterlassen. Luke war aber nicht beeindruckt. Er hatte zoologischen Studien wenig Zeit gewidmet. Selbst auf Tatooine, wo es eigene protoplasmische Mißgeburten gab, hatten solche Wesen ihn nicht besonders interessiert. Wenn eine Kreatur nicht versuchte, einen zu zerfleischen oder sonstwie zu verschlingen, gab es anderes, für das man sich interessieren konnte.

So galt jetzt seine ganze Aufmerksamkeit der Aufgabe, sich

an seinen festgelegten Weg zu halten. Trotz des im Ärmel eingebauten Marschkompasses wußte er, daß er sich sehr leicht verirren konnte. Eine Abweichung von einem Zehntelgrad konnte schon kritisch werden.

Während einer der seltenen fast regenlosen Perioden erstieg er eine kleine Anhöhe. Durch Dunst und Nebel sah er in der Ferne monolithische graue Bastionen, die wohl kaum von menschlichen Händen errichtet worden waren. Ihre eintönige stahlgraue Farbe verlieh ihnen das Aussehen von Bauklötzen für Kinder. Luke vermochte aus dieser Entfernung nicht zu beurteilen, ob das ihre echte Farbe war, oder ob sie vom wabernden Nebel beeinflußt wurde. Es waren hochragende graue Türme, eingelegt mit schwarzem Gestein oder Metall, und gekrönt von mißgeformten Kuppeln.

Er blieb stehen, zum erstenmal verlockt, die Richtung zu einem Erkundungsgang zu ändern. Hier konnte man Entdeckungen machen. Die Prinzessin wartete aber nicht in dieser geisterhaften Stadt, sondern irgendwo vor ihm, in einer Umgebung, die sich jeden Augenblick als feindselig erweisen mochte.

Wie aufs Stichwort bemerkte er in rostgrünem Gebüsch vor sich eine Bewegung. Er spannte alle Sinne an, ließ sich auf ein Knie nieder und zog das Lichtschwert aus dem Gürtel. Die Vegetation begann heftig zu rascheln. Sein Daumen schob sich auf den Kontakt. Erzwo tutete nervös neben ihm.

Was sich in dem Gesträuch auch verbergen mochte, es bewegte sich auf ihn zu. Und ganz plötzlich teilte sich das Laub vor ihm. Heraus trat ein Mimbaner – eine große, dunkelbraune pelzige Kugel von ungefähr einem Meter Durchmesser mit grünen Flecken und Streifen am ganzen Leib. Vier kurze, pelzige Beine liefen in dicken Doppelzehen aus; vier Arme ragten aus der Oberseite. Der bescheidene Schwanz war nackt wie der einer Ratte.

Zwei große Augen, die aus dem zottigen Fell glotzten, waren

alles, was man von einem Gesicht wahrnehmen konnte. Sie wurden größer, als sie Luke und Erzwo erfaßten.

Luke wartete gespannt, das noch nicht aktivierte Lichtschwert in der Hand.

Das Wesen griff nicht an. Es stieß nur ein verblüfftes, gepreßtes Quietschen aus, fuhr herum und hetzte auf allen acht Gliedmaßen in das schützende Gebüsch zurück.

Nach einigen Minuten der Stille stand Luke auf. Sein Finger löste sich vom Kontakt des Lichtschwerts, er steckte die Waffe wieder in den Gürtel und lächelte, ein wenig hysterisch.

Seine erste Begegnung mit einem Bewohner dieser Welt hatte diesen veranlaßt, entsetzt die Flucht zu ergreifen. Vielleicht waren die wild lebenden Geschöpfe hier wenn nicht unbedingt gutmütig, so doch auch kaum gefährlich. Mit diesem Gedanken ging er weiter, die Schritte etwas länger, etwas sicherer. Seine Haltung war aufrechter, seine Stimmung wesentlich gehobener, gestützt von der kräftigsten aller Säulen: der falschen Hoffnung ...

2

Leia Organa unternahm einen weiteren halbherzigen Versuch, ihr regennasses Haar zu ordnen, dann gab sie es verärgert auf und starrte hinaus in die üppige Vegetation ringsum.

Nachdem sie die Verbindung zu Luke verloren hatte, war es ihr gelungen, in dieser nassen Hölle hart aufzusetzen. Sie gewann ein wenig Trost aus der Gewißheit, daß Luke, sollte er die Landung überstanden haben, versuchen würde, sie zu erreichen. Schließlich war es seine Aufgabe, dafür zu sorgen, daß sie Circarpous IV sicher erreichte.

Zornig bedachte sie, daß sie nun mehr als nur ein bißchen zu spät zur Konferenz kommen würden. Eine schnelle Überprüfung hatte ergeben, daß sie sich keine Gedanken mehr um den schadhaften Backbordantrieb zu machen brauchte, der nur noch ein längliches, stark verformtes Gebilde war, unfähig, sich selbst oder irgend etwas anderes auch nur über eine Lichtsekunde hinwegzubefördern. Der Rest des Y-Flüglers war kaum in besserer Verfassung.

Sie überlegte, ob sie Luke suchen sollte, aber es erschien vernünftiger, wenn einer von ihnen auf das Eintreffen des anderen wartete, und sie wußte, daß Luke sie holen würde, sobald er dazu in der Lage war.

»Verzeihen Sie, Prinzessin«, sagte die metallene Gestalt hinter ihr, »aber glauben Sie, daß Erzwo und Master Luke auf dieser gräßlichen Welt sicher gelandet sind?«

»Gewiß doch. Luke ist der beste Pilot, den wir haben. Wenn ich es geschafft habe, wird er erst recht ohne Schwierigkeiten heruntergekommen sein.« Das war eine kleine Lüge. Wie, wenn Luke irgendwo verletzt lag, ohne sich bewegen zu können, und sie saß hier und wartete auf ihn? Lieber nicht daran denken! Die Vision von einem verkrümmten, blutenden Luke, der in der Kanzel seines X-Flüglers vor sich hindämmerte, krampfte ihr Inneres zusammen.

Sie schob wieder das Dach der Kanzel zurück und rümpfte die Nase vor dem Gestank des triefenden Morastes. Lärm genug von verborgenen Wesen, die durch das Unterholz schlichen, bedrängte ihre Ohren, aber bisher hatte sich nichts Größeres gezeigt als ein paar glänzende, bunte Quasi-Insekten. Ihre Pistole lag bequem auf ihrem Schoß. Nicht, daß sie die Waffe brauchte, gesichert im Cockpit wie sie war, dessen Schiebedach sie in Sekundenschnelle schließen und verriegeln konnte. Sie hatte nicht das mindeste zu befürchten.

Dreipeo war anderer Ansicht.

»Mir gefällt es hier nicht, Prinzessin. Ganz und gar nicht!«

»Keine Aufregung. Da draußen kann nichts sein, was dich als schmackhaft empfinden würde.«

Ein schriller, tutender Laut schreckte sie auf. Sie fuhr herum und hielt den Atem an, aber da war nichts.

Sie versuchte, mit sorgenvollem Blick die grünbraune Mauer der Vegetation zu durchdringen. Als der Laut sich nicht wiederholte, zwang sie sich dazu, ihre Muskeln zu entspannen.

»Siehst du etwas, Dreipeo?«

»Nein, Prinzessin. Nichts Größeres als einige Gliederfüßer, und ich decke auch den Infrarotbereich ab. Das heißt nicht, daß dort draußen nicht etwas Großes, Feindseliges lauern könnte.«

»Aber sehen tust du nichts?«

»Nein.«

Sie war wütend auf sich selbst. Ein einfacher Laut hatte sie erschreckt. Wahrscheinlich nur der einsame Ruf irgendeines harmlosen Pflanzenfressers, und sie war in Panik geraten wie ein kleines Kind. Das würde *nicht* wieder vorkommen.

Sie war zornig, weil sich durch den Absturz – was auch immer ihn verursacht haben mochte – ihre geplante demonstrative Ankunft verzögern würde; das mochte die zu ihrer Begrüßung entsandten Regierungsvertreter verärgern. Doppelt zornig war sie auf Luke. Einmal, weil er kein Navigationswunder bewirkt hatte und ihr ohne Instrumente oder Steuerung sicher gefolgt war, und zum anderen, weil er recht gehabt hatte, darauf zu beharren, daß sie hier nicht landen sollten.

So saß sie da und ärgerte sich stumm, beschwor die Flüche herauf, mit denen sie Luke empfangen wollte, wenn er endlich eintraf, und zerbrach sich den Kopf darüber, was sie tun sollte, wenn er ausblieb.

Aahhh-*hup*!

Wieder ein Trompetenstoß. Diesmal schien er aus größerer Nähe zu kommen. Fest umklammerte ihre Hand die Pistole. Erneut suchte sie die Umgebung ab und entdeckte wieder nichts.

Während sie in den Dschungel starrte, dachte sie nach. Wenn sie nun das Landefeuer falsch gedeutet hatte? Wenn es sich dabei um das Primitivste an automatischer Anlage handelte und diese Welt nicht nur über keine Mechaniker, sondern auch nicht über Einrichtungen für organische Reisende verfügte?

Wenn Luke tot war, saß sie hier fest, ohne jede Vorstellung davon, wie ... Sie hörte ein lautes Krachen, diesmal auf der rechten Seite. Sie drehte sich um und lenkte instinktiv einen Feuerstoß durch das geborstene Fenster, der von dem Geruch verbrannter, nasser Vegetation belohnt wurde. Die Mündung der Pistole blieb auf die verkohlte Stelle gerichtet. Sie hoffte, das Ding getroffen zu haben. Zum Glück war das nicht der Fall.

»Ich bin es!« schrie eine schwankende Stimme. Sie hatte ihn knapp verfehlt. »Ich mit Erzwo.«

»Erzwo Dezwo!« Dreipeo kletterte aus dem Cockpit, um sein gedrungenes Gegenstück zu begrüßen. »Erzwo, gut, daß du ...« Dreipeo verstummte und fuhr in einem anderen Tonfall fort: »Was denkst du dir eigentlich, mich so lange warten zu lassen? Wenn ich bedenke, was für Qualen du mir bereitet hast ...«

»Luke, ist alles in Ordnung mit Ihnen?«

Er kletterte an dem beschädigten Raumjäger hoch und setzte sich am offenen Cockpit hin.

»Ja. Ich bin hinter Ihnen gelandet. Ich fürchtete schon, Erzwo und ich würden Sie verfehlen.«

»Ich hatte befürchtet, daß Sie ...« Sie verstummte und senkte den Blick. »Ich muß mich entschuldigen, Luke. Ich habe einen Fehler gemacht, als ich hier landen wollte.«

Luke blickte verlegen an ihr vorbei.

»Niemand konnte die atmosphärische Störung vorhersehen, die uns gezwungen hat, niederzugehen, Leia.«

Sie blickte in den Dschungel.

»Ich habe die Position des Peilfeuers ermitteln können, bevor meine Instrumente ganz ausgefallen sind.« Sie deutete nach hinten. »Diese Richtung. Sobald wir die Station erreichen, können wir uns an die maßgebliche Person wenden und für die Weiterreise sorgen.«

»Falls es eine Station und eine maßgebliche Person gibt«, sagte Luke ruhig.

»Mir ist auch der Gedanke gekommen, daß es sich um eine vollautomatische Station handeln könnte«, gestand sie, »aber ich weiß nicht, was uns sonst übrigbleibt.«

»Einverstanden«, sagte Luke langsam. »Wir haben nichts zu gewinnen, wenn wir hier sitzen bleiben. Ich habe früher einmal an Wunder geglaubt, aber das ist lange vorbei. Hier können wir genauso schnell gefressen werden wie unterwegs.«

Die Prinzessin wirkte bedrückt.

»Sie sind also auf Fleischfresser gestoßen?«

»Nein, das nicht. Das einzige Wesen beachtlicher Größe, dem ich begegnet bin, warf einen Blick auf mich und hetzte davon wie ein erschrecktes Bantha«, sagte er mit schiefem Grinsen. »Machen wir uns auf den Weg, solange es noch hell ist. Ich helfe Ihnen beim Packen.« Er schob sich vorsichtig zu ihr hinein. Als er ihren Sitz entriegelte, kam ihm zum Bewußtsein, wie eng es hier war. Die Prinzessin, unbequem an ihn gepreßt, schien von seiner körperlichen Nähe keine Notiz zu nehmen, aber bei der allgemeinen Feuchtigkeit war ihre Körperwärme für Luke beinahe greifbar, und er mußte sich zwingen, auf das zu achten, was er tat.

Die Prinzessin stieg aus der Kanzel, stellte sich auf den Bug des Raumjägers und streckte die Hände aus.

»Reichen Sie den Rucksack herauf, Luke.«

Er stemmte den prall gefüllten Sack hoch.

»Zu schwer?« fragte er. Sie hob ihn auf den Rücken, schob die Arme durch die Traggurte und rückte die Last zurecht, bevor sie die Gurte straffte.

»Die Last des öffentlichen Amtes war viel schwerer«, gab sie scharf zurück. »Machen wir uns auf den Weg.« Sie kletterte am Jäger hinunter, sprang auf den Boden, machte zwei Schritte in Richtung der Peilanlage – und begann einzusinken.

»Luke ... Dreipeo ...«

»Nur ruhig, Prinzessin.« Er ließ sich vorsichtig hinunter und trat auf den unbeschädigten Flügel hinaus.

»Luke!« Sie steckte schon bis zu den Knien in grauem Schlick. Es hatte den Anschein, als sinke sie noch schneller.

Er versuchte, sich mit der linken Hand festzuhalten, und griff mit der rechten von der Flügelkante aus hinunter.

»Beugen Sie sich zu mir. Erzwo, du machst dich am Schiff fest. Dreipeo, gib mir die Hand.«

Sie tat, was er verlangte; im Sumpf rief das schmatzende Geräusche hervor. Ihre Hand tastete wild nach ihm und klatschte auf den weichen Boden.

Er stand auf, hastete zur Kanzel zurück und holte seinen Spazierstock, dann lief er über die Tragfläche, legte sich hin und streckte den Stock aus.

»Zu mir herbeugen«, drängte er. »Dreipeo, du und Erzwo, ihr haltet mich fest, sonst gehe ich mit ihr unter.«

Sie war schon bis zu den Hüften eingesunken. Beim ersten Versuch verfehlte sie den Stock. Erst beim zweitenmal schlossen sich ihre Finger um ihn.

Luke umklammerte den Stock mit beiden Händen, setzte sich auf und lehnte sich zurück. Seine Füße rutschten über das glatte Metall.

»Erzwo, Dreipeo ... ziehen!«

Der Boden, der sie fest im Griff hatte, gab seine Beute nur widerwillig frei. Luke spannte alle Muskeln an, zerrte mit aller Kraft und versuchte gleichzeitig, die Macht zu beschwören.

Ein langgezogenes Sauggeräusch war zu hören, und die Prinzessin wurde ein Stück nach vorn gerissen. Luke erlaubte seinen überanstrengten Armen, sich kurz zu erholen, und atmete ein paarmal kräftig durch.

»Spielzeuglok können Sie später spielen«, ermahnte ihn die Prinzessin. »*Jetzt* ziehen.«

Der Zorn verlieh ihm genug Energie, sie ganz herauszuziehen. Er griff hinunter, half ihr herauf, dann saßen sie beide auf der Tragfläche.

Von den Rippen abwärts in einer Packung grüngrauen Schlamms, vermischt mit, wie es schien, altem Stroh, sah die Prinzessin entschieden unköniglich aus. Sie wischte vergeblich am Schlick herum, der rasch zu einer Art dünnflüssigem Beton trocknete. Sie sagte nichts, und Luke wußte, daß alles, was er äußerte, nicht gerade gnädig aufgenommen werden würde.

»Kommen Sie«, sagte er nur. Er griff nach seinem Stock und ging zur Rückseite der Tragfläche. Er beugte sich hinunter und stocherte am Boden herum, der aber keine Neigung zeigte, seinen Stock zu verschlingen. Trotzdem hielt er sich mit einer Hand an der Tragfläche fest, als er hinunterstieg. Seine Füße sanken in den schwammigen Lehm ein, aber nur einen halben Zentimeter. Dabei sah der Boden hier nicht anders aus als auf der anderen Seite.

Die Prinzessin sprang neben ihm herunter, und Augenblicke später marschierten sie los. Äste und Büsche versperrten oft den Weg, und auch Dornen stachen gelegentlich auf sie ein, aber Lukes Vermutung, daß der Boden unter den höheren Gewächsen am festesten war, fand immer wieder Bestätigung. Nicht einmal die schweren Droiden versanken im Schlick.

Von Zeit zu Zeit bürstete oder wischte die Prinzessin angewidert an ihrem Unterkörper herum, der inzwischen von einer festen Kruste bedeckt war. Sie blieb ungewöhnlich still. Luke konnte nicht sagen, ob ihr Schweigen dem Wunsch entsprang, mit ihren Kräften hauszuhalten oder der Verlegenheit angesichts ihrer Lage. Er neigte dazu, an das erstere zu glauben. Soviel er wußte, gehörte Verlegenheit nicht zu den Empfindungen, denen sie unterworfen war.

Immer wieder blieben sie stehen, gingen im Kreis herum und verglichen dann ihre Marschkompasse, um sicher zu sein, daß sie immer noch auf das Funkfeuer zugingen.

»Selbst wenn es eine automatische Station ist«, meinte er geraume Zeit später, um sie aufzumuntern, »hat jemand sie hier errichtet und muß sie warten, selbst in noch so unregelmäßigen Abständen. Ich habe in der Nähe unseres Landeplatzes riesengroße Ruinen gesehen. Vielleicht leben dort noch Eingeborene, vielleicht sind sie leer, aber das Funkfeuer könnte für eine xenoarchäologische Forschungsstation gedacht sein.«

»Das wäre möglich«, gab sie erfreut zu. »Ja ... das würde auch erklären, warum das Funkfeuer nicht registriert ist. Ein kleiner wissenschaftlicher Vorposten könnte nur auf Zeit eingerichtet worden sein!«

»Und erst vor kurzem«, ergänzte Luke, erregt von der Glaubwürdigkeit seiner eigenen Vermutung. Wenn sie allein schon über eine solche Möglichkeit sprachen, fühlten beide sich besser. »Wenn das der Fall ist, müßte selbst eine automatische Station, die nur gelegentlich benützt wird, über Notunterkünfte und- vorräte verfügen. Ach was, es gibt vielleicht sogar eine planetarische Subraum-Relaisverbindung für Kontakte mit Circarpous IV, wenn das wissenschaftliche Team hier arbeitet.«

»Ein Hilferuf wäre eine armselige Methode für mich, meine Ankunft mitzuteilen«, sagte die Prinzessin und strich über ihre schwarzen Haare. »Nicht, daß ich wählerisch wäre«, fügte sie hastig hinzu. »Ich bin damit zufrieden, in einem Rettungskokon anzukommen.«

Sie gingen eine Weile schweigend weiter, bis Luke eine andere Frage bewegte:

»Ich frage mich immer noch, was unsere Instrumente dazu gebracht hat, verrückt zu spielen, Prinzessin. Diese riesige Masse aufsteigender freier Energie, durch die wir geflogen sind ... Blitze, die vom Himmel zum Schiff und vom Schiff wieder zum Himmel zuckten ... so etwas habe ich vorher noch nie gesehen.«

»Ich auch nicht«, gab die Prinzessin nachdenklich zu. »Und ich habe auch noch nie etwas von einer solchen Naturerscheinung gelesen. Verschiedene kolonisierte Gasriesen haben schwerere Stürme, aber niemals so farbige. Und sie sind immer von massigen Gewitterwolken begleitet. Trotzdem«, sie zögerte, »das Ganze kam einem irgendwie doch fast bekannt vor.«

Erzwo piepte zustimmend.

»Man möchte meinen, daß die Erbauer der Peilstation dafür gesorgt hätten, Raumschiffe vor dieser Gefahr zu warnen.«

»Ja. Es fällt schwer, sich eine wissenschaftliche oder irgendeine andere Expedition vorzustellen, die so nachlässig wäre. Das grenzt ja schon ans Kriminelle.« Sie schüttelte langsam den Kopf. »Dieser Effekt ... mir ist beinahe so, als könnte ich mich an etwas Ähnliches erinnern.« Sie lächelte schwach und sagte: »Mich beschäftigt immer noch die Konferenz.«

Beschäftigen sollte dich nur eines, dachte Luke, daß wir die Peilstation erreichen und dort mehr als nur Maschinen vorfinden. Aber er sagte nur: »Das kann ich verstehen, Prinzessin.«

Nicht die Macht, sondern ein älteres, höher entwickeltes Gefühl sagte ihm, daß sie beobachtet wurden. Er ertappte sich dabei, daß er sich rasch herumdrehte, um die Bäume und den Nebel hinter und neben ihnen zu erforschen. Nichts starrte ihn an, aber das Gefühl wollte sich nicht verdrängen lassen.

Einmal bemerkte sie, daß er ein feuchtes Gestrüpp scharf ansah.

»Nervös?« Es war halb Frage, halb Herausforderung.

»Klar! Ich bin nervös«, gab er zurück. »Ich bin nervös und habe Angst und wünsche mir nur eines – jetzt auf Circarpous zu sein. *Irgendwo* auf Circarpous, statt hier zu Fuß durch den Sumpf zu stapfen.«

Die Prinzessin wurde ernst.

»Man lernt, die Wechselfälle des Lebens mit Gleichmut hinzunehmen.« Sie starrte geradeaus.

»Genau das mache ich«, gestand Luke, »sie mit Gleichmut hinnehmen – und mit Nervosität und Angst!«

»Nun, Sie brauchen mich nicht so anzusehen, als wäre das alles *meine* Schuld.«

»Habe ich das durchblicken lassen? Habe ich das gesagt?« parierte Luke, eine Spur schärfer, als er vorgehabt hatte. Sie sah ihn prüfend an, und er verfluchte seine Unfähigkeit, zu verbergen, was ihn bewegte. Er wäre ein miserabler Kartenspieler oder Politiker geworden, dachte er.

»Nein, aber es fehlte nicht viel, und ...« begann sie hitzig.

»Prinzessin«, unterbrach er sie mit leiser Stimme, »wir haben noch einen weiten Weg vor uns, Ihren Berechnungen nach. Wenn sich nicht aus jedem Baum ein Ding voller Zähne und Klauen auf uns gestürzt hat, heißt das noch nicht, daß es solche Wesen hier nicht gibt. Eines, was wir nicht haben, ist die Zeit, uns hier zu streiten. Außerdem geht es gar nicht mehr um die Verantwortung, sondern ums Überleben, und überleben werden wir, wenn die Macht mit uns ist.«

Er bekam keine Antwort. Das war, für sich gesehen, schon ermutigend. Sie stapften weiter, und Luke warf immer wieder ganz verstohlen bewundernde Blicke auf sie. Zerzaust und von den Hüften abwärts mit Schlamm überkrustet, war sie immer noch wunderschön. Er wußte, daß sie erregt war, nicht seinetwegen, sondern angesichts der Möglichkeit, daß sie die geplante Konferenz mit dem Untergrund auf Circarpous versäumten.

Keine Nacht ist so dunkel wie eine von Nebel erfüllte, und auf Mimban waren alle Nächte so. Sie bereiteten sich ein Bett zwischen den gespreizten Wurzeln eines Riesenbaumes. Während die Prinzessin ein Feuer anzündete, bauten Luke und die Droiden ein Regendach, indem sie die beiden Notumhänge zwischen den massiven Wurzeln spannten.

Sie kauerten sich zusammen, um sich zu erwärmen, und beobachteten, wie die Nacht sich um den Feuerschein drängte. Das Knacken und Knistern des Feuers wirkte trotz des Nebels tröstlich, während ringsum die nächtlichen

Geräusche ertönten. Sie unterschieden sich nicht vom Tageslärm, aber alles, was den Umhang der Nacht trägt, vor allem auf einer fremden Welt, hat teil am Geheimnis und Schrecken der Nacht.

»Keine Sorge, Sir«, sagte Dreipeo. »Erzwo und ich werden Wache halten. Wir brauchen keinen Schlaf, und da draußen gibt es nichts, was uns fressen könnte.« In der Dunkelheit gurgelte etwas wie ein gebrochenes Leitungsrohr, aber mit Riesenkraft, und Dreipeo zuckte zusammen. Erzwo pfiff spöttisch, und die beiden Droiden traten hinaus in die Dunkelheit.

»Sehr komisch«, rügte Dreipeo seinen Begleiter. »Hoffentlich erstickt einer von den einheimischen Fleischfressern an dir und bricht dir alle Außensensoren ab.«

Erzwo antwortete mit einem unbekümmerten Pfeifen.

Die Prinzessin preßte sich eng an Luke. Er versuchte, sie zu trösten, ohne ängstlich zu wirken, aber als die Dunkelheit sich um sie zu stygischer Schwärze verdichtete und die nächtlichen Laute in Grabesstöhnen und -heulen übergingen, legte er instinktiv den Arm um ihre Schultern. Sie erhob keine Einwände. Es tat ihm wohl, so dazusitzen, an sie gelehnt und bemüht, die Feuchtigkeit des Bodens nicht zu spüren.

Ein gellender Schrei riß Luke aus dem Schlaf. Hinter dem erlöschenden Feuer regte sich nichts. Mit der freien Hand warf er ein paar Äste auf die Glut und sah die Flammen hochzüngeln.

Dann blickte er auf das Gesicht seiner Begleiterin hinab. Es war nicht mehr das Gesicht einer Prinzessin und Senatorin oder einer Führerin der Rebellen-Allianz, sondern das eines frierenden Mädchens. Die im Schlaf halb geöffneten, feuchten Lippen schienen ihn zu locken. Er beugte sich hinab, um vor dem feuchten Grün und Braun des Sumpfes Zuflucht in diesem hypnotischen Rot zu suchen.

Aber er zögerte doch und richtete sich wieder auf. Sie war Aristokratin und Rebellenführerin. Trotz allem, was er über Javin geleistet hatte, war er doch nur ein kleiner Pilot und ehemaliger Farmerjunge. Die Prinzessin und der Bauernjunge, dachte er ärgerlich.

Seine Aufgabe war es, sie zu beschützen. Er durfte dieses Vertrauen nicht enttäuschen, gleichgültig, was er in seinem Innern hoffen mochte – aussichtslos, wie es schien. Er würde sie gegen alles verteidigen, was aus der Dunkelheit sprang, aus dem Schlick kroch, von den knorrigen Ästen herabfiel. Er würde es tun aus Achtung und Bewunderung und vielleicht aus dem mächtigsten aller Gefühle, aus unerwiderter Liebe.

Er würde sie sogar vor sich selbst verteidigen, beschloß er müde. Nach fünf Minuten war er fest eingeschlafen …

Jede Peinlichkeit wurde dadurch vermieden, daß er als erster erwachte. Er nahm seinen Arm von ihren Schultern und stieß sie ein-, zweimal sanft an. Beim dritten Stups richtete sie sich kerzengerade auf, die Augen weit aufgerissen – hellwach. Sie drehte ruckartig den Kopf und starrte ihn an. Dann kehrten die Ereignisse der letzten Tage in ihr Gedächtnis zurück, und sie atmete ruhiger.

»Tut mir leid. Ich dachte, ich wäre irgendwo anders. Ich bin ein bißchen erschrocken.« Sie begann in ihrem Rucksack zu kramen, und Luke folgte ihrem Beispiel.

Dreipeo entbot einen fröhlichen Morgengruß.

Während die wolkenverhangene Sonne irgendwo hinter ihnen aufging und den Nebel ein wenig wärmte, teilten sie sich ein bescheidenes Frühstück aus Konzentratwürfeln.

»Wer die gemacht hat, muß ein halber Droide gewesen sein«, sagte sie mit einer angewiderten Grimasse, als sie in einen rosaroten Würfel biß. »Man hat sie mit keinerlei Geschmack versehen.«

Luke versuchte, nicht zu zeigen, daß sein Konzentrat sehr wohl Geschmack besaß – einen gräßlichen.

»Ach, ich weiß nicht. Sie dienen dazu, einen am Leben zu halten, da brauchen sie nicht gut zu schmecken.«

»Wollen Sie noch mehr?« Sie hielt ihm einen blauen Würfel hin, der wie ein toter Schwamm aussah. Luke schaute ihn an und lächelte mühsam.

»Nein ... nicht jetzt. Ich bin schon satt.«

Sie nickte vielsagend und lächelte. Er grinste sie an.

Der lange Tag wurde nie wirklich behaglich, aber ihre Anzüge und die Thermo-Umhänge hielten sie warm genug. Am späten Vormittag wurde es so warm, daß sie die Umhänge öffnen, den dünnen Stoff klein zusammenfalten und in die Tasche stecken konnten.

Die seltenen Lücken im Nebel waren nie groß genug, die Sonne zu zeigen, auch wenn Dreipeo und Erzwo ihnen versicherten, daß sie da sei. Sie kämpften unaufhörlich gegen den Nebel an, bis die Lichtstärke von bloßer Trübheit zu einer Art kräftigem Zwielicht gestiegen war.

»Wir müßten uns der Peilstation nähern«, erklärte Leia gegen Mittag. Luke fragte sich, wie viele Stunden sie geschlafen hatten. Die Tage und Nächte auf Mimban mochten lang sein.

»Wir müssen darauf vorbereitet sein, nichts zu finden, Prinzessin. Es gibt vielleicht gar keine Peilstation.«

»Ich weiß«, sagte sie leise. »Aber suchen müssen wir. Wir können von der Stelle aus, die ich errechnet habe, in einer weiten Spirale auf die Suche gehen und das Beste hoffen.«

Vor ihnen erhob sich eine lange Wand aus Bäumen und niedrigeren Gewächsen. Sie drangen ohne Zögern hinein und verzichteten auf leichtes Fortkommen – der feste, sichere Stand war ihnen lieber.

»Verzeihung, Sir.«

Luke blickte nach vorne rechts. Die beiden Droiden waren stehengeblieben, und Dreipeo lehnte sich an irgend etwas.

»Was ist, Dreipeo?«

»Verzeihung, Sir, aber das ist kein Baum, an dem ich lehne«, sagte der Droid, »sondern Metall. Ich hielt das für wichtig genug, es Ihnen zu sagen. Es besteht die Möglichkeit ...« Ein lauter Piepton unterbrach ihn, und er funkelte Erzwo böse an. »Ich rede zuviel? Was soll das heißen, ich rede zuviel, du Fließbandausschuß!«

»Metall ... es ist wirklich Metall!« Die Prinzessin stand neben den Droiden und wartete darauf, daß Luke sich durch das Unterholz zu ihnen durchzwängte.

»Erzwo, sieh zu, ob du etwas von dem Dickicht beseitigen kannst.« Der kleine Droide betätigte einen kleinen Brenner und sengte einen Weg durch den Dschungel. »Das ist eine Mauer ... es muß eine sein«, murmelte Luke, als sie an der vom Wald überwucherten Metallfläche entlanggingen.

Die Wand hörte bald auf, und sie traten aus den Bäumen auf einen einigermaßen gerodeten Weg. Er führte zu einer mit Lehmblöcken gepflasterten Straße. Auf beiden Seiten der Allee standen Gebäude, die sich im wirbelnden Nebel verloren. Warmes, gelbes Licht von Lampen hinter fest verschlossenen Fenstern strömte heraus und beleuchtete erhöhte metallene Gehsteige, die gegen Nebel und Regen überdacht waren.

»Der Macht sei Dank«, murmelte die Prinzessin.

»Zuerst suchen wir uns einen Ort, wo wir uns saubermachen können«, begann Luke. »Dann ...« Er trat einen Schritt vor. Eine Hand packte seine Schulter und hielt ihn zurück. Er sah Leia verwundert an. »Was ist denn?«

»Überlegen Sie, Luke«, sagte sie leise. »Das ist mehr als eine schlichte Peilstation. Viel mehr.« Vorsichtig beugte sie sich um die Ecke der Metallwand und starrte die Straße hinauf. Jetzt waren Gestalten auf den metallenen Gehsteigen unterwegs. Andere überquerten die nebelnasse Straße. »Für einen wissenschaftlichen Vorposten ist das auch zu groß.« Nun richtete auch Luke seine Aufmerksamkeit auf die nebligen Straßen, betrachtete die Gestalten, die Gebäude.

»Sie haben recht. Das ist eine große Anlage. Vielleicht irgendeine Firma von Circarpous ...«

»Nein.« Sie machte eine Handbewegung. »Da, sehen Sie.«

Zwei Gestalten kamen schwankend die Straße herunter. Sie trugen statt loser Kleidung eine Panzerung, eine modellierte Panzerung, schwarz und weiß, eine Panzerung, die sie nur allzu gut kannten.

Die beiden Männer hatten ihre Helme in den Händen. Einer ließ den seinen fallen, bückte sich, um ihn aufzuheben, und stieß ihn aus Versehen mit dem Fuß die Straße hinauf. Sein Begleiter wies ihn lautstark zurecht. Fluchend hob der ungeschickte Soldat des Imperiums seinen Helm auf, und die beiden wankten weiter.

Lukes Augen waren so groß geworden wie die von Leia.

»Imperische Sturmtruppen hier! Ohne das Wissen der Circarpousier, sonst hätten wir vom dortigen Untergrund etwas erfahren.«

Sie nickte aufgeregt.

»Wenn die Circarpousier davon erfahren, treten sie aus dem Imperium schneller aus, als ein Bürokrat Formularnummern nennen kann!«

»Und wer wird sie von dem Verstoß unterrichten?« fragte Luke.

»Na, wir ...« Die Prinzessin verstummte düster. »Jetzt haben wir zwei Gründe, warum wir Hilfe brauchen, Luke.«

»*Psssst*«, zischte er. Sie zogen sich tiefer in die Dunkelheit zurück. Eine große Gruppe von Männern und Frauen tauchte an der nächsten Ecke auf. Sie unterhielten sich leise miteinander, aber es war nicht ihre unhörbare Unterhaltung, die Luke und Leia interessierte. Sie trugen ungewöhnliche Kleidung, Overalls aus einem schwarzen, spiegelnden Material, deren Hosenbeine in dazu passenden hohen Stiefeln steckten.

Die Overalls liefen in einer Kappe über dem Kopf des Trägers oder der Trägerin aus. Einige Angehörige der Gruppe hatten ihre Kapuzen über die Köpfe gezogen, wo sie eng anlagen, andere trugen sie flach zusammengefaltet im Nacken. Verschiedene Gerätschaften, die Luke nicht kannte, hingen und baumelten an breiten Gürteln.

Offenkundig wußte die Prinzessin, was das für Leute waren.

»Bergarbeiter«, sagte sie und sah der Gruppe nach, als sie sich auf einem der metallenen Gehwege entfernte. »Sie haben Arbeitskleidung an. Das Imperium schürft hier auf dem Planeten etwas Wertvolles, und die Circarpousier haben keine Ahnung davon.«

»Woher können Sie das so genau wissen?« fragte Luke.

»Sie hätten hier ihre eigenen Anlagen und keine Truppen. Das Imperium will offenbar nicht, daß irgend jemand davon erfährt.«

Erzwo pfiff leise Zustimmung.

Eine weitere Unterhaltung wurde unmöglich gemacht, als plötzlich aus der Ferne ein lautes Heulen herübergellte. Es klang wie ein Aufzug von Dämonen, die direkt unter der Erdoberfläche dahintrampelten.

Das Geräusch hielt einige Minuten an, dann verklang es. Der Prinzessin ging plötzlich ein Licht auf, wie man an ihrer Miene erkennen konnte.

»Energie-Bergbau!« sagte sie atemlos zu Luke. »Die verwenden hier ganz große Generatoren.« Nach einer nachdenklichen Pause fuhr sie fort: »Das könnte die atmosphärischen Störungen erklären, die uns auf den Boden gezwungen haben. Ich wußte doch, daß ich irgendwo etwas über diesen Effekt gelesen habe. Ein Raumschiff muß besonders isoliert sein, wenn es in einem Gebiet landen will, wo ein Energiebohrer am Werk ist. Die Nebenprodukte, einschließlich überschüssigem Abraum, werden dabei zum Himmel hinaufgelenkt. Aber die Ausschüttung – wenn es auf dieser Welt eine einheimische Rasse gibt, ist diese Art von Bergbau verboten.«

»Seit wann hält sich das Imperium an Gebote und Verbote?« meine Luke bitter.

»Da haben Sie natürlich recht.«

»Wir können hier nicht ewig stehenbleiben«, fuhr er fort. »Als erstes müssen wir uns etwas Ordentliches zu essen besorgen. Mit diesen Konzentraten kann man sich nur eine gewisse Zeit am Leben halten, ohne zusätzliches Eiweiß. Und wir müssen uns saubermachen.« Er warf einen Blick auf ihre schlammbedeckte Gestalt. »Wir dürfen nicht auffallen. Seit Javin und dem Todesstern sind wir beide den Imperialen zu gut bekannt, man würde uns auf Anhieb festnehmen.« Er betrachtete zuerst ihren Pilotenanzug, dann den seinen. »Damit können wir nicht in der Stadt herumlaufen. Ich halte es für besser, wenn wir versuchen, andere Kleidung zu stehlen.«

»Stehlen?« sagte die Prinzessin und richtete sich kerzengerade auf. »Bei einem möglicherweise ehrlichen Ladenbesitzer? Wenn Sie auch nur eine Sekunde lang glauben, daß eine Prinzessin des früheren Königshauses von Alderaan, eine Senatorin, ihre Zuflucht zu –«

»Ich stehle sie«, sagte Luke kurz. Er schaute um die metallene Ecke. Die nebelverhangene Straße war gerade verlassen, und er winkte ihr, ihm zu folgen.

Sie schlichen an den Hauswänden entlang, eilten rasch an erleuchteten Fenstern oder offenen Eingängen vorbei und huschten verstohlen von Schatten zu Schatten. Luke sah sich im Vorbeieilen hastig jede Ladenfassade an. Schließlich blieb er stehen und zeigte auf ein Schild über der Tür.

»Bergarbeiter-Ausrüstung«, flüsterte er. »Das brauchen wir.«

Während die Prinzessin die Gehsteige beobachtete, versuchte er durch ein dunkles Fenster hineinzuschauen. »Vielleicht ist heute ein Feiertag«, meinte er hoffnungsvoll.

»Eher sind um diese Nachtzeit nur solche Einrichtungen offen, die Rauschmittel verkaufen«, sagte die Prinzessin. »Was nun?«

Luke führte sie nach hinten. Der Hintereingang, auf den er gehofft hatte, war vorhanden, aber abgesperrt, wie er befürchtet hatte. Um die Sache noch zusätzlich zu komplizieren, verlief hinter den Gebäuden ein breiter, offener Weg, von dem man Dschungel und Sumpf verdrängt hatte. Wenn zufällig jemand vorbeikam, konnten sie sich nirgends verstecken.

»Wunderbar«, sagte die Prinzessin, als Luke an der Tür rüttelte. »Wie kommen wir hinein?« Sie zeigte auf die fugenlose Metalltür, die zweifellos von innen abgesperrt und gesteuert wurde. Die Rückseite des Hauses war fensterlos, vielleicht, um Absichten wie die ihrigen zu vereiteln.

Luke zog das Lichtschwert aus dem Gürtel und justierte langsam die Stärke.

»Was wollen Sie tun, Luke?«

»Ich weiß nicht, wie groß der Ort ist, aber ein Einbruch, der Lärm verursacht, würde zuviel Aufmerksamkeit erregen. Deshalb versuche ich, keinen Lärm zu machen.«

Die Prinzessin trat zwei Schritte zurück und blickte nervös die Gasse hinauf und hinunter. Sie rechnete jeden Augenblick damit, daß eine Abteilung wütender Soldaten um eine Ecke auf sie zustürmte, verständigt von einer unsichtbaren Alarmanlage, die sie ahnungslos ausgelöst hatten.

Aber nur die Laute des Dschungels erreichten sie, als Luke sein Lichtschwert aktivierte. Statt des über einen Meter langen Strahls weißer Energie drang aus dem Knauf ein kurzer, nadelscharfer Lichtfaden. Mit der Konzentration eines Fachmanns trat Luke vor und ließ den Energiestrahl über die Längskante der Tür gleiten. Nach einem Drittel der Länge hörte man ein deutliches Klicken, und die Tür glitt auf. Luke justierte das Lichtschwert wieder auf Normaleinstellung, schaltete ab und schob es in den Gürtel zurück.

»Nur zu«, sagte Leia. »Die Droiden und ich passen auf.«

Er nickte und verschwand im Innern.

Lukes Hauptziel befand sich an der Rückseite des Ladens. Er kramte einige Minuten in den Gestellen herum, bis er fand, was er suchte. Er packte die gebrauchte Kleidung zusammen, eilte zum Hintereingang zurück und warf der Prinzessin die Beute zu. Dann trat er einen Schritt vor die Tür, griff hinein und drückte auf die Schließtaste. Er zog den Arm rechtzeitig heraus, bevor die Tür sich hinter ihm schloß. Mit etwas Glück mochte es Wochen dauern, bis der Ladenbesitzer seinen Verlust bemerkte.

Luke war zufrieden mit sich, als er seine Pilotenkombination öffnete. Er war halb ausgezogen, als er sah, daß die Prinzessin dastand und ihn anstarrte.

»Los, los! Wir müssen uns beeilen!«

Sie stemmte die Hände in die Hüften, legte den Kopf auf die Seite und sah ihn vielsagend an.

»Ach so«, murmelte er und lächelte beinahe. Er wandte sich ab und zog sich weiter aus. Er hatte zwar das Gefühl, daß sich nichts geändert hatte, riskierte aber einen Blick und sah, daß die Prinzessin ihn noch immer mit Unbehagen musterte. »Was ist denn, Prinzessin?«

»Luke, ich mag Sie«, sagte sie verlegen, »und wir kennen uns schon eine Weile, aber ich bin nicht sicher, ob ich Ihnen – jetzt ganz trauen kann.«

Er grinste.

»Sie wissen, daß das keine Rolle mehr spielen wird, wenn die Soldaten uns hier in unseren Fliegeranzügen finden.« Er gestikulierte. »Sie können sich im Gebüsch umziehen.« Er drehte sich um und machte weiter. Sie warf einen Blick auf den nahen Dschungel. Im Unterholz blinkten winzige gelbe Lichtpunkte, die Augen unbekannter Wesen. Fremdartige, unheimliche Laute zischten und gellten. Sie seufzte, begann sich auszuziehen und fuhr plötzlich herum.

»Na, was habt ihr beiden zu gaffen?«

»Oh ... Verzeihung, ich ...« Ein durchdringendes Pfeifen. »Ja, du hast recht, Erzwo.« Die beiden Droiden wandten sich ab.

Kurze Zeit später konnte Luke sich umdrehen und die Prinzessin anerkennend betrachten. Ihr einfacher, abgetragener Anzug war ein wenig eng, wirkte aber ganz natürlich an ihr.

»Nun?« sagte sie, von ihrer neuen Garderobe offensichtlich nicht erbaut. »Was gaffen *Sie*?«

»Ich dachte, vielleicht etwas Geblümtes ...« begann er. Er mußte sich schnell ducken, damit ihn der Stiefel nicht traf, den sie ihm nachwarf. Er prallte klirrend gegen die Metalltür.

»Tut mir leid«, sagte er, und es klang ehrlich. Er hob den Stiefel auf, beugte sich über seinen alten Anzug und verteilte verschiedene Dinge aus den Taschen in die Gürtelbeutel des Bergarbeiteroveralls.

Ein kleines Etui klappte er auf und überflog kurz den Inhalt, bevor er es wieder zuklappte und einsteckte.

»Ich habe genug imperiale Zahlungsmittel für eine Weile. Und Sie?«

Sie wandte den Blick ab.

»Was würde eine Repräsentantin der Allianz bei einer diplomatischen Mission mit gewöhnlichem Geld anfangen?«

Luke seufzte.

»Es wird schon reichen. Hätten Sie Lust, etwas anderes zu essen als Konzentrat?«

Sie sah ihn an.

»Ich könnte ein halbes Kalb vertilgen, Luke. Sind Sie wirklich sicher, daß wir es versuchen sollten?«

»Irgendwann müssen wir uns unter die Leute mischen. Solange wir uns nicht wie völlig Fremde benehmen oder so aussehen, belästigt uns bestimmt niemand.« Sie gingen zurück zur Hauptstraße, nachdem sie ihre Rucksäcke und Fliegeranzüge im Sumpf vergraben hatten.

Sie waren auf halbem Weg, als die zunehmende Helligkeit Luke zum Stehen brachte.

»Was ist los?« fragte die Prinzessin besorgt.

»Zweierlei«, sagte Luke und sah sie an. »Erstens Ihr Gang.«

»Und was ist mit meinem Gang nicht in Ordnung?«

»Nichts. Das ist ja der Haken.«

Sie zog verwirrt die Brauen zusammen.

»Da komme ich nicht mit, Luke.«

»Sie gehen wie … wie eine Prinzessin«, erklärte er ihr. »Nicht wie eine Arbeiterin. Lassen Sie die Schultern hängen, Ihr Gang darf nicht soviel Selbstsicherheit und Überlegenheit verraten. Schwanken Sie ein bißchen. Sie müssen gehen wie eine erschöpfte Bergarbeiterin, nicht wie ein Mitglied der kaiserlichen Familie. Und dann das zweite …« Er streckte die Hand aus und zerwühlte ihr heftig die Frisur.

»He!« fuhr sie auf und wehrte sich. Als er zurücktrat, bildete ihr Haar ein Gewirr von ungezähmten Strähnen um Kopf und Gesicht, und ihr komplizierter Doppelknoten war völlig verschwunden.

»Schon besser«, meinte er, »aber etwas stimmt immer noch nicht.« Nach kurzer Überlegung bückte er sich, hob eine Handvoll feuchter Erde auf und trat auf sie zu.

»O nein«, sagte sie warnend, hob abwehrend beide Hände und wich zurück. »Ich kenne nichts anderes mehr als Schlamm. Ich lasse mich nicht mit dem Zeug vollschmieren!«

»Wie Sie wollen, Leia.« Er ließ den Schmutz fallen, daß es klatschte. »Machen Sie es selbst.«

Die Prinzessin zögerte, dann gelang es ihr, mit Spucke und einem Minimum an Schmutz jede Spur von Schminke aus ihrem Gesicht zu entfernen und es dabei so wenig wie möglich zu beschmutzen.

»Wie ist es?« fragte sie vorsichtig.

Luke nickte anerkennend.

»Viel besser. Sie sehen aus wie jemand, der zu lange ohne Wasser in der Wüste gewesen ist.«

»Danke«, murmelte sie. »Ich fange an, mich auch so zu fühlen.«

»Es ist notwendig. Ich möchte nur, daß wir lebendig von diesem Planeten herunterkommen.«

»Bestimmt nicht, wenn wir nichts zu essen bekommen.« Er mußte sich beeilen, um sie einzuholen …

3

Sie unterhielten sich flüsternd, als sie den metallenen Laufgang zu den heller beleuchteten Gebäuden entlanggingen. Mit der Zeit tauchten immer mehr Bergleute und andere Gestalten auf, die aus dem Nebel herauszuwachsen schienen.

»Die Stadt wird lebendig«, murmelte Leia. »Wahrscheinlich wird im Bergwerk in drei Schichten gearbeitet. Offenbar ist gerade Schichtwechsel.«

»Ich weiß nicht«, sagte Luke. »Aber Sie müssen etwas gegen Ihren Gang tun. Schlurfen Sie auffälliger.«

Sie nickte und versuchte es. Luke gab sich Mühe, nicht in die Gesichter der Vorbeikommenden zu schauen, aus Sorge, jemand könnte sie genauer unter die Lupe nehmen.

»Sie sind immer noch zu verkrampft. Entspannen Sie sich. So, das ist schon besser.«

Sie blieben vor einem ziemlich ruhigen, einigermaßen guterhaltenen Gebäude stehen, das als Wirtshaus gekennzeichnet war.

»Friedlich genug sieht es aus.« Er drehte sich um. »Dreipeo, du und Erzwo, ihr wartet hier. Wir wollen nichts riskieren. Sucht euch irgendwo eine dunkle Ecke und haltet euch ruhig, bis wir zurückkommen.«

»Sie brauchen mich nicht zu ermahnen, Master Luke«, sagte der goldene Droide hastig. »Komm, Erzwo.« Die beiden gingen zu einem schmalen Durchgang zwischen der Kneipe und dem Nachbargebäude.

»Was meinen Sie, Prinzessin? Sollen wir es versuchen?«

»Ich bin am Verhungern … wir haben Zeit genug verloren.« Sie legte eine Hand auf den Türschalter. Augenblicklich wichen die Türflügel auseinander.

Licht und Lärm und Stimmengewirr fluteten ihnen entgegen.

Da sie sich gezeigt hatten, blieb ihnen nichts anderes übrig, als einzutreten, so unauffällig wie irgend möglich.

Niedrige Nischen voller hektischer Menschen füllten das Innere des Lokals wie Waben. Die Schwaden narkotischen Räucherwerks und von anderem Rauch erstickten Luke beinahe, und er hatte Mühe, nicht zu husten.

»Was ist denn?« Die Prinzessin blickte sorgenvoll, wenngleich von der wüsten Atmosphäre unbeeindruckt. »Die Leute sehen Sie an.«

»Die ... die Luft«, sagte er und versuchte, ruhiger zu atmen. »Sie ist geschwängert von – von ... ich weiß nicht –«

»Zuviel für Sie?« sagte die Prinzessin mit einem leisen Lachen.

Luke schämte sich nicht, es zuzugeben. Als er wieder zu Atem gekommen war, sagte er: »Im Grunde bin ich ein Junge vom Land, Leia. Mit modernen Belustigungen habe ich nicht viel Erfahrung.«

Irgendwo in der Nähe des Mittelpunkts des Menschengewirrs stießen sie wie durch ein Wunder auf einen leeren Tisch. Die Prinzessin konzentrierte sich heftig auf die Tischplatte, als der menschliche Kellner auftauchte. Sie hätte sich keine Sorgen zu machen brauchen – er verschwendete keinen Blick an sie.

»Sie wünschen?« fragte er beiläufig. Der Mann rauchte während des Dienstes irgendein Kraut, stellte Luke fest.

»Was ist heute am besten?« fragte er den Mann, bemüht, so zu sprechen wie einer, der gerade zehn Stunden in den Eingeweiden des Planeten verbracht hatte.

»Kommerken-Steak, Flankenstück und Utuwergs ... die üblichen Beilagen.«

»Für zwei«, sagte Luke knapp.

»Klar«, sagte der Kellner ebenso kurz und verschwand im Gedränge.

»Er hat keine Fragen gestellt«, murmelte die Prinzessin.

»Nein. Vielleicht geht das doch leichter als ich dachte.« Er begann wieder zu hoffen; aber Augenblicke später verdüsterte sich seine Miene schon wieder.

»Was ist, Luke?«

Er machte eine Handbewegung, und sie schaute zur Theke hinüber.

Ein großer, breit gebauter Bergmann wurde schwächlich angegangen von etwas Menschengroßem, Dürrem, völlig mit hellgrünem Pelz Bedecktem. Es hatte große Nachtaugen und eine Mähne von längerem, dunklerem Pelz, die von der Schädeldecke bis zur Rückenmitte reichte. Um die Beckengegend hatte es ein einfach verarbeitetes Fell von irgendeinem unbekannten Tier geschlungen, und am Hals baumelten mehrere klirrende Ketten mit primitiven Ornamenten.

Das Wesen begann mit hoher, vibrierender Stimme miauende, flehende Laute hervorzubringen. Der fremdartige Singsang war getönt von unverkennbarer Verzweiflung.

»Bihe, Sir«, flehte es, »chleine Drink? Vickerman, vickerman?«

Der große Bergmann erwiderte die klägliche Bitte damit, daß er dem Wesen die Stiefelspitze ins Gesicht stieß. Luke zuckte zusammen und wandte den Blick ab.

Die Prinzessin sah ihn an. »Was ist los, Luke?«

»Ich kann es nicht ertragen, jemanden so gedemütigt zu sehen«, murmelte er, »egal ob Mensch oder Tier oder Fremdwesen.« Er sah sie forschend an. »Wie können Sie da zuschauen?«

»Ich habe erlebt, wie meine ganze Welt mit mehreren Millionen Menschen vernichtet wurde«, erwiderte sie mit eisiger Sachlichkeit. »Nichts, was irgendwelche Lebewesen tun, kann mich noch in Erstaunen versetzen. Dann schon eher, daß jemand noch fähig ist, überrascht zu sein.« Sie richtete den klinisch kühlen Blick wieder auf die Szene an der Bar.

»Stiefelspitz!« schrie der Bergarbeiter den Eingeborenen an, während seine Kumpane lachten. »Stiefelspitz, jo?«

Das winselnde, flehende Wesen starrte zu dem Mann hinauf und wischte sich das Blut vom Gesicht, während sein Kopf hin- und herzuckte.

»Vickerman, vickerman?«

»Ja, vickerman?« sagte der Bergmann. »Stiefelspitz.«

Ohne weitere Aufforderung warf sich der Eingeborene auf den Bauch. Eine unerwartet lange, schlangenartige Zunge schnellte vor und begann Schlamm und Schmutz von den Stiefeln des Bergmanns zu lecken.

»Mir wird schlecht«, flüsterte Luke. Die Prinzessin zuckte nur die Schultern.

»Wir haben unsere Teufel und unsere Engel, Luke. Man muß mit beiden fertig werden.«

Als sie wieder zur Bar blickte, hatte der Eingeborene seine entwürdigende Aufgabe bewältigt und hob die Hände.

»Geben vickerman jetz, jetz?«

»Ja, sicher«, sagte der Bergmann. Er griff nach einer seltsam geformten Flasche und drückte auf einen Knopf. Ein Teil der oberen Flaschenhälfte füllte sich mit dunkler Flüssigkeit.

Der Bergarbeiter wandte sich dem erwartungsvollen Eingeborenen zu, kippte die Flasche und ließ den dicken, roten Schnaps statt in die gewölbten Hände auf den Boden rinnen. Während die Männer und Frauen an der Theke auf Kosten des armen Wesens noch ein letztesmal lachten, warf es sich auf den Boden, und die erstaunliche Zunge schnellte vor und zurück wie die eines Frosches und leckte den Schnaps auf, bevor er in den Ritzen und Vertiefungen des Fußbodens versickerte.

Luke, der nicht mehr zusehen konnte, ließ seinen neugierigen Blick durch den großen, raucherfüllten Raum gleiten. Er sah nun mehr von den Grünpelzwesen umhergehen. Viele bettelten mit verzweifelter Erwartung, andere beschäftigten sich mit irgendwelchen niederen Arbeiten.

»Diese Rasse kenne ich nicht.«

»Ich auch nicht«, sagte Leia. »Sie muß von diesem Planeten

stammen. Das Imperium ist nicht gerade bekannt für seine Sanftmut im Umgang mit nichtverbündeten Eingeborenen.«

Luke wollte etwas dazu sagen, aber sie winkte ab. Der Kellner war mit ihrem Essen gekommen.

Das Fleisch war von seltsamer Farbe, das Gemüse noch merkwürdiger, aber alles war heiß und schmeckte gut. Aus der Mitte des Tisches ragten drei Hähne heraus. Luke füllte versuchsweise sein Glas und probierte.

»Nicht schlecht.«

Inzwischen versuchte die Prinzessin einen Bissen von ihrem Fleisch. Sie verzog den Mund, als sie kaute und schluckte.

»Nicht das, was ich bestellen würde, wenn ich die Wahl hätte ...«

»Die haben wir nicht«, betonte Luke.

»Nein ... die haben wir nicht. Wir ...« Sie verstummte, machte große Augen, und Luke drehte sich um.

Der Kellner stand noch immer da und beobachtete sie. Als er bemerkte, daß sie ihn anschaute, drehte er sich um und ging.

»Glauben Sie, er hat einen Verdacht?« murmelte sie besorgt.

»Woher denn? Ihre Kleidung stimmt, sogar ich würde Sie nicht erkennen.«

Halbwegs beruhigt beugte Leia sich über ihren Teller und aß weiter.

»Sehen Sie, da drüben«, sagte sie. Luke drehte den Kopf und sah verstohlen in die bezeichnete Richtung.

Der Kellner sprach mit einem hochgewachsenen, selbstsicher wirkenden Mann, der die Uniform eines imperialen Beamten trug.

»Sie haben einen Verdacht!« flüsterte sie drängend. Sie begann aufzustehen. »Ich habe genug, Luke. Wir verschwinden.«

»Wir können nicht davonstürzen, schon gar nicht, wenn wir beobachtet werden«, erwiderte er. »Keine Panik, Prinzessin.«

»Ich habe gesagt, ich gehe, Luke.« Nervös drehte sie sich um und wollte gehen.

Ohne zu überlegen, was er tat, hob er die Hand, schlug ihr kräftig ins Gesicht, und als sich ihnen überall Köpfe zudrehten, sagte er laut: »Für dich gibt es nichts, bis *ich* mit dem Essen fertig bin!«

Sie preßte eine Hand an ihre flammende Wange. Mit aufgerissenen Augen sank die Prinzessin stumm auf den Stuhl zurück. Luke machte sich wild über sein Steak her, als der uniformierte Beamte herankam, in einigem Abstand gefolgt von dem Kellner.

»Gibt es irgendwelche Schwierigkeiten ...« begann er.

»Nein, keine Schwierigkeiten«, sagte Luke und zwang sich ein Lächeln ab. Der Mann entfernte sich nicht. »Kann ich vielleicht *Ihnen* helfen?«

»Sie nicht. Es ist klar, was Sie sind, Bergmann.« Der ölige Blick des Bürokraten richtete sich auf Leia. »Ihre Begleiterin macht mich schon neugieriger.« Leia hob den Kopf nicht.

»Wieso?« fragte Luke. »Was ist denn?«

»Nun, sie zieht sich zwar wie eine Bergarbeiterin an«, sagte der Mann, »aber Elarles hier«, und er wies auf den Kellner, »hat bemerkt, daß ihre Hände auf einen anderen Beruf zu deuten scheinen.«

Luke starrte die Hände der Prinzessin an: weich, helle Haut, keine Schwielen, sichtlich die Hände einer Person, die keine Handarbeit kannte. Lukes Jahre auf der Farm seines Onkels hatten ihm Körper und Hände verliehen, mit denen er die Rolle des Bergarbeiters spielen konnte, aber Prinzessin Leia Organa hatte in ihrem Leben noch kein Werkzeug in der Hand gehabt.

Er überlegte verzweifelt.

»Nein, sie ist ... äh, ich hab' sie gekauft.« Leia zuckte wie unter einem Schlag zusammen und starrte ihn einen Augenblick an, bevor sie sich wieder über ihren Teller beugte. »Ja, sie ist meine Dienerin. Hab' meine ganzen Ersparnisse für sie ausgegeben.« Er versuchte, gleichgültig zu tun, und griff achselzuckend nach dem Besteck. »Sie ist natürlich nicht viel wert.«

Ihre Schultern bebten. »Aber mehr konnte ich mir nicht leisten. Und es ist eigentlich ganz lustig mit ihr, auch wenn sie manchmal frech wird und ich ihr eine kleben muß.«

Der Bürokrat nickte verständnisvoll.

»Kann ich Ihnen nachempfinden, junger Mann. Entschuldigen Sie die Störung.«

»Macht nichts«, rief Luke ihm nach, als der Mann an seinen eigenen Tisch zurückkehrte.

Die Prinzessin funkelte ihn grimmig an.

»Das hat Ihnen Spaß gemacht, wie?«

»Nein, natürlich nicht. Aber ich mußte es tun, um uns zu retten.«

Sie rieb sich die Wange.

»Und die Geschichte mit der Dienerin?«

»Es war das einzig Logische, was mir einfiel«, erklärte er. »Außerdem nimmt das den Verdacht von Ihnen.« Seine Stimme klang zufrieden. »Wenn sich das herumspricht, wird niemand mehr Fragen an Sie oder über Sie stellen.«

»Herumspricht?« Sie stand auf. »Wenn Sie glauben, Luke Skywalker, daß ich Ihre Dienerin mache, bis –«

»He, Kleine ... alles in Ordnung?« fragte eine fremde Stimme. Luke betrachtete die alte Frau, die neben der Prinzessin aufgetaucht war. Sie legte eine Hand auf Leias Schulter und umklammerte sie. Die Prinzessin setzte sich langsam, wie betäubt.

Luke sah die Frau argwöhnisch an, als sie einen Stuhl heranzog.

»Wir kennen uns nicht. Und ich kann mich nicht erinnern, Sie an unseren Tisch gebeten zu haben. Also lassen Sie mich und meine Dienerin in Ruhe.«

»Ach, euch beide stör' ich nicht, mein Junge«, sagte sie in einem Ton, der andeutete, daß sie mehr wußte als die beiden. Sie zeigte mit einer Kopfbewegung auf die Prinzessin.

»Wundert mich nicht, daß wir uns noch nicht begegnet sind. Ihr zwei seid fremd hier, nicht?«

Diese Feststellung schien die Prinzessin aus ihrer Lähmung zu reißen. Sie warf der alten Frau einen verblüfften Blick zu, dann schaute sie in eine andere Richtung.

»Wie kommen Sie auf etwas so Unsinniges?« stammelte Luke.

Sie beugte sich in verschwörerhafter Art näher.

»Die alte Halla kann sich Gesichter gut merken. Ihr wohnt nicht in der Stadt hier, und in den anderen vier habe ich euch auch noch nie gesehen. So krank und verfallen wie die Welt hier ist, ich kenne alle Kranken und Verkommenen, die bei uns leben. Ihr seid neu für mich.«

»Wir ... wir sind mit dem letzten Schiff gekommen«, sagte Luke blindlings.

Sie grinste ihn an.

»Wirklich? Sie wollen die alte Halla hereinlegen, wie? Nein, seht mich nicht so erschrocken an. Eure Gesichter sind ja so weiß wie der Panzer eines Soldaten. Ihr seid also Fremde ... Das ist gut, sehr gut. Ich brauche Fremde. Ich brauche eure Hilfe.«

Die Prinzessin starrte sie verwundert an.

»*Sie* wollen, daß wir *Ihnen* helfen?«

»Überrascht, wie?« sagte Halla mit gackerndem Lachen.

»Helfen wobei?« fragte Luke verwirrt.

»Einfach helfen«, sagte sie rätselhaft. »Helft ihr mir, helfe ich euch, Und ich weiß, daß ihr Hilfe braucht, weil es auf dieser Welt keine Fremden gibt und ihr trotzdem welche seid. Wollt ihr wissen, woher ich weiß, daß ihr Fremde seid?« Sie beugte sich wieder über den Tisch und fuchtelte mit dem Finger vor Lukes Nase herum. »Weil die Macht in Ihnen stark ist, junger Mann.«

Luke lächelte sie zweifelnd an.

»Die Macht ist ein Aberglaube, ein Märchen, an das manche Leute glauben. Man erschreckt die Kinder damit.«

»So?« Halla lehnte sich zurück und verschränkte befriedigt die Arme. »Nun, mein Junge, der Aberglaube ist stark in Ihnen.

Viel stärker als bei jedem anderen, den ich auf diesem Schlammhaufen kennengelernt habe.«

Luke starrte sie plötzlich prüfend an.

»Was ist, Luke?« fragte die Prinzessin, als sie seine Miene sah. Er beachtete sie nicht.

»Sie sagten, Ihr Name sei Halla.« Die Frau nickte kurz. »Sie haben auch etwas von der Macht in sich.«

»Mehr als etwas, Grünschnabel«, erwiderte sie empört. »Ich bin eine Meisterin der Macht, eine Meisterin!«

Luke sagte nichts.

»Sie wollen also einen Beweis?« fuhr sie fort. »Passen Sie auf!« Sie konzentrierte sich ganz auf eine Gewürzbüchse in der Mitte des Tisches, unter einem der Hähne, bis sie ins Zittern geriet. Sie hüpfte ein-, zweimal, dann rückte sie einige Zentimeter nach links. Halla lehnte sich zurück, atmete tief durch und wischte sich den Schweiß von der Stirn. »So, seht ihr? *Etwas von der Macht*, daß ich nicht lache!«

»Ich bin überzeugt«, gab Luke zu und warf dabei einen Seitenblick auf die Prinzessin, der verriet, daß er von solchen Zauberkunststückchen keineswegs beeindruckt war. »Sie haben viel von der Macht in sich.«

»Wenn ich will, kann ich auch noch andere Dinge tun«, verkündete Halla stolz. »Zwei, die die Macht besitzen ... wir sind dazu bestimmt, uns zusammenzutun, wie?«

»Ich bin nicht so sicher –«, begann die Prinzessin.

»Machen Sie sich meinetwegen keine Sorgen, Kleine«, sagte Halla. Sie wollte die Hand der Prinzessin berühren, aber Leia zog sie unsicher zurück. Halla betrachtete sie, lächelte und packte fest ihr Handgelenk. »Sie halten mich für verrückt, wie? Sie glauben, die alte Halla sei verrückt.«

Die Prinzessin schüttelte den Kopf.

»Nein ... das habe ich nicht gesagt. Das habe ich wirklich nicht gesagt.«

»Hm, aber gedacht, nicht?« Als Leia nicht antwortete, zuckte

Halla die Schultern. Wenn sie beleidigt war, ließ sie sich jedenfalls nichts anmerken. »Egal, egal.« Sie ließ das Handgelenk der Prinzessin los, und Leia zog die Hand langsam zurück und rieb sich das Gelenk.

»Warum wollen Sie uns helfen?« fragte Luke. »Wenn wir jetzt einfach einmal unterstellen wollen, daß wir überhaupt Hilfe brauchen und Sie richtig geraten haben.«

»Einfach einmal unterstellen, mein Junge«, äffte sie ihn nach. »Darauf komm' ich noch. Sagt mir, was ihr von mir braucht.«

»Hören Sie, alte Frau«, begann Luke drohend.

Sie ließ sich nicht einschüchtern.

»Bei mir wirkt das nicht, Kleiner. Ihr wollt doch nicht herumerzählt haben, daß ihr Fremde seid, oder?« Ihre Stimme wurde zuletzt etwas lauter, und Luke hob beschwichtigend die Hände, während er sich umschaute, ob jemand mitgehört hatte.

»Okay. Wenn Sie wissen, daß wir Fremde sind, wissen Sie auch, was wir brauchen. Wir müssen fort von diesem Planeten.« Die Prinzessin warf ihm einen warnenden Blick zu, aber er achtete nicht darauf. »Nein, keine Sorge. Sie hat etwas von der Macht in sich.« Er wandte sich der Alten wieder zu. »Wer sind Sie überhaupt?«

»Nur die alte Halla«, sagte die Frau. »Und ihr wollt nur fort von Mimban. Da habt ihr euch nichts Leichtes ausgesucht.« Sie runzelte die Stirn. »Sagt mal, wie seid ihr zwei überhaupt hergekommen? Ihr könnt mir nicht einreden, daß ihr mit dem regulären Versorgungsschiff gekommen seid.«

»Reguläres Versorgungsschiff?« entfuhr es Leia. »Sie meinen, Circarpous weiß von dieser Einrichtung?«

»Na, hab' ich denn gesagt, wo das Schiff herkommt?« sagte Halla mit verächtlichem Schnauben. »Die Circarpousier – diese Provinzler! Der Planet hier ist direkt in ihrem Hinterhof, und sie wissen nichts davon. Nein, das Imperium betreibt das Bergwerk und die Städte direkt.«

»Das haben wir beinahe vermutet«, gab Luke zu.

»Sie überwachen den Weltraum im weiten Umkreis«, fuhr Halla fort. »Die Circarpousier haben auf Nummer Zehn eine ziemlich ordentliche Kolonie. Wenn ein Schiff irgendwo in der Nähe vorbeikommt, wird alles stillgelegt. Das Bergwerk, das Funkfeuer, alles.«

»Ich glaube, jetzt verstehe ich, warum sie uns nicht bemerkt haben«, sagte Luke. Leia legte warnend ihre Hand auf die seine, aber er schüttelte sie ab. »Entweder vertrauen wir Halla, oder wir tun es nicht. Sie argwöhnt schon genug, um uns jederzeit verraten zu können.« Er sah die alte Frau offen an. »Wir sind geschäftlich von Circarpous X nach Vier unterwegs gewesen.«

»Ihr seid vom Rebellenstützpunkt auf Vierzehn gekommen, meinen Sie«, verbesserte ihn Halla selbstzufrieden. »Soviel zu eurem Vertrauen.« Als Luke an seiner Antwort zu ersticken drohte, winkte sie ab. »Lassen Sie nur. Die einzige Regierung, die ich anerkenne, ist meine eigene. Glaubt ihr denn, der Stützpunkt wäre noch da, wenn ich die Rebellen verraten wollte?«

Luke zwang sich zur Ruhe und lächelte sie an.

»Wir waren mit zwei Einmann-Raumjägern unterwegs. Wenn die Instrumente hier der Norm entsprechen, sind sie nicht darauf eingestellt, etwas so Kleines zu orten. Das muß der Grund sein, warum es keinen Alarm gegeben hat. Wir sind unentdeckt gelandet.«

»Wo sind eure beiden Schiffe?« fragte Halla besorgt. »Wenn sie in der Nähe sind, könnten sie bald entdeckt werden.«

Luke deutete wahllos in nordwestliche Richtung.

»Irgendwo dort draußen, ein paar Tagesmärsche entfernt. Das heißt, wenn der Schlamm, der hier den Boden bildet, sie noch nicht verschluckt hat.«

Halla schnaubte zufrieden.

»Gut! Die Leute wagen sich nicht weit aus den Städten hinaus. Da werden sie kaum entdeckt werden. Wie haben Sie ohne das Feld und die Peilung landen können?«

»Landen!« fauchte die Prinzessin. »Sehr komisch. Wir sind in eine Art Feldverzerrungseffekt geraten, der sicher vom Energie-Bergbau stammt. Unsere Bordinstrumente fielen aus. Ich nehme an, ein Schiff braucht eine besondere Abschirmung, um durch die Atmosphäre zu gelangen, die von derlei Überschußenergie betroffen ist. Nur gut, daß wir es getan haben, sonst wären wir direkt auf dem Landefeld des Imperiums angekommen«, schloß sie.

»Sie sehen selbst, Halla«, sagte Luke, »Sie müssen uns helfen, von hier fortzukommen.«

»Praktisch unmöglich, mein Junge. Denkt euch etwas anderes aus. Ihr seid illegal hier, ohne Ausweise. Sobald sie jemand von euch verlangt und ihr sie nicht vorweisen könnt, werfen sie euch ins hiesige Gefängnis, um euch zu verhören. Der Mann, der hier das Sagen hat, ist ein übler Bursche namens Grammel.« Sie sah die beiden ernsthaft an. »Man tut gut daran, ihm aus dem Weg zu gehen.«

»Na gut«, sagte Luke, »wenn wir nicht auf normalem Weg hinaus können, müssen Sie uns eben helfen, ein Schiff zu stehlen.«

Zum erstenmal, seit sie sich zu ihnen gesetzt hatte, war Halla sprachlos.

»Vielleicht sonst noch irgend etwas?« sagte sie schließlich. »Grammels Amtsrobe oder den Thron des Imperators? Ein Schiff stehlen? Sie müssen nicht bei Trost sein.«

»Dann sind wir ja in guter Gesellschaft«, bemerkte die Prinzessin zufrieden.

Halla wandte sich ihr zu.

»Von *Ihnen* habe ich so ziemlich genug, junge Dame. Ich bin nicht sicher, daß ich *Ihre* Hilfe brauche.«

»Haben Sie eine Vorstellung davon, wer ich bin?« begann die Prinzessin, faßte sich aber noch rechtzeitig. »Aber darauf kommt es nicht an. Es kommt nur darauf an, daß Sie es nicht schaffen, nicht?«

Halla wollte widersprechen, aber die Prinzessin schnitt ihr das Wort ab.

»*Schaffen* Sie es?«

»Es ist nicht, daß ich es nicht schaffe«, sagte Halla bedächtig. »Es sind die Risiken, und ob es sich lohnt ...« Sie verstummte, dachte nach und sah Luke schließlich an. »Also gut. Ich helfe euch, das Schiff zu stehlen.«

Luke sah erregt zur Prinzessin hinüber, die Halla nicht aus den Augen ließ.

»Unter einer Bedingung.«

Die Prinzessin nickte vielsagend.

»Unter welcher Bedingung?«

»Zuerst helft ihr mir.«

»Es ist ja nicht so, daß wir groß die Wahl hätten«, meinte Luke. »Wobei sollen wir Ihnen helfen?«

»Etwas zu finden«, sagte Halla. »Mit Ihrem Wissen von der Macht, mein Junge, verbunden mit dem meinen, müßte es einfach sein. Aber allein kann ich es nicht schaffen, und irgendeinem anderen kann ich nicht trauen. Ich weiß, daß ich euch trauen kann, denn wenn ihr versucht, mich hereinzulegen, liefere ich euch Grammel aus.«

»Sehr vernünftig«, lobte Leia. »Sie sagen, die Aufgabe sei einfach zu lösen. Was suchen wir denn?«

Halla schaute sich mit komisch ernster Miene um, bevor sie antwortete. »Ich glaube kaum, daß ihr beiden schon einmal vom Kaiburr-Kristall gehört habt.«

»Stimmt«, sagte Leia knapp.

»Eure Unwissenheit ist nicht verwunderlich«, betonte Halla. »Nur wenige Leute, die von der Erforschung Mimbans wissen, haben davon gehört. Circarpousische Xenoarchäologen hörten zum erstenmal bei ihrer ersten und einzigen Forschungsexpedition auf diesem Planeten davon. Sie kamen zu dem Schluß, daß es sich um eine Legende handelte, um eine örtliche Angeberei, erfunden von den Eingeborenen, um mehr Schnaps aus ihnen herauszuholen. Die meisten vergaßen es wieder. Aber es stand in den Archiven des Imperiums, als man hier zu bohren begann.

Der Legende zufolge befindet sich der Kristall im Tempel von Pomojema, einer minderen lokalen Gottheit, wie mir die Grünen gesagt haben, mit denen ich sprach.«

»Klingt alles plausibel«, sagte Luke. »Wo ist der Tempel?«

»Sehr weit von hier, wieder nach den Behauptungen der Eingeborenen«, fuhr Halla fort. »Die Welt hier strotzt von Tempeln. Und man darf nicht vergessen, daß dieser Pomojema ein drittklassiger Gott ist. Das Interesse, seinen Tempel zu finden, war also nicht übermäßig groß.«

»Tempel, Götter, Kristalle«, murmelte die Prinzessin. »Na gut, angenommen, es gibt diesen legendären Ort. Was soll dieser Kaiburr-Kristall sein ... ein großer Edelstein?«

»So ungefähr«, sagte Halla und lächelte listig. »Da wird das Interesse doch wach, wie?« Die Prinzessin sah an ihr vorbei.

»Uns interessiert alles, das unsere Aussichten fördert, von hier fortzukommen«, sagte Luke. »Ich muß zugeben, die Geschichte von dem Kristall klingt aber auch für sich faszinierend. Was für ein Juwel ist das?«

»Pah! Mir ist nicht wichtig, was für ein Halsband das für irgendeine verwöhnte Adlige geben würde.« Sie sah die Prinzessin vielsagend an und fuhr fort: »Mich interessiert viel mehr eine bestimmte Eigenschaft, die der Kristall besitzen soll.«

»Noch mehr Märchen«, murmelte die Prinzessin. »Wie können Sie davon nur so überzeugt sein, Halla? Woher die Gewißheit, daß die Xenoarchäologen nicht recht hatten und das Ganze nur eine Erfindung der Eingeborenen ist?«

»Weil ich Beweise habe!« gab Halla triumphierend zurück. Sie griff in ihren Overall, zog ein Päckchen Isolierstoff heraus und entrollte es auf dem Tisch. Es enthielt ein winziges Metallkästchen. Mit dem Nagel ihres rechten kleinen Fingers drehte sie mehrmals am Miniaturschloß. Der winzige Deckel klappte auf.

Luke und Leia beugten sich darüber.

Was sie sahen, war ein Splitter wie von rotem Glas, der sanft leuchtete. Die Farbe war satter und voller als von rotem Korund. Sie besaß einen glasigen Glanz, der dem von kristallisiertem Honig glich.

»Nun«, sagte Halla nach einer langen Pause, »seid ihr jetzt davon überzeugt, daß ich die Wahrheit sage?«

Die Prinzessin, immer noch skeptisch, lehnte sich zurück und sah Halla von der Seite an.

»Ein kleines Stück leuchtendes Glas oder Kunststoff, oder ein gewöhnliches Silikat, bearbeitet, damit es leuchtet. Das soll ich als Beweis ansehen?«

»Das ist ein Splitter vom Kaiburr-Kristall selbst!« betonte Halla, empört über ihre Ungläubigkeit.

»Aber gewiß«, sagte die Prinzessin. »Wo haben Sie es her?«

»Von einem Grünen, für eine Flasche Schnaps.«

Leia sah sie gequält an.

»Sie wollen uns also einreden, daß einer von den primitiven, abergläubischen Einheimischen sich von einem Splitter des halblegendären Edelsteins trennt, der noch dazu aus einem seiner Tempel stammt, wenn er dafür eine schäbige Flasche Alkohol bekommt?«

»Es war nicht der Tempel *seines* Vorfahren oder Gottes«, gab Halla verächtlich zurück. »Und selbst wenn, dann würde es auch keine Rolle spielen. Seht euch diese armseligen Wesen doch an.« Sie zeigte auf die gedemütigten, am Boden kriechenden Bettler, die bei den Gästen zu jeder erniedrigenden Handlung bereit waren, wenn sie dafür einen Schluck Alkohol bekamen. »Sie tun alles für einen Schluck Schnaps, außer vielleicht, sich selbst umzubringen. Sie leisten tagelang für ein Glas die schwersten Arbeiten.«

»Vielleicht haben Sie recht«, sagte Leia unbehaglich. »Das könnte unter Umständen ein Stück von dem Stein sein, den Sie meinen. Ich verstehe aber immer noch nicht, warum Sie ihn so dringend suchen, vor allem, wenn Sie behaupten, daß der Verkaufswert Sie gar nicht interessiert.«

»Ihr begreift immer noch nicht, wie?« murmelte Halla. Sie wandte sich Luke zu. »Berühren Sie den Splitter.«

Luke zögerte, während sein Blick zwischen Leia und Halla hin- und herging. Halla nahm den Splitter aus dem Kästchen und hielt ihn ihm auf der Hand hin.

»Er ist nicht heiß, sehen Sie. Los, berühren Sie ihn, damit Sie daran glauben. Haben Sie Angst?« Luke zögerte immer noch.

»Ich berühre ihn«, sagte die Prinzessin und streckte den Finger aus, aber Halla zog ihre Hand sofort zurück.

»Nein. Das ist nichts für Sie. Ihn zu berühren, würde Ihnen gar nichts beweisen.« Sie hielt Luke wieder ihre Hand hin. »Nur zu, mein Junge. Es tut nicht weh.«

Luke befeuchtete die Unterlippe und streckte vorsichtig den Finger nach dem Splitter aus. Berührte ihn.

Er fühlte sich genauso an, wie er aussah, wie ein Stück leuchtendes, nicht erwärmtes Glas. Aber die Empfindungen, die ihn durchströmten, stammten nicht von seinem Finger, wurden nicht durch die Nervenenden in seiner Haut übertragen. Er zog den Arm ruckartig zurück, als habe er an eine elektrische Leitung gegriffen.

»Luke, was ist?« rief die Prinzessin besorgt. Sie starrte Halla vorwurfsvoll an. »Sie haben ihm weh getan!«

»Nein, Schätzchen, das habe ich nicht. Er ist genauso erschreckt und schockiert und überrascht wie ich, als ich das erstemal den Kristall berührt habe.«

Leia sah Luke ins Gesicht.

»Was haben Sie gefühlt?«

»Ich ... habe gar nichts *gefühlt*«, erwiderte er leise, nun völlig von der Aufrichtigkeit der alten Frau überzeugt. »Ich habe etwas erlebt. Das hier«, und er deutete auf den Splitter roten Minerals, »steigert die Wahrnehmung der Macht. Es vergrößert und macht klarer ... im Verhältnis zu seiner Größe und Dichte, vermute ich.« Er starrte Halla lange an. »Jemand, der den ganzen Kristall besäße, wenn er viel größer ist als dieser Splitter, hätte die Macht so in seiner Gewalt, daß er nahezu alles erreichen könnte, wirklich alles.«

»Das glaube ich auch«, sagte Halla. Sie legte den Splitter in das Kästchen zurück, klappte den Deckel zu und wickelte den Behälter wieder in den weichen Stoff. Sie gab Luke das Päckchen. »Um Ihnen zu zeigen, daß ich meine, was ich sage, sollen Sie ihn behalten. Nur zu, nehmen Sie ihn.« Luke griff danach und schob das Päckchen in die Tasche. »Und jetzt, denke ich, bleibt euch gar nichts anderes übrig, als mir zu helfen«, fuhr sie fort, »und zwar gleich.«

»Wer sagt das?« murrte Leia.

»Niemand sagt das. Die Tatsachen sagen es. Als Luke den Splitter berührte, hat er eine winzige, aber merkbare Regung der Macht ausgelöst. Ich habe es gespürt. Sie ist vielleicht nicht weiter gedrungen als durch die Kneipe, oder sie kann Sensitive auf der anderen Seite der Galaxis betroffen haben. Es gibt in den oberen Rängen des Imperiums genügend für die Macht empfängliche Leute, die eine solche Regung wahrgenommen haben mögen.

Aber, wie gesagt, die Regung braucht nicht weiter gedrungen zu sein als bis zu mir«, fuhr sie achselzuckend fort. »Die Frage ist nur: Können Sie das Risiko eingehen, Luke? Wenn ihr beide zur Allianz gehört, wie ich inzwischen vermute, werden die Schergen des Imperators sehr an Luke interessiert sein. Nach allem, was man hört, würde der Imperator es überhaupt nicht schätzen, jemanden auf seiten der Rebellen zu wissen, der mit der Macht umzugehen vermag.

Außerdem weiß Luke, was für einen Schaden ein Meister der Macht anrichten könnte, wenn er den ganzen Kristall in seinen Händen hätte. Können Sie das Risiko auf sich nehmen, daß das Imperium ihn zuerst entdeckt?« Sie sah Luke beinahe bedauernd an. »Tut mir leid, aber ich mußte etwas tun, um euch beide zu einer Entscheidung zu zwingen. Konnte es nicht riskieren, daß meine ersten wirklich sicheren Helfer mich im Stich lassen, nicht wahr?«

»Sie hat recht, Leia«, sagte Luke. »Wir können das Risiko nicht auf uns nehmen, daß der Kristall in die Hände des Imperiums fällt.«

»Das mag sein, Luke –«

»Außerdem haben wir keine Wahl, Leia. Wir brauchen Halla, um den Planeten zu verlassen, und sie wird uns nicht helfen, bis wir den Kristall gefunden haben.« Er sah Leia an. »Abgemacht?«

»Na, na, was soll das? Ein Bergmann, der seine Dienerin um Erlaubnis fragt?« Sie vermochten beide ihren scharfen Blick nicht zu erwidern. »Nur ruhig, Kinder. Ich verrate euch nicht, wer immer ihr auch sein mögt.« Sie schaute sich um. »Das ist nicht gerade ein sehr privater Ort, um Geschäfte abzuwickeln. Wenn ihr mit dem Essen fertig seid, täten wir gut daran, uns anderswo zu unterhalten.«

Luke nickte.

»Es wird auch Zeit, daß wir Erzwo und Dreipeo beruhigen.«

»Augenblick.« Halla streckte abwehrend die Hand aus. »Ich dachte, ihr seid nur zu zweit.«

Luke grinste.

»Zwei Droiden, die ich erworben habe … geerbt, könnte man sagen.«

»Ach, dann ist es in Ordnung. Ich selbst habe mir nie einen eigenen Droiden leisten können.«

Während sie bezahlten, warf Luke einen Blick in Richtung des imperialen Beamten. Der Mann zeigte kein Interesse mehr an ihnen und blickte nicht einmal in ihre Richtung. Die Geschichte, die ihm Luke aufgetischt hatte, schien ihn überzeugt zu haben.

Im Freien, als die Metalltüren sich geschlossen hatten, versetzte Leia ihrem Begleiter einen Tritt ans Schienbein. Er stolperte und kippte von dem schmalen Laufgang in den schlammigen Graben, der den Gehweg von der Straße trennte. Als er sich gefaßt hatte, starrte er sie verblüfft an.

»Jetzt sehen Sie eher wie ein Bergmann aus«, sagte sie lachend. »Das ist die Quittung für die Ohrfeige von vorhin. Nichts für ungut?«

Luke schüttelte sich den Schlamm von den Händen, wischte sie sich an der Brust ab und grinste hinauf.

»Nichts für ungut, Leia.« Er streckte die Hand aus. Die Prinzessin beugte sich vor, hielt sich mit der linken Hand an einem Pfosten fest und streckte die rechte Hand aus, um Luke heraufzuhelfen.

Ihre Vorsicht half ihr nicht. Luke zerrte mit einem heftigen Ruck, und sie platschte neben ihm in den Graben. Er saß da und grinste sie an, während sie sich umdrehte und entsetzt an sich herabsah.

»Sehen Sie mich an! Sehen Sie sich an, was Sie mit mir gemacht haben!«

»Jetzt sehen Sie eher wie eine Dienerin aus«, erwiderte er. »Man kann hier nicht vorsichtig genug sein, wissen Sie.«

»Nun, wenn das so ist ...« Luke wich der ersten Handvoll Schlamm noch aus, erwischte einen Teil der zweiten und packte sie.

Halla schaute belustigt zu, bis hinter ihr mehrere große Männer aus der Kneipe kamen. Sie blieben stehen, ebenfalls vom Schlammringkampf angelockt. Sie waren alle betrunken genug, um gefährlich zu sein, und je länger sie zusahen, desto stiller wurden sie.

Viel zu still für Hallas Geschmack ...

4

»Um uns'rer Seelen und Gesundheit willen«, murmelte sie den beiden Kämpfern hastig zu, »hört auf, ihr zwei!«

Schlammbedeckt, wie sie waren, hörten weder Luke noch die Prinzessin Hallas angstvoll geflüsterte Warnung.

Einer der Männer beugte sich nach rechts, spuckte aus und sagte: »Eine, die dient, darf sich nicht wehren, Jungs.«

»Schickt sich einfach nicht«, meinte sein Nebenmann.

»Außerdem ist Raufen in der Öffentlichkeit gegen die Vorschriften, oder?« fügte der erste Mann hinzu.

»Richtig«, sagte ein dritter. »Vielleicht können wir für Ordnung sorgen, bevor ein Nachttrupp sie mitnimmt. Tun wir ihnen einen Gefallen damit.« Er rief zu Luke hinunter: »Aushalten, junger Mann. Wir lassen nicht zu, daß sie dir was tut.«

Die fünf Männer grinsten und johlten, als sie vom Laufgang heruntertraten. Halla, die sich von allen Beteiligten unbeachtet sah, glitt zurück in die Schatten.

»Können wir irgend etwas tun, Madam?« sagte eine Stimme an ihrem Ohr. Sie zuckte heftig zusammen, was Dreipeo seinerseits zusammenzucken ließ.

»Du hast kein Recht, mich so zu erschrecken! Bist wohl aus einem Schrottlager weggerannt!«

»Ich bitte um Entschuldigung, aber mein Herr und die Dame ...«

»Ach so. Du bist Dreipeo?« Der Droide nickte kurz. »Und das muß Erzwo sein.« Ein Piepsen drang aus einem undeutlichen Umriß nebenan. »Wir können noch gar nichts tun, fürchte ich.« Sie starrte wieder auf die Straße hinaus. »Vielleicht machen die Kerle nur Spaß.«

Zwei von den Männern zogen Leia und Luke weg. Dadurch konnten sie das Mädchen zum erstenmal richtig sehen. Ihre ursprüngliche Belustigung machte weniger angenehmen Gefühlen Platz.

»Tja, also«, murmelte ein breitbrüstiger Mann mit Manchu-Schnurrbart, »das ist kein Diener-Droide, soviel steht fest.«

Leia wurde sich bewußt, wie die Bergarbeiter sie anglotzten. Mehrere Schnallen und Schlaufen an dem eng sitzenden Anzug hatten sich beim Ringen mit Luke gelöst. Trotz des Schlammüberzugs erregten die entblößten Stellen unbehaglich große Aufmerksamkeit. Sie kam sich vor, als kröche unter ihrer Kleidung etwas über ihren ganzen Körper.

Sie achtete nicht auf den Schlamm, versuchte die Kleidung zusammenzuhalten und richtete sich würdevoll auf, während sie mit schwankender Stimme sagte: »Vielen Dank, aber das ist eine private Angelegenheit. Wenn Sie jetzt so freundlich sein und es uns überlassen wollen, unsere Meinungsverschiedenheiten zu bereinigen.«

»*Vielen Dank, aber das ist eine private Angelegenheit*«, äffte einer der Männer sie mit Fistelstimme nach. Die anderen glucksten. Der Bärtige feixte sie an.

»Du bist keine angemeldete Bürgerin, Schatz.« Er zeigte auf ihre Schulter. »Kein Namensschild, nichts. Raufen in der Öffentlichkeit ist verboten. Das Berggesetz verlangt, daß wir jeden festnehmen, der gegen das Gesetz verstößt, wann und wo wir können. Komm her und laß dich festnehmen.« Er streckte seine Pranke nach ihr aus.

Die Prinzessin wich schnell einen Schritt zurück und funkelte die Männer an, aber ihre Zuversicht schmolz dahin wie Schnee auf der Herdplatte.

»Ich kann euch nicht sagen, wer ich bin, aber wenn mich einer von euch anrührt, könnt ihr was erleben.«

Der Koloß rückte näher. In seiner Stimme schwang kein Humor mit, und er lächelte sie nicht an.

»Komm, Dreckhühnchen, ich mach' mehr mit dir, als dich anzurühren ...«

Eine schlanke Gestalt schob sich zwischen die Prinzessin und ihren Möchtegern-Häscher.

»Hören Sie, das ist ein privater Streit, und wir werden selbst damit fertig, mein Freund.«

»Ich bin nicht dein Freund, Kleiner«, sagte der Mann ruhig, streckte die Hand aus und stieß Luke zurück. »Halt dich da raus. Dein Streit ist nicht mehr wichtig.«

Die Prinzessin schrie auf. Einer der anderen Männer war hinter ihr herangeschlichen und packte sie mit dem linken Arm um die Brust. Luke trat schnell hinzu und ließ die Handkante hart auf das Handgelenk des anderen sausen. Der Bergmann brüllte auf und trat zurück, sein Handgelenk umklammernd.

Es war totenstill geworden. Alle Augen richteten sich nun auf Luke, nicht mehr auf die Prinzessin. Die einzigen Geräusche drangen vom nahen Dschungel herüber.

»Der Kleine will spielen«, gluckste der Mann, dem Luke den Handkantenschlag versetzt hatte. »Widerstand gegen die Festnahme durch einen ordnungsliebenden Bürger.« Er ließ den rechten Unterarm vorschnellen. Es klickte, und aus dem Overallärmel glitt ein Doppelklingen-Stilett. Die Klingen lagen flach auf dem Rücken seiner Faust. Der schwache Lichtschein von den Kneipenfenstern spiegelte sich auf beiden Klingen, als der Mann tief geduckt auf Luke losging.

Die Prinzessin sagte nichts und riß nur die Augen auf. Dasselbe taten Halla, Dreipeo und Erzwo in ihrem Versteck.

»Los, Kleiner«, drängte der Mann und winkte Luke mit der freien Hand zu sich heran. Dann ließ er diesen Arm vorschnellen, und aus dem leeren Ärmel zuckten Doppelklingen. Er stieß zuerst den rechten, dann den linken Fuß nach vorn. Aus beiden Stiefelsohlen ragten Doppelklingen. »Los, machen wir ein Tänzchen. Ein langes Tänzchen.«

Luke versuchte alle acht Klingen gleichzeitig im Auge zu behalten und seinen Angreifer abzulenken.

»Die Dame und ich haben etwas besprochen. Wir brauchen keine Einmischung.«

»Zu spät, Kleiner«, sagte der Mann grinsend. »Jetzt haben wir uns schon eingemischt.« Seine Begleiter schauten zu und lachten, während sie einander anstießen. Sie genossen offensichtlich jeden Augenblick.

Der Messerheld sprang vor und schwang die linke Hand, verfehlte sein Ziel und vollführte einen Drehstoß mit den Füßen, bevor er sich herumdrehte und mit der rechten Hand zustoßen wollte. Die Doppelklingen fauchten hörbar durch die feuchte Nachtluft.

»Wir wollen keinen Ärger«, sagte Luke, der sich allen Attacken durch blitzschnelles Abducken entzogen hatte, und griff zögernd nach seinem Lichtschwert.

»In ein paar Minuten brauchst du dir keine Gedanken mehr zu machen«, versicherte sein Gegner. Er stürzte sich mit einem Aufschrei auf Luke, der mit Behendigkeit den Stößen von Armen und Beinen auswich.

»Vorsicht, Luke!« schrie die Prinzessin ... zu spät. Einer der anderen Männer war hinter Luke aufgetaucht und umschlang ihn so, daß er seine Arme nicht mehr bewegen konnte. Der Messerstecher näherte sich gemächlich, ohne noch länger zu lächeln, und schwang die Fäuste. Die Klingen schimmerten wie seine Augen.

»Bist'n flotter Tänzer, was, Kleiner? Ich hab's satt, dir dauernd nachzulaufen.«

»Mach's langsam, Jake«, riet einer der Zuschauer. »Der freche Kerl soll was spüren.«

»Ich habe gesagt, wir wollen keinen Ärger«, wiederholte Luke, den Blick auf die sich nähernden, zuckenden Klingen gerichtet, während seine rechte Hand zur Hüfte hinabglitt. Er drückte auf den Kontakt des Schwertgriffs.

Der nach hinten weisende, meterlange Strahl blauer Energie sprang heraus und durchbohrte den Schenkel des Mannes, der ihn festhielt. Kreischend ließ der Mann Luke los und stürzte zu Boden, wo er sein Bein umklammerte.

Der Messerheld erstarrte einen Augenblick, dann trat er vor. Luke schrieb mit dem Lichtschwert ein kompliziertes Geflecht von Bögen und Kreisen in das Beinahedunkel, so daß sein Gegner zögerte. Der Mann am Boden stöhnte unaufhörlich.

Luke sprang den Messerhelden an, nur so weit, daß er sich zurückzog.

»Und jetzt seht zu, daß ihr allesamt verschwindet!«

Statt zu verschwinden, brachte das grimmige Quartett noch mehr Messer und andere Waffen zum Vorschein. Die vier Männer versuchten Luke einzukreisen und blieben gerade außerhalb der Reichweite der zuckenden, tödlichen Klinge aus reiner Energie.

Leia glich die Übermacht aus, indem sie dem nächstbesten Angreifer auf den Rücken sprang und sein Gesicht zu zerkratzen begann. Die drei anderen Männer bedrohten Luke mit ihren Waffen, prüften seine Schnelligkeit und Reflexe mit kennerischem Scharfblick, sprachen miteinander und äußerten sich über Lukes Fähigkeiten, während sie planten, wie sie ihn am besten überwältigen konnten. Wenn sie darauf warteten, daß der fünfte Mann sich ihnen anschloß, wurden sie enttäuscht. Er hatte alle Hände voll mit der Prinzessin zu tun, die den ganzen Haufen lautstark beschimpfte.

Halla schaute sorgenvoll zu, als sich weiter oben an der Straße etwas rührte, das sie vom Kampf ablenkte. Ein Trupp von Gestalten in weiß-schwarzer Panzerung lief auf das Wirtshaus zu. Sie richtete den Blick wieder auf die immer noch nicht entschiedene Auseinandersetzung.

Ein Mann stürzte sich von hinten auf Luke, der über den Elektrostab seines Gegners hinwegsprang und gleichzeitig den Arm mit dem Lichtschwert hinuntersausen ließ. Dem Angreifer wurde die Hand säuberlich am Handgelenk abgetrennt; sie fiel in den Schlamm und blieb dort rauchend liegen. Der Mann wankte sprachlos zurück und starrte seinen verkohlten Armstumpf an.

Die Soldaten waren mittlerweile herangekommen. Halla verließ ihr Versteck, bedeutete Dreipeo und Erzwo, ihr zu folgen, und schlich sich in einen schmalen Durchgang zwischen den Gebäuden, um in der Nacht zu verschwinden. Nachdem die beiden Droiden sich vergewissert hatten, daß sie nichts würden erreichen können, als ihrerseits gefangengenommen zu werden, folgten sie ihr.

Die beiden letzten Angreifer bedrängten Luke immer noch, waren aber vorsichtiger geworden. Die Prinzessin, die ihren Gegner mit kalkuliertem Druck auf die geeignete Stelle außer Gefecht gesetzt hatte, suchte sich einen zweiten, als etwas Sonnengrelles, Lautes in ihrer Mitte explodierte und alle Beteiligten betäubte. Sie fuhren herum und blinzelten in das grelle Licht. Sie sahen sich einer ganzen Reihe von Energiewaffen gegenüber.

»Waffen weg«, sagte der Sergeant scharf; an seinem gepanzerten Arm sah man drei Winkelstreifen glänzen, ebenso an seinem Helm. »Ihr seid festgenommen, im Namen des Imperators. Grund: Bewaffnete Auseinandersetzung in der Öffentlichkeit.«

Als die Bergarbeiter ihre Waffen verschwinden ließen, schaltete Luke sein Lichtschwert ab. Zwei Soldaten gingen herum und sammelten das kleine Arsenal ein. Die Prinzessin bemerkte, daß ihr Opfer zu sich kam, und versetzte ihm einen kräftigen Tritt.

»Du da, aufhören!« befahl der Sergeant.

»Verzeihung«, sagte sie süßlich.

Sie wurden von den Bewaffneten durch die Stadt geführt. Luke nutzte die Gelegenheit, die Gebäude zu studieren, an denen sie vorbeikamen. Nur wenige unterschieden sich in stärkerem Maße von denen, die sie schon gesehen hatten. In einer Stadt wie dieser war Austauschbarkeit ein wirtschaftliches Erfordernis, dachte er.

Die Bewohner, denen sie begegneten, drückten sich an die Mauern und flüsterten miteinander oder deuteten auf die Festgenommenen. Die Zuschauer ahnten offenbar, was ihnen bevorstand.

Luke hätte es auch gern gewußt.

»Wohin werden sie uns wohl bringen?« flüsterte er der Prinzessin zu.

»Ins örtliche Gefängnis, wohin sonst?«

Luke wies mit dem Kinn nach vorn.

»Wenn es das ist, bin ich beeindruckt.«

Sie näherten sich einem massiven, unheimlich wirkenden Stufenturm von uralter mimbanischer Architektur. Er bestand aus schwarzem und grauem Gestein, genau wie die Ruinen, die Luke bei der Suche nach der Prinzessin entdeckt hatte. Das Bauwerk überragte, sich nach oben verjüngend, die neueren, schlichteren Gebäude der Bergwerkstadt.

»Nicht der übliche Knast«, meinte er leise, als sie unter dem massiven Torbogen hindurch ins Innere marschierten. Er wandte sich an den Soldaten, der neben ihm ging.

»Was ist das hier?«

Der behelmte Soldat sagte: »Gefangene und Gesetzesbrecher haben Antworten zu geben und keine Fragen zu stellen.« Als sie durch einen steinernen Korridor mit modernen Rohrleitungen und elektronischen Anlagen gingen, fügte der Soldat jedoch hinzu: »Das ist einer der alten Tempel, die die Eingeborenen dieser Welt gebaut haben.«

Luke war überrascht.

»Diese armseligen Kreaturen, die um Schnaps betteln?«

Der Mann lachte.

»Gut, Sie haben Sinn für Humor. Den werden Sie brauchen. Die Grünen sollen *das* gebaut haben? Sie stecken wohl dauernd in den Gruben. Ich nicht.« Der Soldat straffte wichtigtuerisch die Schultern. »Ich versuche, mich fortwährend weiterzubilden. Wie Sie wissen, gibt es auf dieser Welt außer den Grünen noch mehrere andere halbintelligente Rassen. Einige sind degenerierter als die anderen. Was für eine Rasse diese Bauwerke auch errichtet hat, sie ist längst ausgestorben. Jedenfalls, soweit die Überprüfung durch das Imperium das bisher ergeben hat.« Sie bogen wieder um eine Ecke, und Luke bestaunte die Größe des Bauwerks.

»Das hier ist umgebaut worden, um die Grubenverwaltung und das Hauptquartier des Imperiums für Mimban aufzunehmen.« Der Soldat schüttelte den Kopf. »Ihr Bergleute habt nicht viel Ahnung, außer von eurer eigenen Arbeit.«

»Das ist wahr«, sagte Luke. »Wir sind aus einer anderen Stadt.«

Der kurze Ausflug des Soldaten in so etwas wie Freundlichkeit war beendet, und er erwiderte kalt: »Das mag stimmen oder auch nicht. Ihr Raufbolde lügt gern. Daß das Imperium hier ein gewisses Maß an Unordnung als Ventil für euch duldet, ist noch lange kein Grund, das Vorrecht zu mißbrauchen. Ihr macht es euch allen schwer.« Er deutete nach vorn zu seinem Kameraden, der das Bündel erbeuteter Waffen trug. »Wenn tödlich wirkende Waffen ins Spiel kommen, geht es um mehr als die Disziplin der Arbeiter. Das gibt eine Anklage. Pech für Sie. Hoffentlich bekommen Sie, was Sie verdienen.«

»Danke«, sagte Luke trocken.

Einer der Bergleute knurrte: »Nicht unsere Schuld. Der Typ mit dem Lichtschwert und die Frau haben uns aufgestachelt.«

»Halt den Mund«, befahl der Sergeant. »Du kannst dich vor Generalkapitän Grammel verantworten.«

Luke und Leia zuckten gleichzeitig zusammen. Grammel war der Mann, vor dem Halla sie gewarnt hatte.

»Vielleicht ist er großzügig«, meinte der Sergeant. »Gute Arbeiter sind hier schwer zu finden. Vielleicht läßt er euch fast alle eure Finger.«

»Hätten wir uns von Halla nur mehr über Grammel erzählen lassen«, murmelte Luke.

»Ja, Halla«, sagte die Prinzessin entmutigt. »Sie hat sich nicht gerade ein Bein ausgerissen, um uns zu helfen, wie?«

»Was hätte sie schon gegen Sturmtruppen ausrichten können?« gab Luke zurück.

»Wahrscheinlich haben Sie recht. Aber ich hätte gedacht, daß sie irgend etwas unternehmen wird.« Leia zuckte die Schultern. »Man kann es ihr wohl nicht übelnehmen, daß sie zuerst an ihre eigene Haut gedacht hat.«

»Wenigstens sind Dreipeo und Erzwo entkommen«, fügte Luke hinzu.

»He, wenn dahinten nicht gleich Ruhe ist, trenn' ich euch selber ein paar Finger ab«, rief der Sergeant.

»Möchten Sie sich vielleicht eine Stunde lang im Schlamm eingraben lassen?« fauchte Leia.

»Bestimmt nicht«, gab der Sergeant ruhig zurück. »Aber möchtest du dir die hübsche Zunge mit einem Strahler herausbrennen lassen?«

Leia verstummte. Sie hatten schon Schwierigkeiten genug. Mit ihrer herausfordernden Art war nichts zu gewinnen. Sie konzentrierte sich darauf, gebannt auf den Rücken des Sergeanten zu starren und sich zu wünschen, er möge den Verstand verlieren, aber der Sergeant zeigte keine Spuren einer Einwirkung. Wahrscheinlich massive Knochen unter dem Helm, dachte sie.

Sie bogen um eine letzte Ecke und betraten einen großen Raum. Nach den spartanischen grauen Steinwänden innen und außen wirkte die luxuriöse Einrichtung hier wie ein Schock. Echte und künstliche Pelze hatten in reichem Maße Verwendung gefunden. Vieles von den Bequemlichkeiten hätte Luke mit einer weitaus höher entwickelten Welt in Verbindung gebracht, als Mimban es war. Sie wurden aber nicht auffällig zur Schau gestellt, was anzeigte, daß der Besitzer sie als seine natürliche Ausstattung betrachtete.

Am Ende des Raumes saß ein Mann an einem unauffälligen, rein auf seine Funktion abgestimmten Schreibtisch.

»Führen Sie sie vor, Sergeant.« Seine gelangweilte Stimme klang brüchig und heiser. Luke kam es vor, als müsse er einen Schaden an den Stimmbändern erlitten haben.

Auf einen Wink des Sergeanten wurden die sieben Gefangenen – einschließlich eines hinkenden, provisorisch verbundenen Mannes – zum Schreibtisch getrieben.

Das Eindrucksvollste an Grammel war die Reaktion der Bergarbeiter auf ihn, dachte Luke. Ihre prahlerische, flegelhafte Art war wie weggeblasen. Sie starrten den Boden, die Wände, einander an – alles, um nicht den Mann hinter dem Schreibtisch ansehen zu müssen. Immer wieder scharrte einer verlegen mit den Füßen.

Luke versuchte, unauffällig die Person in Augenschein zu nehmen, die bei harten Männern wie den fünf Grubenarbeitern solch respektvolle Unterwürfigkeit hervorzurufen vermochte. Grammel stützte das Gesicht mit den Händen, während er Akten studierte. Schließlich rieb er sich die Augen, legte die Hände zusammen und stellte die Ellbogen auf den Tisch, während er die Gefangenen betrachtete.

Grammel brachte keine Farbe in seine Umgebung. Sein Gesicht war eierschalenblaß, und das Bild des imperialen Stadthalters wurde noch weiter befleckt, als er aufstand und man seinen Bauch sah, der sich wie eine erstarrte Fettkaskade unter seinem Brustbein hervorwölbte und irgendwo unter der Hüftgegend in der Uniform verschwand.

Die Uniform selbst, in Silber und Grau, war jedoch makellos, so, als solle sie den Bauch darunter tarnen. Über dem engen, hohen Kragen sprang der Hals hervor zu einem kantigen Kinn, das ein tief herabhängender Schnurrbart einrahmte. Der Schnauzbart paßte gut zur mürrischen Miene des Generalkapitäns – gewohnheitsmäßig mürrisch, wie es Luke schien. Kleine, durchdringende Augen blickten unter buschigen Brauen hervor, darüber das schwarze, von Grau durchzogene Haar.

Ein Gesicht, das selten lachte, entschied Luke, und auch dann nur aus den falschen Gründen.

Grammel begann die Gefangenen der Reihe nach zu betrachten. Luke nahm sich ein Beispiel an den Bergarbeitern und versuchte, sich auf einen Fleck im Fellbelag des Bodens zu konzentrieren.

»Das sind also die Störenfriede, die den Frieden brechen und mit tödlichen Waffen kämpfen«, sagte er mißbilligend. Wieder tat Luke die Stimme in den Ohren weh, wie ein verrostetes Maschinenteil, das längst der Schmierung bedurfte. Voll scharrender Quietsch- und Knarrlaute, paßte sie genau zu Grammel.

Der Sergeant trat schneidig vor und meldete: »Ja, Generalkapitän. Ich bitte um Erlaubnis, die beiden Verletzten ins Lazarett bringen zu dürfen.«

»Genehmigt«, sagte Grammel. Er brachte es nicht ganz zu einem Lächeln, aber seine Lippen verloren ein wenig von ihrem mürrischen Ausdruck. »Für eine Weile wird es ihnen besser gehen als denen, die hierbleiben.«

Der amputierte Bergmann und der Hinkende wurden unter Bewachung hinausgeführt. Grammel sah sich die übrigen Gefangenen genau an. Als er bei Luke und der Prinzessin ankam, zuckte sein Mund, als habe ihn jemand mit einer Nadel gestochen.

»Euch beide kenne ich nicht. Wer seid ihr?« Er trat hinter dem Schreibtisch hervor und auf Luke zu. »Du, Junge! Was bist du?«

»Nur ein Bergmann, Generalkapitän«, stammelte Luke, bemüht, angemessen angstvoll zu wirken. Es fiel ihm nicht schwer. Es störte ihn auch nicht, sich mit Worten ein wenig zu erniedrigen, wenn sein Leben auf dem Spiel stand.

Grammel ging weiter und starrte auf die Prinzessin hinunter. Er lächelte vorsichtig, so als verursache die Anstrengung Schmerzen.

»Und du, meine Liebe, du bist auch in der Grube tätig, nehme ich an.«

»Nein.« Leia sah ihn nicht an. Sie warf einen Blick auf Luke. »Ich bin seine … Dienerin.«

»Das ist richtig«, sagte Luke schnell. »Sie ist nur meine –«

»Ich kann hören, Junge«, murmelte Grammel. Er starrte Leia an und fuhr mit dem Finger über ihre Wange. »Hübsche Frau …« Sie entwand sich ihm. »Und feurig dazu.« Er sah Luke an. »Ich gratuliere dir zu deinem Geschmack, Junge.«

»Danke, Sir.«

Leia funkelte ihn an, aber was hätte er anderes sagen können?

»Ihre Manieren entsprechen allenfalls Ihrer Inkompetenz«, sagte die Prinzessin.

Grammel nickte nur befriedigt.

»Manieren«, wiederholte er. »Inkompetenz. Seltsame Ausdrucksweise für einen Dienstboten.« Er fuhr den Sergeanten an, der neben Leia strammstand: »Was für Ausweise haben Sie bei den beiden gefunden?«

»Ausweise, Generalkapitän? Wir nahmen an, daß es sich um die üblichen handelt, Sir.«

»Sie haben ihre Ausweise nicht überprüft?« fragte Grammel langsam.

»Nein, Sir. Wir sind davon ausgegangen –«

»Gehen Sie nie von etwas aus, Sergeant. Das Universum ist voller toter Leute, die einfach etwas vorausgesetzt haben.« Er wandte sich höflich an Luke und Leia. »Eure Ausweise, bitte.«

Luke suchte in seiner Kleidung und versuchte betroffen auszusehen, als die nicht vorhandenen Ausweise nicht auftauchten. Die Prinzessin gab sich Mühe, ihn nachzuahmen.

»Wir müssen sie bei der Auseinandersetzung verloren haben«, sagte Luke und beeilte sich, das Thema zu wechseln. »Diese fünf – drei sind es jetzt noch – haben uns ohne Grund überfallen, und –«

»Das ist gelogen!« widersprach einer der Bergarbeiter energisch. Er suchte bei Grammel Mitgefühl und fand es nicht.

»Du hältst den Mund«, sagte Grammel mit leiser Stimme. Der Mann gehorchte auf der Stelle.

Ein Soldat betrat den Raum und rief: »Generalkapitän?«

Grammel drehte sich gereizt herum.

»Ja, was ist?«

Der Soldat näherte sich dem Schreibtisch und flüsterte Grammel etwas ins Ohr. Grammel wirkte überrascht.

»Ja, ich spreche mit ihm.« Er ging zur Tür.

Eine kleine Gestalt im Umhang kam herein und verwickelte Grammel in ein Gespräch. Luke konnte nur ab und zu ein Wort verstehen. Er beugte sich zu Leia hinüber und flüsterte: »Das gefällt mir nicht.«

»Sie haben eine wunderbare Art, selbst die unangenehmsten Umstände auf das Prosaischste auszudrücken, Luke«, zischte sie.

Luke sah sie verletzt an. Der Generalkapitän beendete sein Gespräch mit der gedrungenen Gestalt, die sich verbeugte und hinauseilte. Luke fragte sich, ob das Wesen unter dem bis zum Boden reichenden Umhang ein Mensch oder vielleicht einer der Eingeborenen sein mochte. Seine Spekulationen wurden von der Rückkehr Grammels unterbrochen.

»Ihr Bergleute habt mit dem Streit angefangen«, erklärte er scharf, Luke und Leia betont von dieser Kategorie ausnehmend.

»Aber wir sind gereizt worden, Generalkapitän«, begann der größte der drei Männer unterwürfig. »Wir haben nur versucht, das Stadtgesetz gegen Raufereien aufrechtzuerhalten.«

»Indem ihr es gebrochen und diese junge Dame überfallen habt?« gab Grammel zurück.

»Es war nichts Ernstes«, sagte der Mann. »Wir wollten vorher nur ein bißchen Spaß haben.«

»Euer *Spaß* kostet jeden von euch einen halben Schichtlohn«, verkündete Grammel. »Ich will nachsichtig mit euch sein.« Die drei Männer wagten kaum, hoffnungsvolle Mienen zu zeigen. »Die Berggesetze hier sind lax und erlauben euch viel Spielraum, was eure Freizeit betrifft.« Er funkelte sie an. »Gewaltanwendung mit der Absicht zu morden, ist aber nicht das, was das Imperium sich unter produktiver Freizeitgestaltung vorstellt. Gleichgültig, was ich persönlich empfinden mag«, fügte er hinzu.

Einer der Bergarbeiter nahm seinen Mut zusammen und trat vor.

»Generalkapitän Grammel, ich erhebe Einspruch.«

Grammel betrachtete den Mann wie ein Botaniker eine neue Art Unkraut.

»Das ist dein Recht. Mit welcher Begründung?«

»Kürze ... Kürze des Verfahrens und Formlosigkeit der Umstände«, stieß der Mann hervor.

»Sehr wohl. Da ich hier das Gesetz des Imperiums vertrete, werde ich selbst über deinen Einspruch entscheiden.« Grammel schwieg einen Augenblick, dann sagte er leichthin: »Dein Einspruch ist abgewiesen.«

»Dann wende ich mich an den Beauftragten der imperialen Ressourcenverwaltung für Grubenunternehmen«, gab der Mann zurück. »Ich möchte das Urteil auf andere Art überprüft sehen.«

»Gewiß«, sagte Grammel. Er trat an die Wand hinter seinem Schreibtisch, zog dort einen langen, dünnen Kunststoffstab heraus und drückte auf den Schaltknopf an einem Ende, während er zurückkam. »Das Gespräch ist aufgezeichnet worden«, erklärte er den Anwesenden.

Er drückte wieder auf einen Schalter, und auf der wächsernen Oberfläche des Stabes lief eine Wortzeile ab. Als die Aufzeichnung beendet war, hob er den harten Plastikstab und stieß ihn dem störrischen Bergmann ins linke Auge.

Blut und Gallerte spritzten in alle Richtungen, als der Mann schreiend zu Boden stürzte. Einer seiner entsetzten Kameraden beugte sich über ihn und versuchte, den Blutstrom zu stillen, der aus der zerstörten Augenhöhle rann und sich auf dem Gesicht des Mannes und seiner Kleidung verteilte.

»Ihr drei seid entlassen«, sagte Grammel beiläufig, so, als sei nichts Besonderes geschehen. »Sergeant?«

»Ja, Sir?«

»Bringen Sie die drei nach hinten zu den Haftzellen. Ihre beiden Kameraden können sich zu ihnen gesellen, sobald es ihnen besser geht. Sie sollen sitzen und eine Weile nachdenken. Nehmen Sie ihre Namen und den Ausweiskode auf, damit sie leichter ihre Geldstrafen bezahlen können. Es sei denn«, schloß er im Gesprächston und klopfte mit dem Aufzeichnungsstab auf seine Handfläche, »es möchte noch jemand Einspruch erheben?«

Als die beiden Bergleute ihren bewußtlosen Kameraden unter Bewachung halb hinaustrugen, halb schleppten, gestikulierte Grammel mit dem Stab.

»Sein Auge hat er noch, wißt ihr. Es ist für alle Zeit hier aufgezeichnet. Bringt ihn her, wenn er sich erholt hat, und ich zeige es ihm.«

Der Sergeant führte die Soldaten und ihre Gefangenen hinaus, dann hielt er an der Tür Wache.

»Ich schätze diese Verwaltungsdetails nicht«, sagte Grammel liebenswürdig zu Luke und der Prinzessin. »Aber das ist eine weithin unbekannte, unerforschte Welt, und ich habe wenig Zeit zu vergeuden. Manchmal müssen meine Entscheidungen schnell und hart sein.

Nur der Grad ihrer Fähigkeit, ausgefallene Verderbtheiten für sich zu erfinden, unterscheidet die menschlichen Tiere, die hier arbeiten, von den Eingeborenen. Diese Art von Erfindungsreichtum ist seit Jahrtausenden eine beharrliche und beklagenswerte Eigenschaft der Menschheit. Da ihr das sicher begreift, bin ich davon überzeugt, daß ihr beiden vernünftiger sein werdet als diese niedrigen Wesen, die uns gerade verlassen haben.« Er setzte sich auf die Schreibtischkante und klopfte mit dem rotverschmierten Stab auf seinen Unterschenkel. Luke starrte ihn nervös an.

»Ich habe Ihnen schon gesagt, daß wir unsere Ausweise bei der Auseinandersetzung verloren haben müssen«, wiederholte er. »Sie müssen in den Schlamm gefallen sein. Wenn Sie uns hingehen lassen, bin ich sicher, daß wir sie finden. Es sei denn«, fügte er besorgt hinzu, »daß jemand hinterher vorbeikam und sie gestohlen hat.«

»Oh, ich glaube nicht, daß einer unserer fleißigen Bürger so etwas tun würde«, meinte Grammel und wandte sich ab. Er blickte scharf über die Schulter zurück. »Ich glaube auch gar nicht, daß sie dort liegen. Ich glaube nicht, daß ihr beiden überhaupt Ausweise gehabt habt, die ihr verlieren konntet.

Nach dem, was man mir sagt, seid ihr mehr als nur Fremde in der Stadt. Ihr seid Fremde für die Grube, für die imperiale Präsenz hier, für die ganze Welt. Wie ihr unentdeckt und unerlaubt und unbeschädigt hier angekommen seid, kann ich mir nicht vorstellen.« Er biß die Zähne zusammen und fügte drohend hinzu: »Ich werde es aber herausbekommen. Ich bekomme immer heraus, was ich erfahren will.«

»Das ist merkwürdig«, erklärte die Prinzessin, »weil Sie mir den Eindruck machen, über eine besonders begrenzte Lernfähigkeit zu verfügen.«

Ihre Bemerkung störte Grammel nicht. Eher schienen ihn die überlegten Beleidigungen der Prinzessin zu freuen.

»Vorhin haben Sie mich inkompetent genannt, junge Dame. Jetzt setzen Sie mich geistig herab. Ich bin kein Intellektueller, aber auch weder unfähig noch ungebildet. Meinen Weg habe ich gemacht, weil ich lernte, Antworten auf meine Fragen zu erlangen. Allerdings traf Ihre erste Bemerkung zu, was meine Manieren angeht.« Er holte mit dem linken Fuß aus und stieß ihr die Stiefelspitze in den linken Oberschenkel. Die Prinzessin stöhnte vor Schmerz auf, preßte die Hand auf die Stelle und sank auf die Knie. Ihre rechte Hand fing den Sturz ab. Luke tobte innerlich, starrte aber unverwandt geradeaus. Das war nicht die Zeit oder der Ort zu sterben.

»Dafür bin ich *direkt*«, fuhr Grammel fort und sah auf sie hinunter. Er stieß ihr mit dem Fuß den rechten Arm weg. Sie fiel nach vorn, überschlug sich und setzte sich auf, noch immer den linken Oberschenkel umklammernd. Der Generalkapitän traf sie mit dem Stiefel am Kreuzbein, aber nicht so fest, daß sie gelähmt gewesen wäre. Sie schrie auf, riß beide Hände nach hinten, fiel auf die Seite und blieb stöhnend liegen.

Grammel holte wieder mit dem Fuß aus. Luke konnte es nicht mehr länger ertragen, trat zwischen sie und sagte hastig: »Wenn ich Ihnen die Wahrheit sage, würden Sie sie mir nicht glauben, Generalkapitän.«

Das Angebot war interessant genug für Grammel, daß er die Prinzessin einen Augenblick lang vergaß.

»Ich bin immer bereit zuzuhören, junger Mann.«

Luke atmete tief ein und sah ihn niedergeschlagen an.

»Wir sind entflohene Sträflinge von Circarpous«, gestand er gepreßt. »Wir werden dort wegen Erpressung und Betrugs gesucht.« Er wies auf die am Boden liegende Leia. »Das ist meine Partnerin und mein Köder. Wir ... haben den Fehler gemacht, Leute zu kompromittieren, die einflußreicher waren, als wir dachten. Wir sind keine sehr bedeutenden Kriminellen, aber es ist uns gelungen, überaus bedeutende Leute gegen uns aufzubringen.« Er verstummte.

»Weiter«, sagte Grammel unverbindlich.

»Auf Circarpous steht noch auf viele Straftaten die Todesstrafe«, fuhr Luke fort. »Es ist eine hektische Welt mit freier, sehr freier Wirtschaft.«

»Ich weiß Bescheid über Circarpous«, knurrte Grammel ungeduldig.

Luke beeilte sich, mit seiner Geschichte fortzufahren.

»Wir haben ein kleines Rettungsschiff gestohlen. Wir hatten von den kleinen Kolonien auf Zehn und Zwölf gehört.«

»Und versucht, dorthin zu fliehen«, warf Grammel ein. »Logisch genug.«

»In der Hoffnung, einen Weg zu finden, wie wir das System verlassen könnten«, schloß Luke schnell. Seine Begeisterung war echt, weil Grammel die Geschichte zumindest bis jetzt nicht unverzüglich zurückgewiesen hatte. »Wir sind sogar so weit gegangen«, fügte er hinzu, um dem Ganzen die Krone aufzusetzen, »daß wir uns überlegten, ob wir uns den Rebellen anschließen sollten, wenn das dazu beigetragen hätte, unsere Verfolgung zu verhindern.«

»Ihr wärt beide recht armselige Verräter«, erklärte Grammel. »Die Rebellen hätten euch verhöhnt. Sie nehmen in ihre Reihen keine Kriminellen auf. Das ist eigentlich merkwürdig, weil sie, strenggenommen, die schlimmsten aller Verbrecher sind. Wenn man euch ansieht, weiß man, daß sie euch nie aufgenommen hätten.« Zum Glück war die Prinzessin nicht in der Verfassung, darüber zu kichern, dachte Luke. »Ich bin aber der Meinung, daß Ihre Geschichte, obwohl sie plausibel klingt, eine geschickt erdachte Unwahrheit ist, junger Mann.« Luke erstarrte. »Aber ... sie *könnte* zutreffen. Wenn das der Fall ist, wenn ihr seid, was Sie behaupten, könnten wir die Gesetze für euch vielleicht sogar ein wenig beugen. Ich bewundere Einfallsreichtum.

Vielleicht finden wir für euch hier auf Mimban sogar eine Tätigkeit. Das Imperium beschäftigt in den Gruben viele Unzufriedene. Fünf davon habt ihr schon kennengelernt. Aber ich könnte euch natürlich auch zur Aburteilung nach Circarpous überstellen«, schloß er.

»O nein, Generalkapitän!« rief Luke, sank auf die Knie und umklammerte die Hosenbeine Grammels. »Bitte, tun Sie das nicht. Man wird uns hinrichten. Bitte, wir wollen arbeiten, bis wir umfallen, aber schicken Sie uns nicht zurück!« Er begann zu schluchzen.

»Laß meine Stiefel los«, befahl Grammel angewidert. Als

Luke gehorsam zurückwich, wischte sich Grammel die Hosenbeine ab, wo Luke ihn berührt hatte.

Luke wischte sich die Augen und versuchte, nicht allzu hoffnungsvoll zu erscheinen, als er Grammel anstarrte. Die Prinzessin hatte sich inzwischen aufgesetzt. Sie rieb sich immer noch das Kreuz und mied Grammels Blick.

»Wie gesagt, was Sie erzählt haben, ist möglich, aber unwahrscheinlich«, fuhr der Generalkapitän fort. Er sah Luke merkwürdig an. »Aber eines interessiert mich. Es wäre ein Zeichen guten Glaubens, wenn Sie in diesem Punkt ehrlich mit mir wären.«

»Ich verstehe nicht«, sagte Luke verwirrt.

»Wie ich höre«, fuhr Grammel fort, »haben Sie einen kleinen Edelstein in Ihrem Besitz ...«

Luke erstarrte.

5

»Generalkapitän«, stieß er endlich hervor, »ich weiß nicht recht, was Sie meinen.«

»Bitte, spielen Sie nicht mit mir«, bat Grammel und zeigte zum erstenmal den Anflug einer echten Empfindung. »Sie sind dabei beobachtet worden, wie Sie sich mit einer *hiesigen Person* unterhalten haben«, erklärte er mit offenkundigem Widerwillen, »deren Anwesenheit vom imperialen Gesetz hier nur gerade noch geduldet wird. Sie hält sich immer hart an der Grenze des Legalen. Trotz persönlicher Gefühle würde ihre Deportation gewisse Teile der Bevölkerung irritieren, die sie amüsant finden. Außerdem wäre das teuer.

Sie sind gesehen worden, als Sie ihr einen kleinen leuchtenden roten Stein zeigten. Etwas, das Sie vielleicht bei Ihren illegalen Machenschaften auf Circarpous erworben haben?«

Lukes Gedanken wirbelten durcheinander. Unzweifelhaft hatte ein Informant Grammels, wahrscheinlich die kleine, vermummte Gestalt, mit welcher der Generalkapitän vorhin gesprochen hatte, den Splitter des Kaiburr-Kristalls gesehen, den Halla ihm überreicht hatte. Aber der Spion hatte nicht bemerkt, wie Halla ihn herausgezogen und ihn Luke gezeigt hatte.

Grammel und sein Späher nahmen also an, daß Luke den Stein mitgebracht und ihn Halla gezeigt hatte! Gut für die alte Frau, dachte er. So konnte sie nicht mit hineingezogen werden.

Einen schrecklichen Augenblick lang glaubte Luke, Grammel könnte ein für die Macht empfindsamer Mensch sein, mit dem Wissen und der Fähigkeit, den Kristall zu gebrauchen oder wenigstens seine besondere Eigenschaft zu erspüren. Eine hastige Sondierung offenbarte aber nur das gewohnte Vakuum. Grammel ahnte nichts von der wahren Bedeutung des Splitters. Trotzdem scheute Luke davor zurück, einem Vertreter des Imperiums den kostbaren Splitter zu überlassen.

Grammel gehörte nicht zu den Leuten, die Zeit verlieren.

»Los, junger Mann. Sie scheinen mir einer von der vernünftigen Sorte zu sein. Der Stein kann Ihnen doch nicht zusätzliche Unannehmlichkeiten wert sein?«

»Ich weiß wirklich nicht, wovon Sie reden«, wich Luke verzweifelt aus.

»Tja, wenn Sie mich zwingen wollen«, erwiderte Grammel ohne besondere Gereiztheit. Er wandte seine Aufmerksamkeit der Prinzessin zu, die noch immer am Boden saß und sich die schmerzenden Körperstellen rieb. »Die junge Dame ist vielleicht mehr als eine Geschäftspartnerin? Sie bedeutet Ihnen etwas?«

Luke hob die Schultern.

»Sie bedeutet mir nichts.«

»Gut«, sagte der Generalkapitän. »Dann wird es Ihnen ja

nichts ausmachen, was nun geschieht.« Er gab dem Sergeanten ein Zeichen. Der gepanzerte Soldat kam heran und griff nach der Prinzessin. Leia packte seine Hand und trat gegen seine Beine. Als der Soldat zu Boden stürzte, schnellte sie hoch, rannte zur Tür und rief Luke zu, er solle ihr folgen. Aber sie bekam die Tür nicht auf.

»Sie vergeuden Ihre Zeit, meine Liebe«, sagte Grammel ruhig. »Sie hätten seine Waffe an sich reißen sollen. Die Tür ist auf mich persönlich, auf gewisse Angehörige meines Stabes und auf Soldaten eingestellt, die den richtigen Resonator in ihrer Panzerung eingebaut haben. Sie sind in keiner Hinsicht qualifiziert, fürchte ich.«

Der Sergeant war wütend aufgestanden und näherte sich ihr mit ausgebreiteten Armen. Sie wollte weglaufen, stolperte aber und stürzte zu Boden. Grammel ging auf sie zu, die rechte Hand zur Faust geballt.

»Nein«, rief Luke im letzten Augenblick. Grammels Hand erstarrte in der Luft, als er sich umschaute.

»Schon viel besser«, sagte er zu Luke. »Lieber vernünftig als eigensinnig. Ich würde den Stein natürlich auch so finden, aber die Suche wäre Ihnen gewiß unangenehm.«

Luke riß eine Tasche auf und griff hinein.

»Nein!« widersprach Leias Stimme. Er drehte sich um und sah, wie die Prinzessin ihn vom Boden aus entsetzt anstarrte. Offenbar glaubte sie wenigstens zum Teil an Hallas Geschichte. Oder aber sie spielte nur ihre Rolle der Diebin gut, die sich höchst widerwillig von ihren Schätzen trennt.

»Wir haben keine Wahl.« Er wickelte das kleine Kästchen aus und reichte es dem erwartungsvollen Statthalter des Imperiums.

Grammel betrachtete es und stellte eine Frage, auf die Luke nicht vorbereitet gewesen war.

»Wie lautet die Kombination?«

Sekundenlang geriet Luke in Panik. Wenn er eingestand, daß

er die Kombination nicht kannte, würde sein ganzes kunstvolles Lügengebäude sofort in sich zusammenstürzen. Er setzte alles auf eine Karte.

»Es ist offen.«

Er und Leia hielten den Atem an, als Grammel den winzigen Verschluß berührte. Man hörte ein leises Knacken. Luke hatte die Kombination nicht mehr verändert, nachdem Halla ihm das Kästchen gegeben hatte.

Generalkapitän Grammel starrte fasziniert auf den Splitter aus blutrot leuchtendem Glas.

»Sehr hübsch. Was ist das?«

»Ich weiß es nicht«, log Luke. »Ich habe keine Ahnung, was für ein Stein das ist.« Grammel sah ihn streng an. »Es ist wahr ... ich bin kein Fachmann.«

»Ist das Leuchten natürlich«, fragte Grammel, »oder die Folge einer von außen vorgenommenen Aktivierung?« Er schob den schmalen Stein mit dem Finger im Kästchen herum.

»Ich habe keine Ahnung. Er leuchtet, seit wir ihn haben, also möchte ich fast annehmen, daß es sich um eine natürliche Eigenschaft des Steins handelt.«

Der Generalkapitän lächelte ihn auf eine Weise an, die ihm nicht gefiel.

»Warum haben Sie ihn gestohlen, wenn Sie so wenig darüber wissen?«

»Ich habe nicht gesagt, daß wir ihn gestohlen haben.« Grammel lachte spöttisch, und Luke hielt sich an seine Rolle. »Nun gut, wir haben ihn gestohlen. Er war schön, und ich hatte noch nie so etwas gesehen. Alles, was schön und selten ist, muß wertvoll sein.«

»Sie haben behauptet, Ihr Gebiet sei die Erpressung, nicht das Einbrechen«, sagte Grammel.

»Das Ding faszinierte mich, und ich hatte Gelegenheit, es an mich zu bringen, also tat ich es«, erwiderte Luke gereizt.

Offenbar war das die richtige Reaktion.

»Vernünftig«, gab Grammel zu. Er richtete den Blick wieder auf den Splitter. »Ich kenne den Stein auch nicht. Als Edelstein ist er nicht sehr eindrucksvoll … kein Schliff, nichts. Aber ungewöhnlich ist er wirklich. Das bezeugt allein schon das Leuchten.« Er hörte plötzlich auf, den Splitter mit dem Finger hin- und herzudrehen, und zog die Hand zurück. »Er hat doch keine schädliche Wirkung, oder?«

»Bislang nicht«, sagte Luke und zeigte auf einmal eine besorgte Miene. Grammel sollte ruhig ein wenig schwitzen.

»Sie haben keine nachteilige Wirkung gespürt, seitdem der Stein in Ihrem Besitz ist?«

»Nicht, bis wir hierhergebracht worden sind.« Die Bemerkung entlockte Grammel beinahe ein Lächeln.

»Ich glaube, ich werde ihn von einem Fachmann untersuchen lassen, bevor ich irgendwelche Schlußfolgerungen ziehe«, sagte er, legte das Kästchen auf seinen Schreibtisch und trat zurück. »Natürlich ist er beschlagnahmt. Betrachten Sie das als Buße für die Teilnahme an der Rauferei.«

»Wir waren die Überfallenen«, widersprach Luke der Form halber.

»Zweifeln Sie an meinem Urteil?« fragte Grammel lauernd.

»Nein, Generalkapitän!«

»Das ist gut. Ich sehe, Sie sind ein intelligenter junger Mann. Schade, daß Ihre Begleiterin nicht nachdenkt, bevor sie redet.«

Leia funkelte ihn an, war aber einmal vernünftig genug, nichts zu sagen. »Ich glaube, wir können eine Regelung finden. Inzwischen bleibt es dabei, daß ihr illegal auf dieser Welt seid, trotz der Bemühungen des Imperiums, diese Einrichtung geheimzuhalten. Ihr bleibt deshalb in Gewahrsam, bis ich eure Behauptungen nachprüfen kann.«

Luke wollte etwas sagen, aber Grammel winkte ab.

»Nein, keine Namen. Sie würden doch nur einen falschen nennen. Wir nehmen Netzhautabdrücke, natürliche Aufnahmen und andere geeignete Informationen. Ich habe Kontakte auf Circarpous, zu offiziellen und weniger offiziellen Kreisen.

Wenn man mir mitteilt, daß ihr beide bekannte Kriminelle auf dieser Welt seid, und Ihrer Geschichte nach müßten Sie dort bekannt sein, wird bestätigt werden, was Sie mir erzählt haben, und wir können unsere Beziehungen dem anpassen – nicht unbedingt zu Ihrem Nachteil.

Wenn sich herausstellt, daß niemand Informationen über Sie beschaffen kann, oder nur solche, die dem widersprechen, was Sie sagen, werde ich annehmen müssen, daß alles, was Sie mir erzählt haben, reine Erfindung ist. In diesem bedauerlichen Fall wäre ich gezwungen, zu unzarten Methoden der Wahrheitsfindung zu greifen.« Luke hätte jedes Lächeln dem leeren, unmenschlichen Ausdruck vorgezogen, den Grammels Gesicht bei diesen Worten zeigte. »Aber es gibt keinen Grund, weshalb wir bis dahin nicht freundschaftlich miteinander verkehren sollten. Sergeant!«

»Generalkapitän!« sagte der Soldat stramm.

»Lassen Sie die beiden abführen.«

»Welche Zelle, Sir?«

»In die maximal gesicherte«, erwiderte Grammel mit undurchdringlicher Miene.

Der Sergeant zögerte.

»Aber die Zelle ist schon belegt, Sir. Die Insassen sind gefährlich ... sie haben schon drei Mann ins Lazarett gebracht.«

»Macht nichts«, sagte Grammel gleichgültig. »Ich bin sicher, die beiden kommen zurecht. Außerdem bekämpfen sich Gefangene untereinander nicht. Jedenfalls nicht oft.«

»Wovon reden Sie?« fragte die Prinzessin und stand auf. »Mit wem zusammen sperren Sie uns ein?«

»Das werden Sie sehen«, sagte Grammel gelassen. Mehrere Soldaten kamen herein und nahmen Luke und Leia in die Mitte. »Bitte, versuchen Sie am Leben zu bleiben, bis ich Ihre Angaben nachprüfen kann. Es täte mir leid, wenn sich herausstellen sollte, daß Sie mir die Wahrheit gesagt haben, und Sie die Gesellschaft Ihrer Zellengenossen nicht lange genug überleben, um freigelassen zu werden.«

»Wir *sind* ehrlich zu Ihnen gewesen!« sagte Luke beinahe verzweifelt.

»Sergeant!«

Der Unteroffizier führte die beiden Gefangenen zum Ausgang. Grammel ging nicht auf Lukes flehentliche Bitte ein, ihnen zu sagen, was sie erwartete.

Als sie fort waren und im Zimmer wieder Ruhe herrschte, starrte der Generalkapitän den leuchtenden Kristallsplitter einige Minuten lang an. Schließlich berührte er einen Schalter an seinem Schreibtisch. Eine andere Tür öffnete sich, und die kleine, vermummte Gestalt betrat den Raum zum zweitenmal.

»Ist es das, was du gesehen hast, Bot?« fragte Grammel und wies auf das offenen Kästchen. Die Gestalt nickte. »Weißt du, was es ist?« Ein Kopfschütteln.

»Ich auch nicht«, sagte Grammel. »Ich glaube, der junge Mann unterschätzt die Eigenartigkeit des Steins. Ich habe etwas Ähnliches noch nie gesehen oder auch nur davon gehört. Du?«

Wieder wurde der vermummte Kopf geschüttelt.

Grammel blickte zu der Tür, durch die Luke und Leia hinausgeführt worden waren.

»Die beiden *könnten* sein, was der junge Mann behauptet hat. Ich weiß nicht. Ich habe das Gefühl, seine Geschichte ist ein bißchen zu glatt, zu handlich. Beinahe so, als richte er seine Reaktionen danach aus, was ich hören wollte. Ich bin mir nicht klar, ob er ein untüchtiger Gauner oder ein überaus gewandter Lügner ist.

Und noch etwas. Er gab sich sehr zuversichtlich, daß er und das Mädchen mit Rebellen auf Zehn oder Zwölf hätten Verbindung aufnehmen können. Das ist keinem von unseren Agenten gelungen.«

Die Gestalt flüsterte etwas, und Grammel nickte.

»Ich weiß, daß die Rebellen Methoden haben, Verräter zu erkennen, aber die Zuversicht des jungen Mannes beunruhigt mich doch. Bei einem kleinen Gauner scheint sie nicht angemessen zu sein. Und das Mädchen bewies mehr Kühnheit, als bei ihrem Typ sonst zu erwarten ist. Das gibt mir zu denken, Bot. Aber ich glaube ... ich glaube, dahinter könnte etwas durchaus Bedeutungsvolles stecken. Ich verfüge einfach nicht über alle Fakten, um ein klares Bild zu bekommen ... noch nicht. Es könnte für uns beide sehr wichtig sein.« Die Gestalt nickte heftig.

Grammel traf eine Entscheidung.

»Ich werde mich an eine höhere Stelle wenden müssen. Ich möchte zwar so etwas nicht aus der Hand geben, aber ich sehe keinen Ausweg.« Er wies mit einer verächtlichen Kopfbewegung zur Tür. »Auf jeden Fall werden wir die Wahrheit aus ihnen herausquetschen, bevor eine maßgebliche Person hier eintreffen kann.« Er trat an die Wand hinter dem Schreibtisch und berührte einen kleinen Schalter. Ein Teil der Wand klappte weg und gab den Blick auf einen leeren, goldschimmernden Bildschirm frei. Grammel drehte an einem Knopf. Aus der Wand unter dem spiegelnden Schirm schob sich eine Konsole mit Tasten und Skalen. Er betätigte die Tastatur, dann sprach er in ein Mikrofon.

»Ich habe eine Fernmitteilung erster Dringlichkeitsstufe für Gouverneur Bin Essada auf der Sektoren-Hauptwelt Gyndine.« Er schaute sich nach der vermummten Gestalt um, die ihm zunickte.

»Das Gespräch wird weitergeleitet«, erwiderte eine eintönige Computerstimme. Einen Augenblick lang huschten Störbilder über den Schirm, dann stabilisierte sich das Bild. Nach den Maßstäben des Imperiums war Gyndine nicht sehr weit entfernt.

Auf dem Bildschirm zeigte sich ein übergewichtiger Mann mit dunklem Teint, dessen auffälligstes Merkmal das stufenweise auf sein Hemd herabfallende Mehrfachkinn war. Gewelltes schwarzes Haar, an den Schläfen weiß, oben in einem Spiralaufbau orangerot gefärbt, krönte das Gesicht wie Seetang einen vom Wasser rundgeschliffenen Felsblock. Dunkle Augen blieben zusammengekniffen, um die rosaroten, lichtempfindlichen Pupillen zu schützen.

»Ich bin beschäftigt«, sagte Gouverneur Essada mit hoher Stimme. »Wer spricht, und aus welchem Anlaß?«

Vor diesem überheblichen, Machtgefühl verratenden Gesicht schmolz Grammels Selbstsicherheit dahin. Seine Stimme klang schwankend und unterwürfig, als er antwortete.

»Hier spricht Generalkapitän Grammel, Gouverneur, ein ergebener Diener des Imperators.«

»Ich kenne keinen Generalkapitän Grammel«, sagte die Stimme.

»Ich leite die geheime Schürfkolonie auf Circarpous V, Sir«, erläuterte Grammel.

Essada hob den Kopf.

»Ich bin vertraut mit den Maßnahmen des Imperiums in diesem System«, gab er zurück. »Was wollen Sie?« Er beugte sich vor. »Hoffentlich ist es wichtig, Grammel. Ich erkenne Sie jetzt.«

»Ja, Sir.« Grammel verbeugte sich mehrmals. »Es handelt sich um zwei Fremde, die hier auf irgendeine Weise unbemerkt gelandet sind. Zwei Fremde und ein seltsames Stück Kristall, das sich in ihrem Besitz befand. Die Leute selbst sind nicht wichtig, aber da Sie, Sir, weithin als Experte für außergewöhnliche Strahlung bekannt sind, dachte ich –«

»Vergeuden Sie meine Zeit nicht mit Schmeicheleien, Grammel«, sagte Essada. »Seit der Imperator den Senat aufgelöst hat, sind wir Regionalgouverneure mit Arbeit überlastet.«

»Verstehe, Sir«, sagte Grammel hastig und stürzte zum Schreibtisch, um das Kästchen zu holen. Er hielt es vor die Kamera. »Hier, Sir.«

Essada starrte den Splitter an.

»Merkwürdig … So etwas habe ich noch nie gesehen, Grammel. Die Strahlung kommt aus dem Innern?«

»Ja, Sir, ich bin überzeugt davon.«

»Ich nicht«, erklärte der Gouverneur, »aber ich gebe zu, daß es den Anschein hat. Berichten Sie mehr über die Personen, die den Stein bei sich hatten.«

Grammel zuckte die Schultern.

»Sie sind bedeutungslos, Sir. Wahrscheinlich nur zwei kleine Diebe, die ihn entwendet haben.«

»Kleine Diebe, die unbemerkt auf Circarpous V landen konnten?« sagte der Gouverneur ungläubig.

»Ich glaube, Sir. Ein junger Mann und eine junge Frau …«

»Junge Frau«, wiederholte Essada. »Wir haben Gerüchte von Circarpous IV über eine wichtige Sitzung gehört, die die dortige Untergrundbewegung vorbereitete, um … Eine junge Frau, sagen Sie? Ist sie etwa schwarzhaarig, sehr temperamentvoll, vielleicht eine Spur sarkastisch?«

»Eben diese, Sir«, stammelte Grammel.

»Sie haben die beiden identifiziert?«

»Nein, Sir, nur in Haft genommen. Sie sind eingesperrt zusammen mit –«

»Zum Chaos mit Ihren Details, Grammel!« schrie Essada. »Zeigen Sie mir Bilder der beiden.«

»Leicht geschehen«, erwiderte Grammel erleichtert. Er nahm den Recorderstab aus Plastik vom Schreibtisch und hielt ihn vor das Kameraauge. »Die Aufzeichnung ist noch nicht überspielt. Glauben Sie, daß Sie die Stabbilder erkennen können?«

»Ich kann vieles erkennen, Grammel, bis zu den seichten Tiefen Ihrer Seele. Näher an das Auge heran.«

Grammel drückte auf einen Knopf und hielt den langen, glasartigen Stab vor die Kamera. Im Stab erschienen zweidimensionale Brustbilder. Nach einer kurzen Pause drehte er den Stab, um Ganzaufnahmen der beiden Personen zu zeigen.

»Das könnte sie sein! Bei der Macht, sie könnte es sein«, murmelte Gouverneur Essada erregt. »Den Jungen kenne ich nicht, aber er könnte ebenfalls von Bedeutung sein. Ich freue mich.«

»Von Bedeutung, Sir? Sie wissen von den beiden?«

»Ich hoffe, es wird zum Teil mein Verdienst sein, daß sie gefaßt sind und hingerichtet werden – zumindest sie.« Essada sah Grammel scharf an. »Es darf ihnen nichts geschehen, bis eine maßgebliche Persönlichkeit bei Ihnen eintrifft.«

»Selbstverständlich, Sir. Aber ich verstehe nicht. Wer sind sie, und wie gelangen sie zur Kenntnis einer solchen –?«

»Ich verlange nur Dienste von Ihnen, Grammel. Keine Fragen.«

»Ja, Sir.«

»Aber Sie haben gut daran getan, sich direkt an mich zu wenden. Sie können mit einer Beförderung rechnen.«

»Sir! Das ist zu großzügig. Ich weiß nicht, was ich sagen soll …«

»Gar nichts«, riet Essada. »Das macht Sie erträglicher. Sorgen Sie dafür, daß sie am Leben bleiben, Grammel. Ihr Schicksal hängt davon ab, wie genau Sie diese Anweisung befolgen. Abgesehen davon, daß sie am Leben und gesund bleiben müssen, können Sie sie verwahren, wie Sie wollen.«

»Ja, Sir. Sir, darf ich –«

Aber Gouverneur Essada hatte Grammel offenbar schon vergessen.

»Eine bestimmte Person sollte diese Information besonders interessant finden. Für mich wird das auch gut sein, ja.« Plötzlich bemerkte er, daß die Verbindung noch bestand.

»Lebendig, Grammel! Merken Sie sich das!«

»Aber, Sir, können Sie mir nicht sagen …?«

Der Bildschirm erlosch.

Der Generalkapitän blieb für einige lange, nachdenkliche Augenblicke vor dem dunklen Rechteck stehen. Dann schob er die Konsole an ihren Platz, verschloß die Wand wieder und wandte sich der vermummten Gestalt zu, die hinter einem großen Sessel auftauchte.

»Wir scheinen auf etwas gestoßen zu sein, das viel wichtiger ist, als wir beide uns hätten träumen lassen, Bot. Eine Beförderung!« Er blickte auf den Kristallsplitter in seiner Hand. Alle Gedanken an seine mögliche Gefährlichkeit wurden von der Aussicht auf eine strahlende Zukunft verdrängt. »Wir müssen vorsichtig sein.«

Die vermummte Gestalt nickte nachdrücklich …

6

»Nur langsam«, beschwerte sich Luke und riß sich von dem Soldaten los, der sie durch den langen, schmalen Gewölbegang führte. An den feuchten, tropfenden Wänden wuchs dunkles Moos. Die allgegenwärtige Feuchtigkeit auf Mimban drang hier offenbar sogar durch die Mauern.

»Man möchte meinen, daß das Imperium hier wenigstens für moderne Unterkünfte gesorgt hätte«, murrte er.

»Warum?« meine der Sergeant. »Wenn die Primitiven auf dieser Welt uns derart nützliche Bauwerke hinterlassen haben?«

»Ein Tempel, ein Ort des Gebets, und man hat Büros und ein Gefängnis daraus gemacht«, sagte die Prinzessin aufgebracht.

»Das Imperium tut, was notwendig ist«, sagte der Sergeant. »Der Bergbau ist kostspielig. Das Imperium ist klug genug, dort zu sparen, wo es kann.«

»Das gilt wohl auch für Ihre Besoldung«, fragte die Prinzessin tückisch.

»Die Gefangenen haben genug geschwätzt«, sagte darauf der

Sergeant laut. Sie bogen um eine Ecke. Ein Geflecht von gekreuzten Gitterstäben bildete am Ende des Korridors ein unzerreißbares Hindernis.

»Hier ist euer neues Zuhause«, sagte der Sergeant. »Hier könnt ihr darüber nachdenken, was das Imperium für eure Zukunft vorgesehen hat.« Als er mit der Handfläche eine Stelle an der Wand berührte, bildete sich in der Mitte des Metallgitters eine unvergitterte ovale Öffnung.

»Los«, sagte der Soldat neben Luke und stieß ihn mit dem Lasergewehr an.

»Ich dachte, wir bekommen Gesellschaft«, sagte Luke und ging widerstrebend auf die Öffnung zu. Unter den Soldaten erhob sich Heiterkeit.

»Die findet ihr schnell genug«, sagte der Sergeant grinsend, »oder sie euch!«

Als beide Gefangenen in der Zelle standen, legte der Sergeant die Hand wieder auf die Photoplatte, und die entmaterialisierten Gitterstäbe schlossen sich klirrend wieder.

»Gesellschaft, sagt er«, meinte einer der Soldaten, als sie den Rückweg antraten. Sie lachten schallend.

»Ich jedenfalls finde das gar nicht lustig«, murmelte Luke. Jeder der schrägen Gitterstäbe war so dick wie sein Unterarm. Er schnippte mit dem Fingernagel dagegen, und der Stab ertönte wie eine Glocke. »Massiv, kein Rohr«, sagte er. »Diese Zelle ist für etwas anderes als gewöhnliche Leute gedacht. Ich frage mich, was –«

Die Prinzessin ächzte, deutete in eine Ecke und wich zurück an die nächste Wand. Zwei massive, behaarte Haufen lagen zusammengedrängt an der Rückseite der Zelle, unter dem einzigen Fenster. Der Pelz hob und senkte sich und zeigte damit an, daß er etwas Lebendes umschloß.

»Ruhig ... ruhig«, sagte Luke, schob sich zu Leia und legte beide Hände auf ihre Schultern. Sie lehnte sich an ihn. »Wir wissen noch nicht, wer sie sind.«

»Wir wissen nicht, *was* sie sind«, flüsterte die Prinzessin angstvoll. »Ich glaube, sie werden wach.«

Eine der Schreckensgestalten richtete sich auf, reckte sich und gab ein Knurren von sich wie ein Vulkan, der sich räuspert.

Lukes Augen quollen aus den Höhlen. Als er auf die Gestalt zutreten wollte, versuchte die Prinzessin, ihn zurückzuhalten, aber er schüttelte ihre Hand ab.

»Sind Sie wahnsinnig geworden, Luke? Sie werden Sie in Stücke reißen.«

Er ging trotzdem langsam auf die Gestalt zu. Sie war nicht viel größer als er, aber weitaus massiver gebaut. Die haarigen Arme reichten bis zum Zellenboden, die Hände streiften die Steine. Eine lange Schnauze ragte mitten aus dem Gesicht und verbarg jede Andeutung von einem Mund. Zwei große, schwarze Augen starrten Luke erwartungsvoll an.

»Luke, nicht ... kommen Sie zurück!«

Ein verdrossenes knurrendes Grollen wie von einer zornigen unterirdischen Springquelle drang aus dem Wesen. Die Prinzessin verstummte und preßte sich ängstlich an die kalte Steinmauer.

Luke betrachtete das mächtige Wesen argwöhnisch. Sie mußten schnell Freundschaft schließen, sonst würden er und Leia sich keine Gedanken mehr darüber zu machen brauchen, wie sie Mimban unverletzt verlassen sollten. Er streckte die Hand aus und berührte einen Arm auf eine ganz bestimmte Weise, während er in die kohlschwarzen Augen starrte.

Das Wesen sprang mit erstaunlicher Behendigkeit zurück und schnatterte etwas. Es besaß das Mehrfache von Lukes Gewicht. Schwaches Licht von den verkleideten Illuminatoren in der Zellendecke fiel auf kabeldicke Schultermuskeln über den doppelt langen Armen.

Zwei tellergroße Hände griffen nach Luke. Er reagierte mit leisen Lauten. Das Wesen schüttelte den Kopf, daß die

Schnauze schwankte, zögerte und knurrte wieder. Luke sprach lauter auf sein Gegenüber ein.

Die Kreatur packte Luke mit beiden Händen und hob ihn hoch über ihren Kopf, als wolle sie ihn auf dem Steinboden zerschmettern. Die Prinzessin schrie gellend auf. Das Wesen nahm Luke wieder herunter, preßte ihn an seinen Körper ... und küßte schmatzend seine Wangen, bevor es ihn wieder sanft auf den Boden stellte. Die Prinzessin starrte Lukes zuneigungsvollen Angreifer ungläubig an.

»Warum hat er Ihnen nicht den Kopf abgerissen? Sie ...« Sie sah Luke bewundernd an. »Sie haben mit ihm *gesprochen.*«

»Ja«, sagte Luke bescheiden. »Ich habe zu Hause auf der Farm meines Onkels auf Tatooine viel über gewisse Welten gelesen. Das war meine einzige Unterhaltung, und gelernt habe ich auch etwas dabei. Das«, sagte er und wies auf das Wesen, das einen massiven, langen Arm auf seinen Kopf legte und ihn freundlich schüttelte, »ist ein Jassem.«

»Davon habe ich gehört, aber ich sehe so etwas zum ersten Mal.«

»Sie sind reizbar«, sagte Luke, »deshalb hielt ich es für besser, ihm zuerst einen Gruß zu entbieten mit dem bißchen, was ich von ihrer Sprache verstehe.« Er schnatterte etwas, und das Wesen gab Antwort. »Anderswo hätte er mich vielleicht umgebracht, aber die Gefangenen scheinen hier alle Verbündete zu sein.«

Der Jassem drehte sich um, wankte zurück an die Wand und rüttelte seinen noch schlafenden Genossen wach. Der zweite Jassem fuhr herum und schlug zornig aus. Die gewaltige Pranke verfehlte ihr Ziel und prallte mit solcher Wucht an die Mauer, daß eine Vertiefung entstand. Er setzte sich auf und begann auf den ersten Jassem einzuschnattern, während er sich mit einer Hand den Kopf hielt.

»Aber«, sagte Leia laut, als sie begriff, »sie sind beide betrunken!« Der zweite Jassem stand endlich auf. Er knurrte sie an. »Nichts für ungut«, fügte sie hastig hinzu.

»Der, mit dem ich gesprochen habe, heißt Hin. Zumindest kommt das seinem richtigen Namen ziemlich nah. Dort an der Wand lehnt Kee und wünscht sich an einen anderen Ort.« Er redete auf Hin ein und hörte sich die Antwort an. »Ich glaube, er hat gesagt, daß sie hier für das Imperium gearbeitet haben, es vor ungefähr einer Woche satt bekamen und anfingen, allerlei zu demolieren. Seitdem sind sie hier eingesperrt.«

»Ich wußte nicht, daß das Imperium nichtmenschliche Wesen anheuert.«

»Offenbar hatten die beiden keine Wahl«, erläuterte Luke, nachdem er sich bei Hin informiert hatte. »Sie schätzen das Imperium so wenig wie wir. Ich habe sie davon zu überzeugen versucht, daß nicht alle Menschen so sind wie die Imperialen. Ich bin ziemlich sicher, daß ich Erfolg haben werde.«

»Das hoffe ich«, sagte Leia und betrachtete die muskelbepackten, langarmigen Wesen.

»Hin und Kee sind beide noch jung, etwa in unserem Alter, und in den Angelegenheiten des Imperiums nicht sehr erfahren. Sie haben sich – nun, nicht gerade als Sklaven verdingt, aber vertraglich abgeschlossene Knechtschaft ist ein zu höflicher Ausdruck. Als sie Einwände erhoben, wedelte ein Funktionär mit Dokumenten vor ihnen herum und riß Witze. Sie nahmen ihre Ausrüstung und begannen die Grube zu füllen, statt die auszuschachten.

Daß Grammel sie nicht sofort erschießen ließ, lag laut Hin daran, daß jeder von ihnen die Arbeit von drei Mann leistet, und daran, daß sie beide völlig betrunken waren. Anscheinend dauert ein Kater bei den Jassems sehr lange«, fügte er hinzu. »Hin glaubt, daß man ihnen noch eine Chance geben wird. Aber er ist nicht sicher, daß er sie überhaupt will.

Sie sind hier in diesem Raum, weil normale Zellen bei ihnen

nicht ausreichen. Kommen Sie und sagen Sie guten Tag.« Hin schnatterte sie an.

»Ganz meinerseits«, sagte sie. Kee heulte etwas, und die beiden Menschen sahen zu dem anderen Jassem hinüber, der ihnen etwas vorplapperte.

»Er sagt, seit einer Woche bohre jemand mit einem Preßlufthammer in seinem Kopf herum.«

Leia ging auf das Fenster zu. Es war ebenso vergittert wie die Zelle selbst. Man sah in eine Reihe nebelverhangener Lichter der Stadt.

»Ich kenne jemanden, den ich gern damit bearbeiten würde«, murmelte sie dumpf.

»Sie meinen Halla«, sagte Luke. »Sie konnte und kann nichts für uns tun. Wenn ich in ihrer Lage wäre, würde ich vermutlich auch das Weite suchen.«

Sie sah ihn an und lächelte strahlend.

»Sie wissen, daß das nicht wahr ist, Luke«, sagte sie. »Sie sind viel zu treu und verantwortungsbewußt.« Ihr Blick richtete sich wieder auf die vom Nebel eingehüllten Dächer der fernen Stadt. »Wenn wir uns vor der Kneipe nicht so hätten gehenlassen, wären wir den Bergleuten nicht aufgefallen und jetzt nicht hier. Alles ist meine Schuld.«

Er legte die Hand auf ihre Schulter.

»Na, hören Sie, Leia ... Prinzessin. Niemand hat schuld an der Geschichte. Außerdem macht es Spaß, sich manchmal gehen zu lassen.«

Sie lächelte wieder.

»Wissen Sie, Luke, die Rebellion kann froh sein, daß Sie dabei sind. Sie sind ein guter Mann.«

»Ja.« Er wandte sich ab. »Wie gut für die Rebellion.«

Eines der Wesen schnatterte etwas. Leia sah Luke fragend an.

»Kee sagt, daß jemand kommt«, dolmetschte Luke.

Gemeinsam mit den zwei Jassem blickten sie zum Korridor. Rasche Schritte näherten sich. Es waren mehrere Soldaten, angeführt von Grammel. Als er seine Gefangenen erblickte, schien er aufzuatmen.

»Ihr seid beide unverletzt?« Luke nickte. »Gut«, sagte er erleichtert. Sein Blick ging zwischen den Jassem und Luke hin und her. »Ich sehe, ihr teilt euch die Zelle friedlich ... bis jetzt, jedenfalls. Das freut mich. Ich habe schon befürchtet, ich müßte euch verlegen, aber wenn die Jassem eure Gegenwart ertragen, solltet ihr wohl hierbleiben. Hier seid ihr sicherer. Es hat sich herausgestellt, daß noch jemand Interesse an eurem Fall bekundet.«

Luke starrte die Prinzessin an, die seinen Blick ebenso verständnislos erwiderte.

»Ja, einer von denen, die auf Circarpous hinter uns her sind, nehme ich an«, sagte Luke kühn.

»Nicht direkt. Ein Abgesandter des Imperiums kommt her, um euch persönlich zu verhören. Das genügt mir. Ich weiß, wann ich beiseite treten muß. Ich werde also keine Verbindung zu unserem Informanten auf Circarpous aufnehmen, bis er mich dazu auffordert.«

»Oh!« Das war alles, was Luke einfiel. Er war gleichzeitig erfreut und besorgt – erfreut, weil ihre Mär, entflohene Verbrecher zu sein, offenbar noch für eine Weile unüberprüft bleiben würde, besorgt, weil er sich nicht vorstellen konnte, was Grammel berichtet haben mochte, um einen Abgesandten des Imperiums für den Fall zu interessieren. Wo konnten sie einen Fehler gemacht und etwas verraten haben?

»Woher das große Interesse?« fragte er beiläufig.

»Das möchte ich auch gern wissen«, erwiderte Grammel. Er trat an das Gitter. »Sie haben wohl keine Lust, es mir zu verraten?«

»Ich weiß nicht, was Sie meinen«, sagte Luke und trat einen Schritt zurück.

»Ich könnte Sie zwingen, es mir zu verraten«, knurrte Grammel, »aber ich habe Anweisung ...«, er zwang sich, vom Gitter zurückzutreten, »euch in Ruhe zu lassen. Aber freuen Sie sich nicht zu früh. Ich habe den Eindruck, daß der Abgesandte – und es ist ein sehr hochrangiger – einige Pläne mit euch hat, und daß sie viel unangenehmer sein werden als alles, was ich in meiner schlichten Art erfinden könnte.«

»Sie oder ein anderer Beauftragter des Imperiums«, sagte Luke achselzuckend, bestrebt, in seiner angenommenen Rolle zu bleiben, »das ist uns gleich, solange wir nicht nach Circarpous zurückgeschickt werden. Wenn ich wenigstens wüßte, warum man mit uns solche Umstände macht.«

Grammel schüttelte langsam den Kopf.

»Ihr beeindruckt mich, ihr beiden. Ihr solltet mir wirklich verraten, wer ihr seid und was hier eigentlich gespielt wird.« Er griff in die Tasche und zog das Kästchen mit dem Splitter des Kaiburr-Kristalls heraus. »Aber das wollt ihr wohl nicht«, meinte er seufzend und steckte das Kästchen wieder ein. »Da mir jetzt die Hände gebunden sind, kann ich es nicht aus euch herausquetschen, wie ich gerne täte. Ich muß zugeben, daß mir völlig unklar ist, was Gouverneur Essada in euch sieht.«

»Ein Gouverneur ...« Leias Schultern sanken herab, und sie hob die Hände vors Gesicht.

Grammel starrte sie durchdringend an.

»Ja ... warum stört sie das so?« Er sah Luke an. »Was geht hier vor?«

Luke betrachtete ihn nicht und versuchte, die Prinzessin zu trösten.

»Keine Angst, Leia, vielleicht hat das gar nichts zu bedeuten.«

»Für gewöhnliche Diebe interessiert sich ein Gouverneur nicht, Luke«, flüsterte sie. Ihre Kehle schien sich zuzuschnüren. »Ich werde wieder verhört werden ... wie damals ... damals.« Sie riß sich los und preßte die Stirn an die Mauer.

Damals – auf dem Todesstern. Kleine schwarze Würmer schienen durch ihr Gehirn zu kriechen. Die Forderungen eines anderen Gouverneurs, des inzwischen getöteten Grand Moff Tarkin, die Maschine, die in ihre Haftzelle geschwebt war. Die unbarmherzige schwarze Maschine, entgegen allen ethischen und moralischen Grundsätzen von entarteten Wissenschaftlern des Imperiums erfunden. Sie schwebte auf sie zu, hing über ihr, sank herab, und die metallenen Gliedmaßen schickten sich an, wirksam und gefühllos im Sinne ihrer unmenschlichen Programmierung zu handeln.

Schreien, schreien, schreien, niemals mehr aufhören, sie war …

Sie spürte einen harten Schlag, blinzelte, drehte den Kopf und sah, daß Luke sie entsetzt anstarrte. Sie rutschte an der Mauer herunter. Hin war herangeschwankt. Der massige schwarzäugige Jassem beugte sich besorgt über sie. Ein langer Arm berührte sie prüfend, die lange, biegsame Schnauze beschnupperte sie.

»Es geht schon wieder, Hin«, sagte Luke in der fremden Sprache zu dem Wesen, während er Leias kalte Tränen abwischte.

»Das ist nur der Ruf des Imperiums für seine Grausamkeit«, rief er Grammel zu. Die Erklärung erschien sogar ihm zu lahm.

Grammel trat wieder ans Gitter.

»Sie ist schon einmal verhört worden. Sie weiß etwas«, sagte er erregt. »Wer ist sie? Wer seid ihr beiden? Heraus damit!« Dann wurde seine Stimme ruhig. »Vielleicht kann ich mich für euch bei dem Beauftragten des Imperiums verwenden. Ich möchte aus der Sache herausholen, was möglich ist, versteht ihr? Ihr zwei werdet meine Fahrkarte fort von dieser armseligen Welt sein. Ich will weg von hier, und ich will die Beförderung, die mir Essada versprochen hat, und ich will noch mehr, wenn ich es bekommen kann! Sagt mir, wer ihr seid, was ihr wißt. Ich mache euch einen Vorschlag. Gebt mir etwas, das ich verwenden kann, irgendeine Information, damit ich eurem Inquisitor nicht ungewappnet gegenübertreten muß!«

Luke sah Grammel mitleidig an.

»Wer seid ihr?!« schrie Grammel, wütend über seine eigene Hilflosigkeit. »Weshalb seid ihr für ihn so wichtig? Sagt es mir, oder ich lasse die Frau vor deinen Augen in Stücke reißen, egal, was Essada befohlen hat. Heraus damit, heraus damit, heraus d- ... *urk*!«

Eine riesengroße Pranke zuckte zwischen den Gitterstäben hindurch und packte Grammel an der Kehle ... beinahe. Der Generalkapitän vermochte sich mit einem verzweifelten Ruck loszureißen. Eine zweite Pranke folgte. Einer der Soldaten war in die Knie gegangen und feuerte sein Lasergewehr ab. Obwohl es nur auf Betäubungsstärke eingestellt war, riß der Blitz Kee zu Boden. Ein verkohlter schwarzer Streifen zeigte sich auf dem dicken Pelz. Kee überschlug sich, preßte die Hände auf die versengte Stelle und starrte keuchend durch das Gitter. Hin ging zu seinem verletzten Kameraden und untersuchte die Wunde, dann funkelte er Grammel böse an. Er richtete sich auf und näherte sich dem Gitter.

Grammel blieb knapp außer Reichweite der langen Arme stehen. Der Jassem packte die Stäbe und versuchte, sie auseinanderzubiegen.

Grammel sah prüfend zu und sagte, während er seinen Hals massierte, zu seinem Untergebenen: »Keine Gefahr, Puddra. Die Stäbe zerbrechen sie nicht. Nicht ein Dutzend Jassem gleichzeitig.«

Trotzdem schien es, als gelänge es Hin, mit ungeheurer Anstrengung einen der Stäbe wenigstens ein bißchen zu verbiegen. Dann gab er keuchend auf. Er packte die Stäbe und starrte Grammel haßerfüllt an.

Grammel seufzte unwillkürlich.

»Sehen Sie?« sagte er zu dem Mann neben ihm.

»Alles gutgegangen, Sir?« fragte der Soldat. Seine Stimme klang dumpf unter seiner Maske hervor.

»Alles in Ordnung, Puddra.« Grammel rümpfte die Nase. »Abgesehen vom Gestank, versteht sich.« Er wandte sich an

Luke: »Ihr beiden müßt etwas Besonderes sein. Wer den Gestank eines Jassems aushält …« Er schnitt eine Grimasse und schüttelte in gespieltem Erstaunen den Kopf. »Es länger als ein paar Minuten in diesem Gestank auszuhalten, verlangt ganz besondere Eigenschaften.« Hin brüllte ihn wütend an. »Tob du nur!« sagte Grammel ruhig. »Sobald ich den Bergwerksdirektor davon überzeugen kann, daß ihr es nicht wert seid, daß man sich um eure Arbeitsfähigkeit bemüht, nehme ich euch persönlich auseinander. Nachdem man euch gründlich von den schlechten Gerüchen befreit hat, versteht sich.« Er wandte sich ab.

Hin gab einen eigenartigen Laut von sich. Der große Speichelklumpen traf Grammel im Genick, knapp über dem hohen Kragen. Der Generalkapitän wischte ihn weg und zischte über die Schulter zurück: »Du abscheuliches Zerrbild von einem Menschen. Warte nur. Du kommst bald an die Reihe, das verspreche ich dir.« Er gab den Soldaten einen Wink, und sie marschierten mit ihm davon.

Hin ließ das Gitter los und tappte zur Prinzessin. Sie war ohnmächtig geworden, und Luke hielt sie mit einem Arm aufrecht. Auf Hins Knurrlaut hin sagte Luke nur: »Ja, ein Engel, unser Aufseher, nicht wahr?«

Hin hob stumm einen kleinen Stein auf, preßte die Finger zusammen und zerdrückte ihn mühelos.

»Hoffentlich kannst du das eines Tages auch bei ihm machen, Hin«, sagte Luke. »Aber im Augenblick sind unsere Aussichten, von hier fortzukommen, geschweige denn, uns den Herrn Generalkapitän vorzunehmen, nicht gerade groß.«

Die Prinzessin stöhnte und griff nach Luke. Er hielt ihre Hände fest, und sie schlug überrascht die Augen auf. Ein unsicherer Blick, dann sah sie, wie Hin sie forschend anstarrte.

»Tut mir leid, Luke.« Er half ihr auf die Beine. »Der Gedanke, wieder ein Verhör durchmachen zu müssen … ich habe einfach die Fassung verloren.«

»Das ist begreiflich. Sie werden das kein zweites Mal durchmachen müssen, dafür sorge ich.«

Sie lächelte ihn an. Weshalb soviel Zuversicht mit Fakten widerlegen?

Luke war an das Fenster getreten und untersuchte die Stäbe.

»Sie sind genauso stabil, wie sie aussehen«, sagte er gepreßt. »Hier führt kein Weg hinaus.«

»Die Jassem haben das vermutlich schon versucht«, meinte sie sachlich.

Ein kleines Stück Mauer glitt zur Seite, und sie zuckten zusammen. Als beide Jassem zur Mauer stürzten, atmete Luke auf. Mehrere Schüsseln mit dampfendem Inhalt wurden auf glatten Metalltabletts hereingeschoben, dann schloß sich die Maueröffnung wieder.

Hin und Kee packten jeder eine Schüssel und begannen den Inhalt hinunterzuschlingen.

»Von den Tischmanieren der Jassem halte ich nicht viel«, meinte Luke. »Wenn wir etwas zu essen haben wollen, müssen wir uns wohl beeilen.«

Luke schnupperte, zuckte die Schultern und probierte einen Löffel voll.

»Irgendeine Art Eintopf«, entschied er. »Als Gefängniskost nicht schlecht.«

»Grammel hat Anweisung, uns bei Kräften zu halten, vergessen Sie das nicht«, sagte Leia. »Bis der Beauftragte des Imperiums eintrifft.«

Luke kaute und sagte hoffnungsvoll: »Wenn sich uns wirklich eine Fluchtgelegenheit bieten sollte, haben wir wenigstens einen vollen Magen.«

Als sie fertig waren, stand Luke auf und ging zum Gitter. Er starrte durch den Korridor auf den fernen Punkt an der Steinmauer, wo sich der Sperrmechanismus befand. Leia beobachtete ihn stumm.

Wenn wir nur mit irgend etwas den photoelektrischen Auslöser berühren könnten, dachte er. Sein Blick glitt durch die Zelle. Die Tabletts, auf denen ihr Geschirr stand, waren aus glattem, unverformbarem Metall. Es gab keine Möglichkeit, sie aneinanderzufügen. Außerdem hätte auch dann die Gesamtlänge nicht bis zu dem weit entfernten Schalter gereicht.

»Wir müssen eine Hand oder sonst etwas auf diesen Schalter bringen«, murmelte er.

»Oder sonst etwas, Luke, mein Junge!«

Alle zuckten zusammen, vor allem die leicht erregbaren Jassem. Hin stürzte zum Fenster, aber Luke kam ihm glücklicherweise zuvor.

»Nein ... ein Freund, Hin.« Der Jassem entfernte sich widerwillig. Luke zog sich an den Stäben vor dem Fenster hoch. Ein runzliges, lächelndes Gesicht sah ihn an.

»Halla! Sie haben uns doch nicht vergessen! Was ist mit Dreipeo und Erzwo Dezwo?«

»Eure Droiden sind in Ordnung, mein Junge. Was mich angeht, ich vergesse einen Partner nie. Außerdem brauche ich euch beide. Also nicht gefühlvoll werden. Mir geht es um den Kristall.« Ihr Grinsen verschwand, und sie schaute ihn scharf an. »Habt ihr diesem widerlichen Grammel etwas von mir gesagt?«

»Nein«, versicherte Luke. Er hörte ein Husten und sah, daß die Prinzessin ihn scharf ansah. »Nun, nicht direkt«, verbesserte er sich. »Er glaubt, *wir* hätten versucht, das Kristallfragment an *Sie* zu verkaufen.«

Halla lachte leise in sich hinein.

»Deshalb bin ich also nicht zur Vernehmung geholt worden. Grammel sieht die Dinge immer verkehrt herum. Er hat den Splitter wohl an sich genommen, wie?«

»Tut mir leid«, sagte Luke bedrückt. »Wir konnten nichts dagegen tun.«

»Macht nichts. Wir werden bald den ganzen Kristall haben. Sobald wir euch herausgeholt haben.«

»Und wie wollen Sie das anstellen? Die Mauer sprengen?«

»Das wäre Zeitverschwendung. Was würdet ihr tun? Einfach von hier weglaufen?« Plötzlich begriff sie. »Ich wette, ihr könnt von dem Fenster aus nicht hinuntersehen, wie?«

»Nein, nur geradeaus«, räumte Luke ein.

»Mein Junge, ich stehe auf einem Sims, der ungefähr zehn Zentimeter breit ist, über einem vierzig Meter tiefen Graben. Auf der anderen Seite gibt es eine Sperre, an der alle Energiewaffen oder Sprengstoffe entdeckt würden, die jemand herschleppen wollte. Oder dachten Sie, ich presse mich so fest an die Mauer, weil Ihr Atem so süß ist?«

»Halla, Sie sind verrückt! Was ist, wenn Sie abrutschen?«

»Dann klatscht es unten, Luke. Und da mich ohnehin jeder für verrückt hält, kann ich ja ruhig so tun, als wäre ich es wirklich. Nur ein verrücktes, altes Weib würde sich hier auf den Sims hinausschieben. Das heißt, ihr könntet es nicht. Nein, mein Junge. Heraus kommt ihr nur auf dem Weg, auf dem ihr hereingekommen seid.«

Ein lautes, aufgeregtes Brummen wurde hinter Luke laut. Hin kam heran, legte eine Hand auf Lukes Schulter und starrte Halla flehend an. Luke und er unterhielten sich mit Knurrlauten. Hin ging in die Zelle zurück und sprach mit Kee, während Halla unsicher zusah.

»Was hat das alles zu bedeuten?« fragte sie. »Ich verstehe das Affengeschwätz nicht.«

»Hin hat mir gesagt, wenn Sie uns aus der Zelle herausholen, würden er und Kee dafür sorgen, daß wir das Gebäude verlassen können.«

»Sie glauben, daß sie das können?« fragte Halla und leckte ihre Lippen.

»Ich möchte gegen zwei verzweifelte Jassem nicht wetten. Und da ist noch etwas. Wenn wir ihnen zur Flucht verhelfen, helfen sie uns bei der Suche nach dem Kristall.«

»Das wäre allerdings nützlich«, gab Halla sofort zu. »Und ich kann begreifen, warum sie sich uns anschließen wollen. Sobald sie ausbrechen, haben sie keine Aussicht mehr auf Grammels Gnade.«

»Wie wollen Sie uns hier herausholen?«

Halla verlagerte ihr Gewicht, um besseren Stand zu finden, und sagte stolz: »Ich habe doch gesagt, daß ich eine Meisterin der Macht bin. Beiseite, junger Mann!«

Luke, der nicht wußte, was bevorstand, gehorchte. Die Prinzessin verschränkte die Arme und schaute zu, gleichzeitig skeptisch und besorgt.

Halla schloß die Augen und schien in eine Art Trance zu verfallen. Luke spürte die Regung und wußte, daß sie die Macht in einer Weise manipulierte, wie ihm das nicht möglich war – nicht unbedingt überlegen, aber eben anders. Seine größte Sorge war, daß sie in ihrer Versunkenheit den Halt an der Außenmauer des Tempels verlieren könnte, aber sie schien zu Stein erstarrt zu sein.

Er hörte, wie Leia scharf die Luft einsog, fuhr herum und starrte in die Richtung ihres Fingers. Eines der Metalltabletts hatte sich in die Luft erhoben und schwebte. Es näherte sich den Gitterstäben. Luke schaute sich nach Halla um. Es war ein simpler Zaubertrick, aber einer, den er nicht hätte nachvollziehen können. Telekinese war eine Kunst, die er nicht sehr gut beherrschte. Aber Halla schien darin recht gut zu sein. Er erinnerte sich an die Gewürzbüchse auf dem Kneipentisch und hielt den Atem an.

Schwitzend und mit verzerrtem Gesicht, lenkte Halla das Tablett. Es stieß an die Stäbe. Luke zuckte zusammen. Das Tablett war wohl zu breit für die Öffnungen. Aber da stellte es sich senkrecht und glitt mit einem Scharren zwischen zwei Stäben hindurch. Schwankend schwebte es weiter durch den Korridor. Halla atmete kaum noch, mit ihrem ganzen Sein der ungeheuren Anstrengung hingegeben. Luke sah, wie das Tablett herabsank, wieder emporstieg, erneut herabsank, bevor es weiterglitt.

»Junge.« Hallas Stimme war nur ein Hauch. »Du mußt mir helfen!« Ihre Augen blieben geschlossen.

»Ich kann nicht, Halla«, sagte er gepreßt. »Ich habe kein Talent dafür!«

»Du mußt, mein Junge! Ich halte nicht mehr lange durch.« Bei den letzten Worten sank das Tablett und streifte den Boden, bevor es wieder in die Höhe stieg.

Luke schloß die Augen und versuchte, sich allein auf das Tablett zu konzentrieren, vergaß die Zelle, die Prinzessin, einfach alles, bis auf die flache Metallplatte. Eine vertraute Stimme schien ihn an etwas zu erinnern.

»Streng dich nicht so an, Luke!« sagte die Stimme. »Denk daran, was ich dir beigebracht habe! Entspann dich, entspann dich, laß die Macht durch dich wirken! Versuch nicht, die Macht zu zwingen!«

Luke ließ andere Gedanken in sich wach werden, angenehme Gedanken, und versuchte, sich an den Hinweis zu halten. Ein Gefühl des Wohlbehagens erfüllte ihn, und er lächelte. Das Tablett erhob sich zu seiner früheren Höhe und flog rasch weiter durch den Korridor.

Die Prinzessin ließ den Blick unablässig zwischen Luke und Halla hin- und hergleiten. Das Tablett streifte die Wand und polterte daran entlang. Endlich erreichte es den in die Wand eingelassenen Sperrmechanismus und deckte ihn zu. Ein kaum wahrnehmbares Klicken, und in der Mitte der Zellengitters tat sich eine ovale Öffnung auf.

Halla stieß einen langen, tiefen Seufzer aus, schwankte und stürzte beinahe ab. Sie hielt sich gerade noch fest, als das Tablett dem Boden entgegenfiel. Hin und Kee stockte der Atem ebenso wie der Prinzessin.

Luke beugte sich vor und zog die Brauen hoch. Das Tablett wurde kaum einen Zentimeter über dem harten Steinboden abgefangen und langsam und vorsichtig ganz hinuntergelassen.

Die beiden Jassem sprangen als erste hinaus, unmittelbar dahinter die Prinzessin. Sie drehte sich um.

»Worauf warten Sie?« rief sie Luke zu. »Los, schnell!«

Aber Luke stand wieder am Fenster.

»Alles in Ordnung, alte Frau?«

»Das bin ich bestimmt, wenn Sie das nicht zu oft zu mir sagen«, gab Halla zurück. Man merkte ihr die Anstrengung noch an. »Ohne Ihre Hilfe wäre es nicht gegangen. Sie beherrschen das gut.«

»Nicht so gut wie Sie«, erwiderte er. »Sie haben mir den Weg gezeigt. Ich habe Glück gehabt. Ich hatte gute Lehrer.«

Sie griff durch die Gitter und strich über seine Hand.

»Sie sind ein netter Kerl, Luke. In der Nähe gibt es eine große Traktoren-Garage und -Werkstatt. Wenn ihr aus dem Mausoleum hier herauskommt, wendet ihr euch nach rechts, da kommt ihr an ein paar Fertigbau-Häusern vorbei. Geht weiter bis zu einem kleinen, regulierten Fluß. Dort wieder nach rechts, den Fluß entlang. Ihr kommt wieder an Gebäuden vorbei, die etwas größer sind.

Schließlich kommt ihr zum Depot. Die Garage ist das große Gebäude gleich links. Da komme ich mit euren Droiden hin.«

»Was passiert, wenn wir da sind?«

»Was passiert? Na, wir stehlen einen schnellen Traktor. Oder dachten Sie, wir gehen zu Fuß zum Kristall? Nicht auf diesem Planeten! Wir treffen uns dort.«

»Abgemacht.«

»Beeilen Sie sich, Luke!« rief die Prinzessin, die jeden Augenblick mit dem Auftauchen von Sturmtruppen rechnete. Als er nicht antwortete, stürzte sie in die Zelle zurück, packte ihn am Arm und zerrte. Er ging mit, den Blick noch immer auf das Fenster gerichtet, von dem Halla schon verschwunden war.

Vor ihnen wurde es laut, und Luke erschrak.

»Was ist los?« fragte die Prinzessin, nach vorne spähend.

»Die Jassem.«

»Sie scheinen sich zu amüsieren«, meinte sie, als ein ohrenbetäubendes Krachen zu ihnen drang.

»Wir sollten lieber versuchen, uns heimlich hinauszuschleichen.«

»Jassem, die heimlich tun. Ebensogut könnten Sie sich eine Staffel Y-Flügler wünschen«, schnaubte sie. Sie hob das Tablett auf und preßte es auf den Sperrmechanismus, dann hastete sie zurück und schob es durch die Stäbe. »Das wird sie nachdenklich machen«, erklärte sie befriedigt. »Sollen Sie denken, wir hätten das Gitter entmaterialisiert. Grammel wird sich nicht aus der Ruhe bringen lassen, aber vielleicht seine Truppe. Die Leute, die uns verfolgen, sollen so nervös wie möglich sein.«

Gemeinsam rannten sie den Korridor entlang.

Hin und Kee wartete zwei Ecken weiter. Der erste Jassem stand vor drei am Boden liegenden Soldaten. Er benutzte einen Droiden dazu, einen vierten Gegner niederzuhämmern. Der Droide, den er an einem Bein schwang, wurde etwa im gleichen Maß demoliert wie der Mann.

Kee hatte einen Armvoll Waffen, offenbar den außer Gefecht gesetzten Soldaten abgenommen. Luke fing eine Pistole auf, die ihm zugeworfen wurde, ebenso Leia, während die beiden Fremdwesen sich ebenfalls bewaffneten.

Kee lauschte plötzlich, drehte sich um und stürzte auf einen Durchgang zu.

»Nein, nicht jetzt!« rief Luke. Er packte zu und hatte zwei große braune Haarbüschel in den Händen. Kee schien das nicht zu stören. »Davor hatte ich Angst«, stöhnte er. Kee brauchte nur Sekunden, um die Tür einzudrücken und hineinzustürmen. Sie folgten ihm.

Der große Raum war ein Kommunikationszentrum, möglicherweise die Nachrichtenzentrale für den ganzen Tempelkomplex. Kee stürzte umher und feuerte wild mit einem Lasergewehr, das er in einer seiner Riesenpranken hielt, während er mit der anderen Instrumente und Techniker zusammenschlug, wobei ihm gänzlich gleichgültig zu sein schien, ob das Opfer anorganisch war oder Protest erhob.

Luke stürmte hinter ihm her und schrie Kee in der Jassemsprache zu: »Wir müssen hier weg, Kee! So hör doch!«

Zwecklos. Das Wesen war keinerlei Vernunftgründen zugänglich. Luke verließ den Raum. In diesem Augenblick fetzte ein Energiestrahl über ihm in die Mauer. Er ließ sich auf ein Knie fallen, fuhr herum, drückte ab und schoß einen Soldaten nieder, der durch einen Nebengang kam. Leia erwischte einen zweiten im Mittelteil, und die beiden anderen suchten überstürzt Deckung, während sie weiterfeuerten.

»Es kommen immer mehr, Luke!« rief sie. »Wir können nicht hierbleiben ... wir müssen weg.«

»Das sehe ich«, zischte Luke nervös. Er preßte sich an die Wand und zerrte an Hin herum, der keine Anstalten machte, den Raum zu verlassen. »Los, Hin, sei vernünftig!«

Der Jassem knurrte ihn böse an. Luke ließ sich nicht einschüchtern.

»Ich weiß, daß der ganze Laden abscheulich ist. Ich möchte ihn auch in die Luft sprengen, aber wir sind ziemlich in der Minderzahl.«

Hin bleckte die Reißzähne und packte Luke am Hals. Luke starrte unverwandt in sein behaartes Gesicht. Die Hand wurde plötzlich zurückgezogen, und Hin nickte langsam.

»Na gut«, sagte Luke seufzend. »Hol Kee.« Ein Energiestrahl zersplitterte Gestein über ihnen, und er fuhr herum und erwiderte das Feuer. Der Korridor begann sich mit Sturmtruppen zu füllen. Luke zog sich zurück und schrie: »Kommen Sie, Leia!« Er deckte sie mit seinem Pistolenfeuer, und sie hetzte zu ihm. Gemeinsam deckten sie den Rückzug der Fremdwesen.

Als Kee aus dem Nachrichtenzentrum stürmte, zerfetzte eine gewaltige Explosion den Türrahmen hinter ihm. Rauch und Flammen fegten aus dem zerstörten Eingang und versengten ihm den Rückenpelz, aber die Rauchwand half auch, sie vor den immer zahlreicher antretenden Soldaten zu verbergen.

Hin hatte eine Überraschung für Luke und überreichte sie ihm.

»Mein Lichtschwert! Wo hast du es gefunden?«

Der Jassem erklärte, daß der Soldat, der das Lichtschwert an sich genommen hatte, es nicht mehr brauchen würde.

Luke steckte das Erbstück in den Gürtel, während sie zu viert weiterhetzten, weg von dem Schauplatz des Gemetzels.

7

Grammel stürmte in den Korridor, gefolgt von mehreren Soldaten. Der Generalkapitän schnallte seine Hose enger und brüllte die Sturmtruppen an: »Was, zum Doppelmond, ist hier los?«

»Hinlegen, Sir, hinlegen!« schrie einer der Offiziere.

»Wozu denn, du Narr?« tobte Grammel. »Kannst du nicht sehen, daß sie bloß fliehen und dich überhaupt nicht umbringen wollen?« Er riß eine Pistole aus der Tasche und packte den Sergeanten neben sich. »Da hinein«, befahl er und stieß den Mann in Richtung Nachrichtenzentrale. »Sorg dafür, daß alle Ausgänge gesperrt werden. Keiner kommt hinein oder heraus, bis ich persönlich die Erlaubnis gebe.«

»Ja, Sir!« Als der Sergeant davonstürzte, führte Grammel seine Streitmacht durch den raucherfüllten Korridor.

Der Sergeant kam wieder aus dem Saal und schrie ihnen nach, daß die Verbindungen unterbrochen und alle tot seien oder im Sterben lägen. Grammel hörte das schon nicht mehr. Der Sergeant hetzte ihm hinterher.

Luke hob warnend die Hand, und die vier Flüchtlinge blieben stehen.

»Da ist der Ausgang«, sagte er und deutete um die Ecke. Vor ihnen führte eine durchsichtige Doppeltür ins jetzt verlockende nasse Freie. Ein ungepanzerter Soldat saß neben der Tür an einem Schreibtisch und kritzelte auf irgendwelchen Formularen herum.

»Bis hierher ist der Alarm noch nicht gedrungen«, murmelte Luke.

»Es wird aber nicht mehr lange dauern«, erwiderte die Prinzessin. »Außerdem ist er nicht allein.« Sie zeigte auf die beiden Wachtposten an der Tür. Beide waren gut bewaffnet, nicht zuletzt mit schweren Lasergewehren.

Luke lehnte sich an die Wand und dachte fieberhaft nach. Es war ein weiter Weg bis zum Ausgang.

»Wir könnten den Jassem Deckung geben«, schlug die Prinzessin vor. »Wenn sie den Mann am Tisch erledigen können, bevor er schreit ...«

»Nein«, widersprach Luke. »Zu riskant. Wenn die beiden Wachen gute Schützen sind, haben Hin und Kee keine Chance. Aber wenn wir beide die Waffen weglegen und eine kleine Szene vorspielen ...« Er rieb sich das Kinn. »Oder wir könnten hier Lärm machen, damit einer oder beide sich von den Alarmschaltern entfernen ...«

Hin und Kee hörten den beiden Menschen bei ihrem Geplapper noch ein paar Augenblicke zu, dann sahen sie einander an. Hin brummte etwas, und Kee nickte.

Ein nervenzerfetzender Schrei ließ Luke und Leia herumfahren. Die beiden Jassem schwenkten die Riesenarme, in deren Hände die Gewehre wie Spielzeug aussahen, und stürzten johlend um die Ecke.

Diese Taktik war ohne Raffinesse, aber sie hatte Erfolg. Alle drei Wachen waren beim Anblick der beiden Ungetüme, die auf sie zustürzten, für Augenblicke wie gelähmt. Der Uniformierte am Schreibtisch drückte entsetzt auf zwei Tasten ... es waren die falschen.

Hin erreichte den ersten Wachtposten, bevor dieser seine schwere Waffe heben konnte. Sie ging los und riß ein Loch in den Boden. Hin machte sich daran, den Mann in Stücke zu reißen, ohne erst lange die Panzerung zu entfernen.

Kee hob den ganzen Schreibtisch samt Kommunikationskonsole hoch und ließ ihn auf den entsetzten Soldaten niederkrachen. Der andere Wachtposten griff endlich nach seinem Lasergewehr und zielte auf einen der Jassem.

»Kee, Vorsicht!« brüllte Luke, während er und Leia um die Ecke und durch den Vorraum stürzten. Ein Energieblitz ionisierte die Luft über dem Jassem und explodierte an der gegenüberliegenden Wand. Luke schoß den Wachtposten mit einem Feuerstoß aus seiner Pistole nieder.

Inzwischen hatte die Prinzessin die Doppeltür erreicht und hantierte verzweifelt an der Handsteuerung herum.

»Es geht nicht, Luke! Sie muß ferngesteuert sein. Wahrscheinlich von dort aus.« Sie deutete auf den zerstörten Tisch.

Luke durchsuchte die Leiche des Soldaten, den er niedergeschossen hatte. Am Gürtel hingen mehrere glatte, faustgroße Behälter, die er entfernte.

Hin riß dem toten Gegner den Helm vom Kopf, schob ihn über seine Faust und begann auf die durchsichtige Tür einzuhämmern. Trotz der ungeheuren Kräfte des Jassem zeigten sich in dem zerbrechlich aussehenden Material keine Sprünge.

»Das nützt nichts, Hin«, sagte Luke und eilte auf ihn zu. »Spezialmaterial ... da kommst du nie durch. Stellt euch hinter die Ecke. Sie auch, Prinzessin.«

Sie erhob keinen Widerspruch. Zusammen mit den beiden Jassem hetzte sie hinter die Biegung in Deckung.

Luke betätigte den Schalter auf dem Behälter, drehte den kleinen Zylinder um und justierte die Einstellung an der Unterseite. Nachdem er ihn genau an der Fuge der Türen deponiert hatte, raste er zurück zu seinen Begleitern.

Die Explosion war so schrecklich, als habe unmittelbar hinter ihnen der Blitz eingeschlagen. Grünes Feuer fauchte um die Ecke, augenblicklich gefolgt von ätzendem Rauch. Als sie die Köpfe vorzustrecken wagten, sahen sie, daß beide Türflügel und ein Stück des Gebäudefundaments verschwunden waren.

»Sie haben diese Dinger verbessert«, sagte Luke fachmännisch. Die Prinzessin wartete nicht, bis sich der Qualm verzog. Sie bahnte sich durch den noch rauchenden Schutt einen Weg. Hin und Kee folgten ihr auf den Fersen.

Ein Schuß fetzte über Lukes Kopf hinweg, und er duckte sich, zögerte noch einen Augenblick. Leia hatte das klaffende Loch erreicht, wo die Türen gewesen waren. Sie blieb stehen, schaute sich um und winkte heftig. »Los, Luke!«

Aber Luke war beschäftigt. Auf dem Boden kniend, umzischt von Lichtblitzen, machte er die drei noch vorhandenen Spreng-Granaten scharf. Ein Laserstrahl fauchte gefährlich nah vorbei. Blitzschnell rollte er die drei Zylinder durch den Korridor, sprang auf und spurtete hinter seinen Begleitern her.

Grammel und die dichtgedrängten Sturmtruppen suchten Deckung, als die Granaten auf sie zurollten und -sprangen. Der Korridor leerte sich mit unfaßbarer Geschwindigkeit.

Luke hetzte durch die gesprengte Tür und zählte halblaut mit. Bei Sechs warf er sich zu Boden und legte beide Arme über den Kopf. Drei gewaltige Explosionen erschütterten den Tempel, und Splitter von modernem Metall und uraltem Stein zischten über ihn hinweg.

Als der Splitterregen aufhörte, raffte er sich auf und lief weiter. Leia und die Jassem kamen unter den schützenden Bäumen hervor und eilten ihm entgegen. Leias Gesicht zeigte Sorgenfalten.

»Nichts gebrochen«, sagte Luke. Er wischte sich Staub und

Metallsplitter vom Overall. »Aber ich komme mir total verdreckt vor!«

»Seltsam«, sagte Leia gepreßt, »so ging es mir immer, wenn Grammel mich ansah!« Sie zeigte zum Tempel. »Jedenfalls werden sie uns nicht gleich in den nächsten Minuten verfolgen.«

Luke drehte sich um. Der ganze Tempeleingang war eingestürzt. Rauch und Flammen drangen aus Rissen in Mauern und Decke. Aus der Stadt ertönte das Heulen von Alarmsirenen.

Sie stürmten in die von Halla angegebene Richtung, stießen auf den Fluß und eilten an ihm entlang. Es dauerte nicht lange, bis sie die Wartungshallen erreichten, eine Anlage, die größer und imposanter war, als Luke erwartet hatte. Es war dunkel geworden. Auf dem weiten, stillen Gelände standen Unmengen von großen Schürfgeräten und Transportern, teilweise demontiert.

»Ich sehe nichts«, flüsterte Luke.

»Glauben Sie, sie hat das Weite gesucht, ohne auf uns zu warten?« fragte Leia argwöhnisch.

Luke sah sie gereizt an.

»Sie hat ihr Leben aufs Spiel gesetzt, um uns aus der Zelle zu holen.«

»Selbst Helden geraten manchmal in Panik«, gab die Prinzessin kühl zurück.

»Ich auch, aber nur, wenn wir nicht gleich von hier verschwinden!« sagte plötzlich eine Stimme. Halla tauchte aus den Schatten einer riesigen Montagehalle auf. Zwei Gestalten, eine humanoid, die andere nicht, folgten ihr.

»Dreipeo ... Erzwo!«

»Master Luke!« rief Dreipeo. »Wir haben schon befürchtet, Sie würden nicht freikommen. Oh.« Er starrte die breiten, massigen Wesen hinter Luke und Leia an.

»Keine Sorge. Das sind Hin und Kee, zwei Jassem. Sie gehören zu uns.« Erzwo piepte nörgelnd. »Ich weiß, daß sie gefährlich aussehen, Erzwo, aber sie haben uns zur Flucht verholfen.« Erzwo stieß einen erfreuten Pfeifton aus.

Halla sah Luke bewundernd an.

»Was haben Sie gemacht?« In der Ferne gab es, wie auf ein Stichwort hin, einen dumpfen Knall. »Hört sich an, als flöge die ganze Grube in die Luft.«

»Ich habe nur versucht, die Verfolger ein bißchen aufzuhalten«, erklärte er bescheiden. Bei der nächsten Explosion zuckten sie alle zusammen. Eine gelbe Flammensäule erhellte den Nachthimmel und durchdrang den Nebel. »War vielleicht des Guten ein bißchen zuviel.«

Halla führte sie in die offene Halle, zwischen langen Reihen massiver Objekte zu einem offenen Fahrzeug auf vielen dicken Rädern, einem Sumpfschlepper. Sie stiegen ein. Halla setzte sich an die Steuerung.

»Zuerst wußte ich nicht, wie man das Ding anläßt«, sagte sie, »aber euer kleiner Freund hat sich darum gekümmert. Erzwo, los.«

Der gedrungene D2-Droide bewegte sich vorwärts, streckte einen Arm aus und schob eine Werkzeughand in einen Schlitz. Augenblicklich sprang der Motor an.

»Von Zeit zu Zeit kann man Erzwo wirklich zu etwas gebrauchen«, mußte Dreipeo einräumen.

»Sind Sie sicher, daß Sie ein Fahrzeug von dieser Größe steuern können?« fragte die Prinzessin.

»Nein, aber ich kann mit allem umgehen, was kleiner ist, und ich lerne schnell.« Halla berührte eine Stelle mit dem Finger, und der Schlepper setzte sich mit erstaunlicher Beschleunigung in Bewegung. Sie fegten hinaus und überfuhren beinahe mehrere Mechaniker, die auf sie zukamen, aufmerksam gemacht durch das Motorengeräusch. Die Männer stoben auseinander, und einer warf ihnen verärgert seinen Schutzhelm nach. Die anderen stürzten davon, um ihre Vorgesetzten zu benachrichtigen.

Halla riß das Lenkrad herum. Sie krachten durch einen Drahtzaun. Kurze Zeit später kamen sie in Sumpf- und Dschungel-Gelände. Sie lenkte den Sumpfschlepper über weichen Boden, zwischen Bäumen und Büschen hindurch, ohne darauf zu achten, ob sie festen Boden oder Schlamm unter sich hatte.

Nachdem sie eine halbe Stunde lang durch die undurchdringliche Dunkelheit gerast waren, die nur von den zahlreichen Nebellampen des Schleppers erhellt wurde, legte Luke schließlich die Hand auf Hallas Arm.

»Ich glaube, jetzt können wir langsamer fahren«, sagte er und warf einen Blick nach hinten. Er konnte nicht mehr sagen, in welcher Richtung sie fuhren.

»Ja, fahren Sie langsamer«, drängte die Prinzessin. »Luke hat vielleicht dafür gesorgt, daß niemand mehr eine sofortige Verfolgung organisieren kann.«

Halla strich eine graue Haarsträhne aus dem Gesicht und bremste das Fahrzeug ab. Mit einem Suchscheinwerfer am offenen Führerhaus erforschte sie die Dunkelheit, bis der Lichtstrahl einen hohen Baumbestand erfaßte. Sie lenkte den Schlepper hinein, schaltete den Motor ab und ließ nur die Innenbeleuchtung brennen.

»So!« sagte sie erschöpft und lehnte sich zurück. »Selbst wenn sie direkt hinter uns sind, was ich nicht glaube, würden sie uns hier kaum finden.« Die Fahrzeugbeleuchtung schimmerte unheimlich im wabernden Nebel.

Hinter ihnen ertönte ein gereiztes Schnattern.

»Kee möchte wissen, ob wir etwas zu essen haben«, sagte Luke. Auf einen Knurrlaut hin ergänzte er: »Hin auch.«

»Hab' noch nie von einem Jassem gehört, der nicht dauernd hungrig wäre«, erwiderte Halla. Sie drehte sich um und zeigte nach hinten. »Da ist ein großes Fach voller Rationen.« Sie grinste zufrieden. »Ich habe mich gründlich umgesehen, bevor ich mich für den Sumpfschlepper entschied. Die Motoren sind voll aufgeladen. Wir können wochenlang damit fahren. Essen und

Ausrüstung sind genug an Bord. Auf Mimban gibt es keine Probleme mit dem Wasser, solange man darauf achtet, alles abzutöten, was darin lebt.«

»Ich bin beeindruckt«, gab die Prinzessin zu. »Wie ist Ihnen denn der Diebstahl eines voll ausgerüsteten Fahrzeugs gelungen?«

»Man sieht, daß ihr hier fremd seid«, sagte Halla. »Hier wird nichts bewacht, wenn es größer ist als ein Handkoffer. Mit großen Dingen kann man nirgends hin. Man kann den Planeten nur unter Überwachung des Imperiums verlassen, und sie überprüfen alles, was ankommt, und vor allem alles, was weggeht.

Einen Schlepper wie den hier oder einen Lastgleiter kann jeder nehmen. Aber versuch mal einer, eine Bohrerspitze zu stehlen! Nein, ein Dieb kann hier nur eines tun: in eine der fünf Grubenstädte gehen ... zurück zu Grammel.«

Die Prinzessin nickte.

»Ich habe selbst Hunger. Luke?«

»Gleich.« Während sie sich damit beschäftigte, aus dem Fach etwas für sich herauszuziehen, wandte Luke sich an Halla.

»Was schätzen Sie, wie weit wir fahren müssen bis zu dem Tempel, in dem sich der Kristall befinden soll?«

»Danach, was der Eingeborene mir gesagt hat ... Ach, hier – es ist besser, wenn Sie es sehen.« Sie griff von oben in ihren Anzug und zog eine kleine Brieftasche heraus, die mit Papieren vollgestopft war. Sie kramte, fand das Gesuchte und reichte es Luke.

Er studierte die Zeichnung im schwachen Licht des Armaturenbretts.

»Damit kann ich nichts anfangen.«

»Ich bin keine Zeichnerin«, murrte sie, »und der Eingeborene war auch kein Talent.«

»Nein, das sind Sie nicht.« Luke starrte die rätselhafte Alte an. »Was sind Sie wirklich, Halla?«

Sie lächelte breit.

»Ich bin ehrgeizig, mein Junge. Mehr brauchen Sie nicht zu wissen.« Sie griff nach der Karte, prüfte Instrumente an der Konsole und deutete in die Dunkelheit hinaus.

»Eine Woche bis zehn Tage Fahrt mit dem Schlepper.«

»Das ist alles?« rief Luke erstaunt. »So nah bei der Grube? Man möchte meinen, ein landendes Flugzeug würde ihn leicht entdecken können.«

»Selbst wenn das bei dieser Nebelsuppe möglich wäre, käme niemand auf den Gedanken, gleich hinzustürmen. Wahrscheinlich gibt es in der unmittelbaren Umgebung der Grubenstädte hundert Tempel, und noch mehr sind im Dschungel ringsum verstreut. Warum sich also die Mühe machen? Außerdem könnten hier tausend Mann zehn Schritte neben einem Tempel vorbeimarschieren, ohne ihn zu entdecken.«

»Verstehe.« Luke lehnte sich nachdenklich zurück. »Was ist das für ein Bauwerk? Ähnlich wie der Tempel, den Grammels Leute als Hauptquartier benützen?«

»Das weiß niemand, auch der Eingeborene wußte es nicht. Den Tempel Pomojemas hat noch kein Mensch gesehen. Die Eingeborenen, die diese Tempel errichtet haben, hatten Tausende von großen und kleinen Gottheiten, vergessen Sie das nicht! Jede hatte ihre eigene Weihestätte.

Den Unterlagen nach, die ich einsehen konnte – geheim sind sie nicht –, war dieser Pomojema ein kleinerer Gott, aber einer, der seinen Priestern angeblich die Fähigkeit verleihen konnte, wunderbare Dinge zu vollbringen. Kranke zu heilen und dergleichen mehr. Natürlich wurde die Hälfte der Götter Mimbans für fähig gehalten, Wunder zu vollbringen. Niemand wünscht, daß der Gott seines Nachbarn einen besseren Ruf hat als der eigene. Aber bei diesem Pomojema könnten die Legenden ein Körnchen Wahrheit enthalten. Der Kaiburr-Kristall könnte die Grundlage für diese Geschichten sein.«

»Wenn Essada ihn in die Hand bekommt, wird er zu einer

Kraft der Zerstörung, nicht des Heilens werden«, murmelte Luke dumpf.

Halla runzelte die Stirn.

»Essada? Was für ein Essada?« Ihr Blick ging zwischen Luke und der Prinzessin hin und her. »Verheimlicht ihr beiden mir etwas?«

»Gouverneur Essada«, sagte Leia mit gepreßter Stimme.

»Ein Gouverneur? Ein Statthalter des Imperiums?« Halla geriet in Erregung. Luke nickte. »Er ist hinter euch beiden her?« Luke nickte wieder.

Sie fuhr auf ihrem Sitz herum und ließ den Motor an.

»Die Expedition ist abgesagt, mein Junge! Aus! Ich habe läuten hören, was Gouverneure mit gewöhnlichen Bürgern anstellen können. Damit will ich nichts zu tun haben.«

»Hören Sie auf, Halla! Bitte!« Luke rang mit ihr um die Steuerung. Seine größere Kraft setzte sich endlich durch, und er schaltete den Motor wieder ab. »Erzwo, nicht wieder in Betrieb nehmen, bis *ich* es sage.« Der kleine Roboter schrillte bestätigend.

Halla gab auf und ließ die Schultern hängen.

»Laßt die Finger davon, Luke. Ich bin eine alte Frau, aber ich möchte gern am Leben bleiben. Ich will es nicht wegwerfen. Nicht einmal für die Chance, den Kristall zu erlangen.«

»Halla, wir müssen den Kristall finden, und zwar bevor Grammel uns fassen kann oder der Gouverneur oder seine Beauftragten hier eintreffen.«

»Grammel«, murmelte sie. »Er muß die Bedeutung des Splitters erkannt und sich mit diesem Essada in Verbindung gesetzt haben.«

»Das hat er«, gab Luke zu. »Aber ich bin nicht so sicher, ob er die Bedeutung des Kristalls wirklich begreift. Bei Essada wird es kaum anders sein. Das Risiko dürfen wir aber nicht eingehen. Wir müssen den Kristall zuerst finden, denn wenn wir gefaßt werden, holen sie unser Wissen aus uns heraus …

so sehr wir uns auch bemühen mögen, es für uns zu behalten.«

»Das ist wahr.«

»Und wenn wir nicht damit entkommen können, müssen wir ihn zerstören«, fuhr Luke unerbittlich fort. »Er darf nicht dem Imperium in die Hände fallen!«

»Sieben Jahre, Luke, sieben Jahre«, flüsterte Halla. »Ich kann Ihnen nicht versprechen, was ich tun werde, wenn wir ihn wirklich finden.«

»Nun gut«, sagte Luke. »Darüber wollen wir uns jetzt nicht den Kopf zerbrechen. Es kommt allein darauf an, ihn zu finden, bevor Grammel uns findet.«

»Eine Woche bis zehn Tage«, erklärte sie. »Wenn das Gelände nicht zu schwierig wird und wir keine Schwierigkeiten mit den Einheimischen bekommen.«

»Mit welchen Einheimischen?« meinte Leia wegwerfend. »Doch nicht die armseligen Wesen, die wir in der Stadt kriechen und um Schnaps betteln gesehen haben?«

»Manche der eingeborenen Rassen Mimbans sind nicht von der Berührung mit Menschen verdorben worden«, sagte Halla. »Sie sind nicht alle so verkommen wie die Grünen. Manche können und werden kämpfen. Bedenkt einmal, wie wenig von dieser Welt wirklich erforscht worden ist. Niemand weiß genau, was außerhalb der Grubenstädte wirklich vorgeht. Die Archäologen nicht, die Anthropologen nicht ... niemand.

Im nahen Umkreis der Städte gibt es Entdeckungen genug zu machen, um die kleine wissenschaftliche Station hier zu beschäftigen. Sie haben weder die Zeit noch das Bedürfnis, im Schlamm herumzuwaten. Nicht, wenn die Versuchskaninchen von selbst in die Stadt kommen.

Wir werden Gegenden erreichen, wo noch niemand gewesen ist, und auf Dinge stoßen, die noch keiner gesehen hat. Das ist eine blühende, gesunde Welt. Wir sind ein paar leckere Stückchen Fleisch. Ich habe Bilder von einigen Fleischfressern auf Mimban gesehen. Ihre Tischmanieren sind nicht erfreulicher als sie selbst. Schauen Sie unter den Sitz, Luke.« Er tat es und fand ein Fach mit zwei Lasergewehren und vier Pistolen. »Alle geladen«, sagte Halla, »was man von den eurigen nicht mehr behaupten kann.«

Luke zog die beiden Gewehre heraus und gab sie den Jassem, die am leichtesten damit umgehen konnten. Er gab eine Pistole an Leia, die zweite an Halla weiter und behielt die dritte selbst. Die letzte ließ er im Fach liegen.

Hin zielte versuchsweise mit seiner Waffe. Bei diesem Modell war der Abzugsbügel zu nah am Abzug. Zu eng für einen dicken Jassem-Finger. Hin griff mit beiden Händen zu, brach den Bügel ab und warf ihn hinaus. Dann legte er zufrieden den Finger an den Abzug.

Luke zielte mit seiner Pistole auf ein nahes Gebüsch. Eine kurze Berührung der Taste, und aufgleißendes Licht verzehrte den Strauch. Erfreut über die neue Waffe, legte er den Sicherungshebel um und steckte die Waffe in den Gürtel.

Es gab noch etwas, das er tun mußte. Er griff nach der Pistole, die er mitgebracht hatte, und klappte den Griff auf. Er drehte den Zeiger von ›Betrieb‹ auf ›Laden‹ und schloß die Klemmen an sein Lichtschwert an.

Er lehnte sich zurück und starrte stumm in den Nebel hinaus, während die alte Waffe seines Vaters Energie aufnahm …

8

Nachdem die Ärztin das Mark ersetzt hatte, war der Knochen hitzeversiegelt worden, bevor man Muskeln, Fleisch und Haut darübergestülpt hatte. Eine Hautspülung schloß die Operation ab und sorgte dafür, daß die neue Haut anwuchs und nicht schon bald in Schuppen abfiel.

Die Lokalanästhesie war stark gewesen, aber ihre Wirkung begann nun doch nachzulassen. Generalkapitän Grammel hatte noch immer kein Gefühl im rechten Arm, aber er konnte ihn sehen. Mit der linken Hand hob er den wiederhergestellten Arm ans Licht und drehte ihn, um die andere Seite zu betrachten.

Er versuchte, seine Finger zu bewegen. Sie reagierten nur schwach, aber sie reagierten.

»Keine dauerhafte Nervenschädigung«, sagte die Ärztin, als Grammel sich aus der Chirurgenkabine schob. Grammel studierte seinen Arm immer noch. »Die Nerven waren leicht wieder einzulegen, der Knochen ist glatt verheilt. Ihr Arm ist so gut wie neu. In ungefähr fünf Tagen merken Sie das auch. Nur noch eines.« Grammel sah sie an. »Schwitzen werden Sie mit diesem Arm nicht mehr.« Die Ärztin legte ihre Instrumente weg und sagte im Gesprächston: »Wenn mehr als Ihr Unterarm so zerstört gewesen wäre – nehmen wir an, die ganze rechte Hälfte Ihres Oberkörpers –, hätten wir Sie mit mindestens einer Serie künstlicher Schweißdrüsen ausstatten müssen. Aber da sich die Totalrekonstruktion auf Ihren rechten Unterarm beschränkte, gleicht Ihr ganzer Körper den Verlust leicht aus.« Sie berührte Grammels rechte Gesichtsseite. »Wie steht es mit dem Hören hier?«

»Ausreichend«, erwiderte Grammel knapp. »Sie sind eine tüchtige Ärztin. Ich werde dafür sorgen, daß Sie angemessen belohnt werden.«

»Da gäbe es eine Möglichkeit.«

»Was möchten Sie?«

Sie zog ihren Kittel aus und legte ihre Instrumente säuberlich in die Kästen zurück. Sie war eine alte Frau; Sehvermögen und Gehör waren nicht mehr so gut wie früher. Ganz gewiß nicht so gut wie bei Grammel, selbst wenn man das neue Trommelfell berücksichtigte, das sie im neu geformten Ohr eingesetzt hatte.

Sie war eine vom Pech verfolgte Frau und hatte ihre bescheidenen Talente dem Imperium zur Verfügung gestellt. Das kam oft vor bei Leuten, denen es nicht mehr allzuviel bedeutete, ob sie starben oder am Leben blieben. Ihr war es gleichgültig geworden, seitdem ein bestimmter junger Mann vor etwa vierzig Jahren bei einem schweren Landgleiter-Unfall ums Leben gekommen war. Das Imperium war eingesprungen und hatte ihr, wenn auch nicht direkt einen Grund zu leben, so doch eine nützliche Beschäftigung verschafft.

Sie sah ihn kurzsichtig an.

»Lassen Sie die sechs Soldaten nicht hinrichten. Die von der Gefängnisabteilung.«

»Das ist eine erstaunliche Bitte«, meinte Grammel. »Nein, eigentlich nicht«, fügte er hinzu, als er ihren Gesichtsausdruck sah. »Nicht von Ihnen. Ich muß sie ablehnen.«

Er fuhr mit der Hand über die dunkle Naht, die vom oberen Teil seines halb rasiertes Schädels am neugebildeten Ohr vorbeilief und wie eine Angelschnur im Unterkiefer verschwand. Man hatte eine organische Lösung eingespritzt. Sie hielt seinen Kiefer zusammen und gestattete normale Funktion, bis diese Gesichtshälfte richtig verheilt war. Danach würde die Naht von seinem Körper aufgenommen werden.

»Sie sind unfähig«, sagte er abschließend.

»Vom Pech verfolgt«, verbesserte die Ärztin. Sie war so ungefähr die einzige Person auf Mimban, die dem Generalkapitän zu widersprechen wagte.

Grammel wandte sich ab und betrachtete sich im Spiegel.

»Sechs Dummköpfe. Sie haben die Gefangenen entfliehen lassen.«

Wie gewöhnlich, vermochte die Ärztin Grammels Gedanken nicht zu ergründen. Es war durchaus möglich, daß er die Narbe an der Naht bewunderte. Die meisten Menschen wären entsetzt gewesen, aber Grammels ästhetisches Empfinden unterschied sich von dem anderer Leute.

»Zwei Jassem, die noch dazu menschliche Hilfe erhalten, sind schwer abzuwehren«, rief ihm die Ärztin ins Gedächtnis. »Vor allem, wenn Hilfe von außen dazukam.«

Grammel wandte sich ihr zu.

»Das ist es, was mir Sorgen macht. Sie müssen solche Hilfe gehabt haben. Die Flucht verlief zu glatt, als daß es anders sein könnte. Vor allem für zwei Fremde. Sie haben mir noch immer keinen legitimen Grund dafür genannt, weshalb ich die Hinrichtung der sechs Männer aufschieben sollte.«

»Zwei von ihnen sind für immer verunstaltet«, sagte sie, »und die anderen haben Narben davongetragen, die ich nicht beseitigen kann. Ihre Hilfsmittel hier sind durchaus nicht unbegrenzt, Generalkapitän. Wenn Sie vorhaben, die Region rund um alle Städte absuchen zu lassen, werden Sie jeden Mann brauchen, der gehen kann. Außerdem ist Barmherzigkeit ein stärkerer Antriebt als Furcht.«

»Sie sind Romantikerin«, gab Grammel zurück. »Aber Ihre Einschätzung meiner Hilfsmittel ist zutreffend.« Er wandte sich zum Gehen.

»Dann widerrufen Sie den Hinrichtungsbefehl?« rief sie ihm nach.

»Es bleibt mir nichts anderes übrig«, räumte er ein. »Gegen die Zahlen kommt man nicht auf.« Die Tür schloß sich lautlos hinter ihm.

Die Ärztin wandte sich zufrieden ab. Ihre Aufgabe war es, Leben zu retten. Wenn es ihr in einer Situation gelang, bei der Grammel beteiligt war, empfand sie besondere Befriedigung …

Die Tage vergingen, vier, fünf, dann sechs.

Am Morgen des siebten Tages schob Luke sich auf den Sitz neben Halla. Die alte Frau bestand darauf, abwechselnd das Steuer zu übernehmen, und weder Luke noch Leia vermochten ihr das auszureden.

»Sieben Tage, haben Sie gesagt«, meinte Luke.

»Bis zehn«, verbesserte sie gleichmütig, während sie das Fahrzeug um riesige Bäume mit tief herabhängenden Ästen herumlenkte.

Leia saß auf einem der wasserabstoßenden Sitze hinter ihnen und nagte an einer länglichen Frucht, die sie in einem der Vorratsfächer gefunden hatte. Die Frucht schimmerte im trüben Licht des Tages.

»Sind Sie sicher, daß die Richtung stimmt?«

»Ach, da gibt es keinen Zweifel, Leia«, sagte Halla. »Aber die Entfernung ist ein bißchen ungewiß. Die Grünen haben so die Art, einem zu sagen, was man hören will. Vielleicht dachte der, mit dem ich gesprochen habe, er bekäme seinen Schnaps nicht, wenn er mir gesagt hätte, der Tempel Pomojemas sei eine Monats- statt einer Wochenreise entfernt.«

»Vielleicht hat er Ihnen deshalb auch gesagt, daß es einen Tempel gibt«, meinte Leia. »Vielleicht existiert er gar nicht.«

»Wir haben aber doch den Kristallsplitter als Beweis«, erwiderte Luke. »Das heißt, wir hatten ihn.«

»Na, na, Luke«, tröstete Halla. »Sie haben selbst gesagt, daß ihr dagegen nichts tun konntet.«

»Sind Sie von den besonderen Eigenschaften des Kristalls wirklich überzeugt, Luke?« fragte die Prinzessin.

Luke nickte langsam.

»Ich kann mich nicht geirrt haben, Leia. Die Regung in mir, als ich ihn berührte ... die habe ich vorher nur in Gegenwart von Obi-wan Kenobi gespürt.« Er starrte in das tropfende Laub. »Es ist ganz seltsam, so, als brächen sich Flutwellen im Kopf, im ganzen Körper.«

»Gut, dann bleibt der Kristall Nummer Eins auf der Liste.« Sie wandte sich Halla zu. »Aber anschließend müssen wir fort von diesem Planeten. Die Allianz wird Ihnen geben, was Sie wollen, Halla, wenn Sie uns helfen.«

»Ach, darauf könnt ihr euch verlassen«, sagte sie. »Ich werde mein Bestes für euch beide tun.« Erzwo ließ einen Piepslaut hören, und sie fügte hinzu: »Verzeihung ... für euch vier. Aber mit den Rebellen will ich nichts zu tun haben. Ich bin kein Verbrecher.«

»Wir sind auch keine Verbrecher!« rief Leia empört. »Wir sind Revolutionäre und Reformer.«

»Dann eben politische Verbrecher«, gab Halla zurück.

»Das Imperium wird beherrscht von Verbrechern.«

Die alte Frau grinste Leia an.

»Ich bin keine Philosophin, und zur Märtyrerin eigne ich mich überhaupt nicht.«

»Hört doch auf«, sagte Luke mißmutig.

»Finden Sie, daß sie recht hat, Luke?« fragte die Prinzessin leise.

»Leia, ich –«

»Na, mein Junge?« Halla sah ihn erwartungsvoll an.

Er wurde einer Antwort enthoben, als ein heftiger Ruck sie alle auf die linke Seite warf. Halla reagierte blitzschnell und ließ alle sechs Räder rückwärts laufen. Luke beugte sich hinaus und erschrak, als er den vorderen linken Ballonreifen im Matsch versinken sah.

Der Schlepper war gut konstruiert. Der Allradantrieb und der starke Motor zogen sie heraus. Halla beugte sich über das Lenkrad und sah sich das Gelände an. Zwischen Stellen des heimtückischen Schlicks war hellerer Boden zu erkennen. Das Fahrzeug setzte sich wieder in Bewegung und erreichte festeren Untergrund.

»Auf Mimban muß man jede Sekunde wachsam sein«, erklärte Halla. »Dies ist eine gefährliche Welt, wo der Boden zu den unberechenbarsten Feinden zählt.« Wie aufs Stichwort hin erzitterte der Boden unter ihnen. Luke zog die Brauen zusammen und schaute zur Seite hinaus.

»Wie stabil ist das Gebiet hier?« fragte die Prinzessin.

»Zuerst soll ich Philosophin sein und jetzt Seismologin«, spottete Halla. »Stabil? Sie wissen so viel wie ich. Es gibt hier keine Vulkane, aber –« Sie merkte auf und brachte das Fahrzeug zum Stehen.

»Ich wußte, daß *Beben* nicht das richtige Wort ist«, sagte Luke dumpf.

Der feste, gewundene Pfad, dem sie gefolgt waren, ragte plötzlich vor ihnen auf, bog sich zurück und starrte sie prüfend an.

»Die Macht sei uns gnädig!« schrie Halla, während sie den Schlepper schon auf der Stelle wendete und mit hoher Geschwindigkeit zurückbrauste.

Der Boden fuhr fort, sich hochzubiegen und ihnen zu folgen. Außer der hellen, cremigen Farbe mit braunen Streifen besaß der Koloß nichts, was einem normalen Auge entsprochen hätte. Statt dessen besaß das stumpfe Ende, das sich ihnen entgegenrollte, an die zwanzig willkürlich verstreute, stumpfe, schwarze Punkte, wie die Augen einer Spinne.

Ein gezackter Schlitz unter den schwarzen Halbkugeln war das einzige andere erkennbare Merkmal. Er klaffte auf und zeigte kohlschwarze Zähne, angeordnet in konzentrischen Kreisen in einem schier endlosen Schlund.

Die beiden Jassem schnatterten wild und feuerten auf das Ungeheuer; Treffsicherheit und Wirkung waren gleichermaßen gering. Die wenigen Treffer hinterließen dünne, schwarze Streifen auf dem blutleer wirkenden Fleisch, drangen aber nicht tief genug, um ernsthafte Schäden zu verursachen. Luke hatte seine Pistole herausgerissen und schoß, ebenso die Prinzessin. Die Energieblitze prallten harmlos von Rücken, Flanken und den Platten an der Unterseite des Ungeheuers ab. Dreipeo und Erzwo hielten sich verzweifelt fest.

»Ein Wandrella!« schrie Halla. »Das ist ein Wandrella! Wir sind erledigt!«

Der mächtige stumpfe Schädel schob sich schwerfällig auf sie zu. Sie fuhren jetzt auf festem Boden, nicht mehr auf dem Rücken des Monstrums, aber der Schlepper war auf Robustheit und Stabilität angelegt, nicht auf Geschwindigkeit.

Äste und ganze Bäume brachen ab, als der suchende Schädel ihnen folgte, dahinter die riesige weiße, längliche Masse des Gigantenleibes. Gepreßte Sauglaute drangen unter den großen Körperplatten hervor, als das Wesen sich ihnen nachschlängelte. Das Monstrum war nicht schnell, aber mit jeder Windung legte es Meter zurück. Und es bewegte sich unerbittlich in gerader Richtung, während der Schlepper Bäumen und Schlammlöchern ausweichen mußte. Es rückte so nah heran, daß Luke und die anderen sich verzweifelt zusammendrängten.

»Auf die Augenflecken zielen!« schrie Luke.

Alle folgten seinem Rat, und diesmal schienen die Schüsse wirksamer zu sein. Mehrere Energiestrahlen trafen einige der schwarzen Kreise und versengten sie. Ein tiefes Grollen erscholl aus den Tiefen des Wesens, ein nachhallender, stöhnender Donner, zum Teil Verwirrung, zum Teil kaum begriffener Schmerz.

Inzwischen war klargeworden, daß das Nervensystem des Wandrella entweder zu primitiv war, um von Energiefeuer augenblicklich lahmgelegt zu werden, oder in der Körpermasse zu gleichmäßig verteilt und somit ohne lebenswichtiges Zentrum war.

Zehn Meter Vorderleib hoben sich empor und fielen herab wie ein mächtiger weißer Baum, der im Zeitlupentempo umstürzte. Halla versuchte auszuweichen, und der Schlepper prallte gegen einen dicken, verfaulenden Baumstumpf. Das erste Rad kippte ruckartig hinüber und warf die Insassen auf den Boden des Führerhauses, aber das zweite schaffte es nicht. Sie saßen fest, den Baumstumpf zwischen der ersten und zweiten Achse, während der alptraumhafte Torso sich auf sie herabsenkte.

Das schwarze Maul klaffte auf und packte das Heck des Fahrzeugs. Die Kraft war für ein so gummiartig aussehendes Wesen ungeheuer groß. Die Insassen stürzten hinaus, so schnell sie konnten.

Kee war der letzte, und er feuerte noch einmal in den halbgeöffneten Schlund. Er konnte gerade noch abspringen, als der Schlepper sich in die Luft erhob.

Dann rannten sie los, um ein Versteck zu suchen, aber es gab keines. Keine Berge zu erklimmen, keine Höhlen in Hügelhängen, und sie mußten auch noch vorsichtig sein, damit nicht scheinbar fester Boden sie so endgültig verschlang, wie es der Wurm hinter ihnen vorhatte.

Krachen und Knirschen tönte herüber. Luke schaute im Laufen über die Schulter und sah, wie der Wandrella den Schlepper zerkaute, als sei er ein besonderer Leckerbissen.

Ihre einzige Chance bestand darin, *irgendeine* Art von Versteck zu finden, sich zu verbergen und zu beten, daß der Geruchssinn des Ungetüms nicht seiner Größe entsprach.

Vermutlich gehörte das Wesen einer so primitiven Gattung an, daß für es ›Beute aus den Augen‹ gleichbedeutend mit ›Beute aus dem Sinn‹ war. Wenn es sie nicht mehr sehen konnte, würde das stumpfsinnige Ungeheuer hoffentlich annehmen, daß sie nicht mehr existierten.

»Hierher!« entschied Luke plötzlich und bog nach links ab. Leia folgte ihm. Halla, die einen kleinen Vorsprung hatte und zwischen den beiden Jassem dahinlief, hörte ihn nicht. Sie, die beiden fremden Wesen und auch die Droiden stürmten in der alten Richtung weiter.

Es vergingen mehrere Minuten, bis Halla erschöpft langsamer wurde und sich umschaute. Sie sah nur den phosphoreszierenden endlosen Wurm durch den Nebel gleiten.

Sie blieb stehen und hielt die beiden Jassem zurück.

»Es hat eine andere Richtung genommen«, rief sie. Hin, der wie eine Maschine keuchte, nickte bestätigend. Sie starrten alle drei in den Nebel.

»Luke, Leia«, rief sie. »Ihr könnt jetzt herauskommen. Es hat aufgegeben!« Sie hörten nur dumpfe Geräusche im Nebel. »Los, Luke«, rief sie nervös, »erschreckt die alte Halla nicht so!«

Kee stieß hilfreich einen Stentorschrei aus. Halla mußte ihre Hand auf seinen Mund pressen, dann legte sie die Finger an den eigenen und schüttelte den Kopf, während sie auf das nahebei in der Vegetation verschwindende Ende des Wandrella zeigte. Kee begriff und rief leiser nach den vermißten Begleitern. Erzwo pfiff kläglich vor sich hin.

»Luke«, rief Halla noch einmal besorgt. Sie begannen das Dickicht abzusuchen. Als sie nach einigen Minuten keine Spur von Luke oder der Prinzessin gefunden hatten, rief Halla die beiden Jassem herbei und blickte in die Richtung, aus der sie gekommen waren.

»Ich glaube nicht, daß es sie erwischt hat ... bis jetzt jedenfalls nicht. Sie waren unmittelbar hinter uns.« Sie ging den Weg zurück, in der Hoffnung, Luke und Leia hätten sich der Bestie auf irgendeine Weise entziehen können.

»Vielleicht verstecken sie sich irgendwo unter einem Baum«, sagte Dreipeo.

Beide Vermutungen trafen nicht zu. Luke und die Prinzessin waren nicht verschlungen worden, hatten ihren Verfolger aber auch nicht abschütteln können. Da er den Schlepper anscheinend als wenig schmackhaft empfand, hatte sich der Leviathan kleinerer – und, wie er hoffte – besser nährender Beute zugewandt.

Auf geheimnisvolle Weise hatte sich die Beute jedoch in zwei Teile gespalten. Was näher war, mußte besser schmecken, und so war der Wandrella Luke und Leia gefolgt.

»Er ist immer noch hinter uns«, keuchte Luke. Ein rundes Gebilde mit schwarzen Flecken schob sich durch Sumpf und Dickicht hinter ihnen her. Leia stolperte über eine knorrige Wurzel, und Luke stützte sie mit Mühe.

»Ich ... ich weiß nicht, wie lange ich noch durchhalten ... kann, Luke.«

»Ich auch nicht«, gestand er erschöpft und hielt verzweifelt Ausschau nach einem Versteck.

»Wie wäre es mit einem Baum?«

»Daran habe ich schon gedacht«, sagte er, als sie weiterstolperten. »Aber das Ding könnte uns aus dem höchsten Baum hier zerren oder ihn umreißen.«

»Er kommt näher«, rief sie, als sie nach hinten schaute. Ihre Stimme klang brüchig.

Luke kniff die Augen zusammen und entdeckte etwas, was nach einer regelmäßig angeordneten Reihe von Felsen aussah.

»Dort drüben«, keuchte er.

Sie wankten hin zu dem, was sich nicht als natürliche Formation, sondern als künstliches Gebilde erwies. Jeder Stein war sechseckig und ohne Mörtel mit seinen Nachbarn verfugt. Über der kreisrunden Wand erhob sich ein seltsames Dreibein aus Holz und geflochtenen Ranken, mit Farben bemalt.

»Sieht aus wie eine Art Ziehbrunnen«, sagte die Prinzessin auf den letzten Metern. »Vielleicht speichert er Wasser für trockene Zeiten.« Sie schaute sich um. Das unbarmherzige blasse Schreckenswesen näherte sich unaufhaltsam.

Luke wollte über die Mauer steigen, warf einen Blick hinüber und zuckte entsetzt zurück. Die Steinmauer umgab einen Schacht von neun oder zehn Metern Umfang. Obwohl das Sonnenlicht hier nicht hell strahlte, gefiltert wie es war von Nebel und Regen, reichte es aus, um zu zeigen, daß der leere, unter ihm gähnende Schlund von erschreckender Tiefe war.

Die Prinzessin entdeckte das ebenfalls und zog scharf den Atem ein.

»Luke, wir können nicht ...« Aber er lief um die Mauer herum und rief ihr zu: »Hierher, Leia!« Sie folgte ihm.

»Luke, wir können nicht hierbleiben ...« Er schüttelte den Kopf und deutete ins Innere.

Sie standen an einer Stelle, wo ein Teil der Mauer herausgebrochen worden war. Eine Pforte, bedeckt mit nicht zu entziffernden fremden Schriftzeichen, rahmte die Lücke ein. An kleinen Steinsäulen waren zwei Ranken befestigt. Sie führten hinab in die Dunkelheit, miteinander zu einer fremdartigen Spiralleiter verflochten.

»Luke, ich weiß nicht …«

Er packte eine der Ranken und zerrte mit aller Kraft daran. Sie gab nicht nach. Der Wandrella war bereits bis auf fünfzehn Meter herangekommen und öffnete sein Maul. Ein tiefer, knirschender Laut drang aus seinem Schlund.

Luke entschied sich.

»Wir haben keine Wahl«, stieß er hervor.

»Da hinunter, Luke?« Die Prinzessin schüttelte den Kopf. »Das geht nicht. Wir wissen nicht, was …«

»Lieber gehe ich in einem dunklen Loch zugrunde, als einem Ungeheuer zum Frühstück zu dienen«, sagte er gepreßt, dann stieg er die Rankenleiter hinunter. »Los, kommen Sie«, brüllte er hinauf. »Sie trägt uns beide.« Er stieg weiter.

Ein letzter Blick auf das sabbernde Maul, das auf sie herabsank, und die Prinzessin schwang beide Beine über den Rand des Schachts und stieg hinunter ins Leere. Es war nicht ganz so dunkel wie in der finstersten Nacht, aber dunkel genug, daß Luke nach jeder Sprosse tasten mußte. Einmal kletterte er zu schnell und stürzte beinahe ab. Mit dem rechten Fuß versuchte er die nächste Sprosse zu ertasten.

Es gab keine nächste Sprosse.

Er hatte das Ende der Leiter erreicht.

»Halt!« rief er leise zu Leia hinauf. Das dumpfe Echo verlieh seiner Stimme einen Grabesklang. Über sich konnte er nur mit Mühe Leias angstvolles Gesicht erkennen.

»Was ist denn … was ist los?«

»Endstation.« Unter seinen Füßen sah er nichts als endlose Schwärze. Es schien, als wären sie nur ein kurzes Stück hinabgestiegen. Als seine Augen sich an die Dunkelheit gewöhnten, glaubte er jedoch ein paar Sprossen rechts über sich etwas zu erkennen.

Er stieg wieder hinauf und berührte Leias Füße. Nachdem er sie beruhigt hatte, griff er hinaus und trat seitlich weg. Der Sims, den er entdeckt hatte, war kaum einen Meter breit, aber an der Wand darüber war wieder eine Ranke angebracht, die in Hüfthöhe parallel zum Sims verlief. Luke schob vorsichtig einen Arm durch die Ranke.

»Da ist ein Sims, Leia«, sagte er und streckte die Hand nach ihr aus. Sie stieg herüber, packte die Ranke mit beiden Händen und untersuchte den Sims.

»Den hat jemand aus der Schachtmauer herausgemeißelt«, sagte sie. »Möchte wissen, wer und zu welchem Zweck.«

»Ich auch«, sagte Luke. »Schade, daß Halla nicht hier ist. Sie könnte es uns sicher sagen.«

Ein lautes, hallendes Scharren an der Schachtöffnung unterband weitere Gespräche. Sie preßten sich an die Schachtmauer und starrten mit großen Augen hinauf. Das Geräusch wiederholte sich nicht.

Luke spürte Leias Körperwärme und senkte den Blick. Umrahmt vom schwachen Licht, das aus der Öffnung herabdrang, sah die Prinzessin strahlender und schöner aus als je zuvor.

»Leia«, begann er, »ich ...«

Wieder ein Scharren, diesmal lauter und bedrohlicher. Mehrere Steine fielen herab und zischten an ihnen vorbei. Sie versuchten, in die unnachgiebige Mauer zu kriechen, mit der herabtropfenden Feuchtigkeit zu verschmelzen.

Tief unten klatschte es. Einer der herabgestürzten Steine war endlich am Grund angekommen. Luke war nicht einmal sicher, daß es Grund war.

Atemlos kauerten sie auf dem Sims, die Blicke auf den Kreis nebligen Sonnenlichts über ihnen gerichtet. Mit endloser Langsamkeit tauchte dort etwas auf. Zuerst glich es einer rußigen Wolke vor der Sonne. Der Kehle der Prinzessin entrangen sich schwache Laute. Luke war völlig gelähmt.

Der riesige Wurmschädel verdunkelte die Öffnung. Er

schwang mit unnennbaren Sinnen forschend wie ein Horizontalpendel hin und her.

Luke schaute sich verzweifelt um und entdeckte in der Schachtwand etwas, das eine Öffnung sein mochte. Sie befand sich am anderen Ende des Simses.

»Gehen Sie mir nach«, sagte er leise. Als sich Leia nicht rührte, packte er ihre Hand und zerrte sie mit. Sie folgte ihm, den Blick noch immer auf das Ungetüm über ihnen gerichtet.

Die Öffnung erwies sich als groß genug, sie beide aufzunehmen. Sie war auch hoch genug, so daß Luke sich kaum bücken mußte, um hineinzupassen. Die beiden starrten hinaus und hinauf, froh, den Sims hinter sich zu haben.

Vielleicht spürte das Monstrum dort oben ihre Erleichterung. Irgend etwas mußte es jedenfalls wahrgenommen haben, denn der Schädel hörte plötzlich auf, hin- und herzupendeln, drehte sich nach unten und glotzte sie an.

»Er sieht uns!« stieß die Prinzessin hervor und packte Lukes Arm. »Oh, er sieht uns!«

»Vielleicht ... vielleicht blickt er nur den Schacht hinunter«, meinte Luke hoffnungsvoll.

Mit einer Kippbewegung, die Stein und Fels vom oberen Rand des Schachts rasierte, sank der Kopf langsam zu ihnen herab. Das riesige Maul war aufgerissen und umrahmte eine tiefere Schwärze als die des Schachts selbst.

»Er kommt herunter«, ächzte die Prinzessin. »Er holt uns, Luke.«

»Das kann er nicht. Er kann uns nicht erreichen«, sagte Luke und tastete nach seiner Pistole. Sie war nicht da. Er hatte sie auf der Flucht verloren. Seine Hand schloß sich um den Griff des Lichtschwerts.

Ein schwerfälliges Stöhnen tönte durch den Schacht. Große Steinbrocken rauschten vorbei und polterten weiter unten an der Wand entlang.

»Wie lang ist das Tier?« fragte Luke.

»Ich weiß es nicht. Ich habe es nicht so genau gesehen. Es schien endlos lang zu sein.« Der Wandrella befand sich keine zwölf Meter mehr über ihnen und sank immer noch herab. Es gab keinen Zweifel mehr, daß er sie jetzt gesehen hatte. »Kann er sich an der Wand festhalten? Sie ist so glatt.«

»Ich weiß nicht«, murmelte Luke dumpf. Seine Faust umklammerte krampfhaft das Lichtschwert.

Schlagartig schien das Wurmungetüm auf sie herabzustürzen. Die Prinzessin kreischte, und der Schrei hallte von der Schachtwand wider, während Luke das Schwert aus dem Gürtel riß und es einschaltete. In der schwärzlichen Enge des Schachts war das reine, blaue Licht nur ein kleiner Trost.

Aber der Wandrella griff sie nicht an. Zu weit vorgestreckt selbst für seine enorme Länge, war er abgerutscht und stürzte. Er fegte vorbei, ein scheinbar endloser weißer Wasserfall von schwach leuchtendem Fleisch. Sie beugten sich hinaus und sahen ihn zu einem Fleck zusammenschrumpfen, zu einem Punkt der Helligkeit, bevor er endlich in der unendlichen Tiefe des Abgrunds verschwand. Echos des von Wand zu Wand prallenden Ungeheuers drangen immer schwächer herauf, ersterbende Hinweise auf einen gewaltsamen Tod.

Luke schaltete mit zitternder Hand das Lichtschwert ab und befestigte es wieder am Gürtel.

Die Prinzessin nahm erst jetzt wahr, wie fest sie sich an ihn klammerte. Ihre körperliche Nähe erregte eine Flut widersprüchlicher Gefühle. Es war schicklich, ein wenig abzurücken. Schicklich, aber bei weitem nicht so angenehm. Sie war völlig ausgelaugt, und der Trost, den sie aus seiner Nähe zog, wog jedes Gefühl der Unschicklichkeit auf.

So blieben sie lange stehen. Luke legte den Arm um sie, und sie wehrte sich nicht. Sie sah auch nicht sehnsüchtig zu ihm auf, aber sie im Arm zu halten, das genügte ihm schon, wenigstens fürs erste. Er war glücklich.

Eine Ewigkeit später hallte eine gereizte Stimme zu ihnen

herab, so undeutlich, daß er seiner Sache zunächst nicht sicher war.

»Luke, mein Junge ... seid ihr da unten?«

Sie sahen sich an. Luke beugte sich vorsichtig aus der kleinen Nische, in der sie Zuflucht gefunden hatten, und starrte hinauf. Drei Gesichter blickten von hoch oben herab. Zwei waren behaart, eines goldschimmernd.

»Halla?« Ein aufgeregtes Schnattern tönte herunter. Hin, unverwechselbar. Und jetzt rief Halla wieder Lukes Namen.

»Alles in Ordnung, Master Luke?« schrie Dreipeo.

»Ich glaube schon«, rief er hinauf. »Das Ding ist uns nachgekommen.«

»Ich dachte die ganze Zeit, ihr seid hinter mir«, sagte Halla. »Ich bin so froh, daß ihr noch am Leben seid.«

»Wir auch«, rief die Prinzessin. »Wir kommen gleich.« Sie wollte die Felsnische verlassen.

»Nein, leider nicht«, gab Luke düster zurück und griff nach ihr. »Sehen Sie?«

Ihr Blick folgte seinem ausgestreckten Arm. Da, wo der Wandrella heruntergestürzt war, hatten die Schachtwände ein geschrubbtes, abgekratztes Aussehen. Die Rankenleiter, die sie heruntergestiegen waren, gab es nicht mehr. Auch die Hälfte vom Sims fehlte.

»Wir können nicht mehr nach oben«, rief er hinauf. »Die Rankenleiter ist weggerissen worden. Könnt ihr eine neue machen?«

Stille. Die Gesichter entfernten sich. Luke machte sich Sorgen, aber sie tauchten bald wieder auf.

»Ich möchte mich auf keine der Ranken verlassen, die hier in der Nähe wachsen«, rief Halla. »Die Leiter, die ihr benutzt habt, muß aus anderen Ranken gemacht gewesen sein. Aber es gibt vielleicht einen anderen Weg.« Luke betrachtete die glatte Schachtwandung.

»Einen anderen Weg? Wovon reden Sie, Halla?«

»Wo seid ihr gestanden, als der Wurm an euch vorbeigestürzt ist?«

»Es gibt hier eine kleine Nische, am Ende eines Simses.«

»Ein Sims auch noch!« wiederholte sie. »Wie groß ist die Nische?«

»Groß genug, daß wir beide darin stehen können.«

»Das dachte ich mir. Ihr seid in einem Coway-Schacht.«

»In einem was?« rief die Prinzessin.

»Coway, Leia«, wiederholte Halla. »Ich habe schon gesagt, daß es auf Mimban alle möglichen Rassen gibt und gegeben hat. Die Coway sind mit den Grünen verwandt, aber kein bißchen unterwürfig. Sie leben unter der Oberfläche, und deshalb weiß niemand sehr viel über sie. Aber sie benutzen die alten Thrella-Brunnen, um gelegentlich an die Oberfläche zu steigen, ebenso wie natürliche Schlundlöcher und andere Öffnungen im Boden.«

»Zuerst Coway, dann Thrella-Brunnen«, murmelte Luke und starrte in die Tiefe. »Was ist ein Thrella-Brunnen?«

»Ein Brunnen, den die Thrella gebohrt haben«, gab Halla zurück. »Man nennt sie einfach Brunnen. Niemand weiß, wozu sie wirklich gedient haben, wie man überhaupt wenig über die Thrella weiß. Vielleicht haben sie auch viele von den Tempeln gebaut.

Jedenfalls gibt es sie schon lange nicht mehr, aber die Coway gibt es. Wenn ihr euch in der Nische nach hinten wendet, werdet ihr feststellen, daß sie in einen Tunnel führt.«

»Wenn das wirklich so ist, finden wir ihn.«

»Die Coway geben sich keine Mühe, ihre Ausstiege zu verbergen«, fuhr Halla fort. »Wenn ihr den Weg nach oben findet, treffen wir euch hier.«

»Klingt gut«, sagte Luke, »bis auf einen Punkt. Woher nehmen wir Licht? Ich habe eine Not-Luma am Gürtel und kann immer noch das Lichtschwert benutzen, aber ich möchte die Ladung nicht verbrauchen.«

»Findet den Tunnel«, sagte Halla zuversichtlich. »Da habt ihr genug Licht, wenn es wirklich ein Coway-Gang ist. Glaubt mir das.«

»Wir versuchen es«, sagte Luke. »Wir kommen hinauf.« Er wandte sich ab, zögerte, beugte sich noch einmal hinaus und rief: »Halla?«

Ihr kleines Gesicht tauchte über dem Schachtrand auf.

»Ja, Luke?«

»Was machen wir, wenn wir auf einen Coway stoßen?«

»Sie sind nicht sehr zahlreich und fast dauernd unterwegs«, erwiderte Halla. »Es ist nicht sehr wahrscheinlich, daß ihr einem begegnet, und selbst wenn, werden sie so erschrocken sein, daß sie davonlaufen. Vergeßt nicht: Sie sind nicht domestiziert wie die Grünen. Sie wissen so wenig von uns wie wir von ihnen ... glaube ich. Man hört oft, daß sie sich in der Nähe der Städte herumtreiben, aber sie verschwinden sofort, wenn man ihnen nachgeht. Wahrscheinlich sind sie also scheu und friedlich.«

»Hoffen wir es.«

»Sie haben ja immer noch Ihr Lichtschwert.«

Luke legte die Hand auf die Waffe.

»Also gut. Warten Sie noch einen Augenblick.« Er wandte sich Leia zu. Sie war nicht da. »Leia?« Seine Angst verflog, als sie Sekunden später auftauchte.

»Da hinten ist ein Tunnel, genau, wie es die alte Frau vermutet hat«, sagte sie munter. »Ich habe mein eigenes Luma benützt.« Sie wedelte mit der winzigen Automatikleuchte herum. »Er verbreitert sich gleich hier.«

»In welcher Richtung?«

»Nach Osten, ungefähr einunddreißig Grad.« Sie wies auf ihren Anzugkompaß.

»Einunddreißig Grad Ost, Halla«, schrie er hinauf.

»Okay, Luke. Wir gehen in diese Richtung. Habt ihr noch Notrationen?«

Sie überprüften ihre Gürtel. Das Ergebnis war ermutigender, als Luke zu hoffen gewagt hatte.

»Wir haben Konzentratwürfel für ungefähr eine Woche. Ich nehme an, Wasser werden wir auch genug finden.«

Hallas Kichern hallte herunter.

»Es wird euch schwerfallen, ihm auszuweichen, Luke. Wenn das stimmt, was ich über Coway-Tunnels weiß, müßten wir in zwei, höchstens drei Tagen zusammentreffen. Licht, Nahrung, Wasser ... haltet durch, ihr beiden, ja? Wir finden euch schon.« Eine Reihe von Schnatterlauten von Hin und Kee, dann verschwanden die drei Gesichter.

»Bitte, seien Sie vorsichtig, Sir«, fügte Dreipeo noch hinzu, dann verschwand auch er.

Luke starrte noch einen Augenblick zu dem einladenden Kreis aus Sonnenlicht und Nebel hinauf.

»Sie sind unterwegs«, sagte er zu Leia und schaltete sein Luma ein. »Wir sollten uns auch auf den Weg machen ...«

9

Sie waren vielleicht zehn Minuten unterwegs, als Luke nachdenklich meinte: »Ich weiß nicht, ob wir nicht besser in der Nische gewartet hätten, bis Halla und die Jassem in einer Stadt Kabel gestohlen hätten. Hin allein könnte uns herausziehen mit seiner Kraft.«

Leia stieg über einen Steinhaufen.

»Sie glauben, sie würde sich ohne Kristall in die Stadt zurückwagen, in Grammels Nähe?«

»Welchen Unterschied würde der Kristall machen?«

Leia sah ihn an.

»Sie verstehen sie nicht, wie? Offenkundig ist sie überzeugt davon, daß sie Grammel damit in einen Frosch verwandeln kann.«

Luke schnaubte.

»Leia, so unvernünftig ist sie nicht, was den Kristall angeht.«

»Nein? Überlegen Sie, Luke. Halla ist eine sehr überzeugende, kenntnisreiche alte Frau, aber sie lebt schon lange auf dieser Welt. Seit Jahren läuft sie einer Legende nach. Sie schreibt dem Kaiburr übernatürliche Kräfte zu, das steht für mich fest. Und selbst Sie geben zu, daß davon keine Rede sein kann.«

»Ich weiß. Na gut, vielleicht ist sie ein bißchen fanatisch, was das Thema angeht, aber –«

»Fanatisch?« Die Prinzessin seufzte. »Luke, die arme Frau leidet an Wahnvorstellungen, sehen Sie denn das nicht? Ihre Träume haben ihren Wirklichkeitssinn überwältigt. Aber wir brauchen sie, um den Planeten verlassen zu können, so krank sie auch sein mag.«

»Der Kristall ist kein Wahn«, widersprach Luke. »Es gibt ihn wirklich. Wenn dieser Gouverneur Essada und seine Leute an ihn herankommen, bevor wir ...«

Sie schauderte.

»Essada. Den hatte ich beinahe vergessen.«

»Leia, warum haben Sie solche Angst vor einem Gouverneur des Imperiums?« fragte er leise, während sie weitergingen. »Was hätte Moff Tarkin Ihnen auf dem Todesstern antun können, bevor Han Solo und ich Sie befreit haben?«

Sie sah ihn mit gequälten Augen an.

»Vielleicht erzähle ich es Ihnen eines Tages, Luke. Nicht jetzt. Ich ... ich habe noch nicht genug vergessen. Wenn ich Ihnen davon erzähle, fällt mir zuviel ein.«

»Glauben Sie, ich könnte es nicht ertragen?« fragte er gepreßt.

»Oh, nicht Sie, Luke, nicht Sie. Meine eigenen Reaktionen

beunruhigen mich. Sooft ich anfange, mich an das zu erinnern, was sie damals mit mir gemacht haben, lassen mich meine Nerven im Stich.«

Sie gingen eine Weile stumm weiter. Dann fragte sie: »Sagen Sie, finden Sie nicht auch, daß es heller wird?«

Luke blinzelte. Es schien wirklich heller zu werden, fast richtig hell.

»Schalten Sie das Luma aus«, sagte er und griff nach seinem eigenen.

Einen kurzen Augenblick lang wurde es dunkler, dann hatten ihre Augen sich angepaßt, und es war so hell wie vorher. Das Licht war von einem schwachen Blau-Gelb, etwas heller als der Farbton seines Lichtschwerts.

Als er die Prinzessin ansah, stand sie an der Tunnelwand.

»Hierher«, rief sie und deutete auf ein besonders hell leuchtendes Wandstück. Er beugte sich vor. Es hatte den Anschein, als dringe das Licht aus dem Gestein selbst.

»Nein«, sagte sie, als er seine Vermutung aussprach, »sehen Sie genauer hin. Da.« Sie kratzte mit den Fingernägeln am Gestein, und das Licht löste sich und ließ ihre Hand aufleuchten. Es war kaltes Licht. Nach einer Weile verblaßte es. »Irgendein Gewächs«, meinte sie. »Flechten, ein Schwamm ... ich weiß nicht. Ich bin keine Botanikerin. Das hat Halla gemeint, als sie sagte, daß wir es finden würden, wenn wir weitergehen.« Sie wischte das Licht von ihrer Hand ab und blickte den leicht abfallenden Tunnel entlang. »Da hinten ist eine andere Welt, aber ich fürchte mich nicht mehr davor.«

Als sie weitergingen, wurde der Boden eben. Der Tunnel verbreiterte sich zu einer richtigen Höhle. Stalaktiten in allen Farben tauchten auf, von Mineralunreinheiten in bemalte Gehänge verwandelt, überzogen mit den phosphoreszierenden Gewächsen. Stalagmiten mit stumpfen Spitzen ragten empor. Überall erklang die Musik tropfenden Wassers.

Vor ihnen wurde ein schwaches Grollen hörbar, und sie gingen langsamer. Das Geräusch entpuppte sich als die Musik eines unterirdischen Flusses. Er begleitete ihren Weg, ein brodelnder, fröhlicher Führer und Kumpan.

Sie kamen an einem Loch in der Höhlendecke vorbei. Wasser rauschte herab und verschwand in einem bodenlosen Teich; das Ganze sah aus wie eine Rohrleitung, aus der man das Mittelstück entfernt hatte.

Einige Zeit später stießen sie auf einen kleinen Wald von Heliziten. Diese verborgenen, gekrümmten Gipskristalle trotzten mit ihren Windungen an Boden, Wänden und Decken der Schwerkraft. Luke hatte das Gefühl, durch ein Riesenknäuel Glaswolle zu gehen. Die Leuchtkraft der strahlenden Pflanzen nahm hier blendende Stärke an.

Außer der Flechte sahen sie nun größere, höher entwickelte Arten lichterzeugender Vegetation aus Boden und Wänden wachsen. Manche sahen aus wie vorspringende Pilze. Sie kamen ganz nah an einem der Gebilde vorbei. Als die Prinzessin es streifte, entdeckten sie eine neue Eigenschaft daran.

Es gab einen hallenden Ton von sich, fast wie ein Gong. Leia sprang erschrocken zur Seite, dann klopfte sie mit dem Fingerknöchel versuchsweise an einen der Stengel. Der Gongschlag wiederholte sich.

»Vielleicht hohl«, meinte Luke erfreut.

»Aber ist das pflanzlich oder mineralisch?«

»Keine Ahnung.« Er klopfte an ein anderes Gewächs und wurde von einem völlig anderen Ton belohnt. Sie lächelten einander an, dann füllte sich die Höhle mit einfachen, aber munteren Melodien, als die Naturglocken unter ihren Händen sangen. Sie freuten sich wie Kinder, die einen Streich ausgeheckt hatten.

Schließlich gingen sie weiter. Luke zog zwei Konzentratwürfel aus dem Gürtel und gab einen davon der Prinzessin. Sie starrten auf den Weg, den sie entlanggingen.

Es war unzweifelhaft ein Pfad.

»Hier fehlen große Steine«, sagte Luke. »Der Weg ist eindeutig geräumt worden. Aber ich sehe keine Fußabdrücke.«

»Der Boden ist zu hart. Aber man kommt sich hier vor wie im Märchenland. Viel schöner als die Oberfläche. Wenn Mimban einmal besiedelt werden sollte, leben am besten die Leute alle hier unten.« Sie wirbelte herum. »Es ist so friedlich und sauber hier unten, daß man beinahe –«

Der Satz endete mit einem erschrockenen Aufschrei, und sie tauchte nach unten weg.

Luke warf sich flach auf den Boden und streckte verzweifelt den Arm aus. Sie packte ihn über dem Handgelenk. Ihre Hand glitt an seinem Unterarm entlang, bis sie seine Hand zu fassen bekam. So hing sie baumelnd an ihm über der Leere. Luke spürte, wie seine Füße wegrutschten, als er sie im harten Boden einstemmen wollte.

»Kann nicht … festhalten, Luke«, stieß sie hervor.

»Die andere Hand«, zischte er mit zusammengebissenen Zähnen. Sie griff hinauf und umklammerte mit der Linken seinen Unterarm. Das zog ihn wieder ein paar kostbare Zentimeter nach vorn.

In der Nähe ragte ein großer Stalagmit empor. Wenn er sich täuschte und er sich über derselben Kruste gebildet hatte, durch welche die Prinzessin gebrochen war, würden sie beide hinabstürzen wie der Wandrella. Alle Muskeln und Sehnen des Körpers angespannt, schob er sich ein kleines Stück darauf zu. Er hob blitzschnell die linke Hand, mit der er sich am Boden eingekrallt hatte, und schlang sie um die Steinsäule. Dadurch vermied er zwar, daß er weiter nach vorn rutschte, aber er geriet in Gefahr, Leia nicht mehr festhalten zu können.

Auf irgendeine Weise gelang es ihm, sich langsam rückwärts zu schieben, während sich spitze Steine in seinen Körper bohrten. Er bog sich nach hinten und stemmte das Bein gegen den Stalagmiten. Nun konnte er das Handgelenk der Prinzessin mit der anderen Hand packen.

Er stemmte sich mit dem linken Bein ab, daß seine Muskeln zitterten. Die Prinzessin tauchte aus dem Loch auf und kam näher. Es gab ein knirschendes Geräusch, und der Stalagmit begann am Sockel abzubrechen. Luke schob auch noch das rechte Bein hinter die Säule und stemmte sich verzweifelt mit beiden Beinen dagegen.

Die Prinzessin war fast bei ihm, da gab der überbeanspruchte Kalkstein nach, und die Wucht seines Stoßes ließ Luke auf die klaffende Schwärze zurutschen. Die Prinzessin rollte sich weg und hielt ihn mit einer Hand fest. Luke warf sich zur Seite, rollte sich von der Kante fort und blieb keuchend auf ihrer Brust liegen.

Einen langen Augenblick lagen sie so, und die Zeit stand still. Dann begegneten sich ihre Augen mit einem Blick, der Lichtjahre durchdrungen hätte.

Die Prinzessin setzte sich hastig auf und zupfte ihren Overall wieder zurecht, der zerrissen war, als sie über den gezackten Rand des Loches und den mit kleinen Steinen übersäten Höhlenboden gerutscht war. Luke setzte sich ebenfalls auf und versuchte, seinen rechten Arm zu massieren.

»Vielleicht ist es doch nicht so ideal, hier unten zu leben«, sagte sie schließlich.

Wortlos standen sie auf und umgingen das Loch, das sich im scheinbar festen Untergrund aufgetan hatte. Ein Blick hinein zeigte so unergründliche Tiefen wie im Thrella-Brunnen.

Luke zögerte, als eine Stelle unter seinem Fuß nachzugeben schien. Er schaute sich um und deutete zum Fluß hinüber.

»Da scheint der Boden fester zu sein.«

»Wo ich hingetreten bin, sah er auch fest aus«, erinnerte ihn die Prinzessin. Luke richtete den Blick an die Decke. Über dem Loch und der Stelle unmittelbar davor zeigte sich eine Wölbung. Über dem Fluß und auf der anderen Seite war das Dach voller Stalaktiten.

»Ich glaube, auf dem anderen Ufer sind wir sicher«, entschied er, aber als sie hinübergingen, taten sie das ganz langsam, und Luke prüfte jede Handbreit Boden. Die Prinzessin folgte ihm, ihre linke Hand in seiner rechten. Bald hatten sie das Loch hinter sich, und Stalaktiten füllten die Decke wieder von Wand zu Wand aus.

Zur Sicherheit zog er sein Lichtschwert aus dem Gürtel, schaltete es ein und stieß die Lichtklinge in den Boden vor sich. Es zischte und brodelte, als das Gestein um den blauen Strahl schmolz. Luke zog ihn heraus und schaltete ab. Er beugte sich vor und warf einen kleinen Stein in das rauchende Loch. Er erreichte mit erfreulicher Schnelligkeit den Boden.

Sie gingen zuversichtlicher weiter, aber ihre Freude an den Schönheiten des unterirdischen Wunderlandes war getrübt.

»Hoffentlich finden wir bald den Ausgang«, meinte Luke.

Statt steil nach oben zu führen, wie sie erhofft hatten, führte der Weg jedoch eben weiter. Eher schien er ein wenig nach unten zu führen, statt anzusteigen. Der Tunnel verbreiterte sich vor ihnen. Sie bogen um eine Ecke und blieben einen Augenblick verblüfft stehen.

Ein riesiger unterirdischer See lag vor ihnen. Trotz des phosphoreszierenden Pflanzenlichts war der See so groß, daß sie das andere Ufer nicht sehen konnten. Das Wasser war so schwarz wie das Herz des Imperators.

Ihr Pfad zog sich nach links. Er führte zum Wasser, bevor er, etwa einen Meter von der Wand entfernt, darin verschwand.

»Das erklärt wohl, warum wir nicht auf Coways gestoßen sind«, meinte Luke. »Dieser Teil des Weges verläuft unter Wasser. Es muß je nach den Regenfällen an der Oberfläche steigen oder fallen.« Er folgte dem Weg ins Wasser und watete hinaus, bis ihm das Wasser an die Brust reichte. Dann kehrte er um.

»Hat keinen Sinn. Zu tief.«

»Aber wir müssen wohl weiter«, sagte die Prinzessin und starrte mißtrauisch auf die glasig-schwarze Oberfläche. »Umkehren können wir nicht gut. Sind wir immer noch nach einunddreißig Grad Ost unterwegs?« sagte sie nach einer Pause.

Luke warf einen Blick auf den Kompaß.

»Ein bißchen südlich davon. Der Pfad führt wahrscheinlich im weiten Bogen ans gegenüberliegende Ufer zurück. Das hoffe ich wenigstens. Aber auf gewisse Weise ist der See ein gutes Zeichen. Vielleicht bedeutet es, daß auf der anderen Seite der Boden ansteigt, weil sich hier soviel Wasser ansammelt. Möchte wissen, wie tief es ist.«

»Läßt sich nicht sagen«, meinte die Prinzessin. Sie stieg ins Wasser, bückte sich und betastete den Grund. »Es geht ziemlich steil hinab.«

Luke blickte an ihr vorbei. Auf der anderen Seite des Wasserlaufs, dem sie gefolgt waren, wuchs ein kleiner Wald von Wasserpflanzen, anscheinend angeregt durch die ständige Strömung frischer Nährstoffe. Die großen, auf der schwarzen Oberfläche schwimmenden Blätter waren von stumpfer gelbbrauner Farbe, rund, und an den zwei Enden, wo die aufgebogenen Kanten sich trafen, liefen sie spitz zu.

»Sie denken doch wohl nicht daran, auf einem davon zu fahren?« sagte Leia.

»Ich schwimme jedenfalls nicht«, sagte Luke und ging auf den Wald zu. Er sprang durch den Fluß und erreichte planschend und spritzend die andere Seite. Er beugte sich vor und sah knapp unter der Oberfläche abgerissene Stengel. »Ein Teil der großen Schwimmblätter scheint schon abgerissen worden zu sein. Wahrscheinlich benützen die Coway sie.«

»Oder sie sind von selbst abgerissen«, murrte die Prinzessin, aber so leise, daß Luke sie nicht hörte. Sie folgte ihm hinüber.

Luke schob sich auf eines der großen Blätter. Seine Knie sanken in die Oberfläche, aber sie hielt. Er preßte die Lippen zusammen, sprang hoch und ließ sich mit seinem ganzen Gewicht auf die Knie fallen. Das Riesenblatt sank ins Wasser, bis es ihm an die Hüften reichte, und schnellte wieder hinauf.

Überzeugt davon, daß das Schwimmblatt seetüchtig war, rollte Luke sich an den Rand und schaute hinunter. Das Licht war hell genug, um ihm den mannsdicken Stengel zu zeigen, mit dem das Blatt am Seegrund verankert war.

»Ich trenne das hier ab«, sagte er.

Die Prinzessin sah ihn skeptisch an.

»Womit denn? Mit dem Lichtschwert? Ich dachte, unter Wasser funktioniert es nicht?«

»Hoffentlich doch.«

Er glitt ins Wasser und schaltete das Schwert ein. Als er es unter die Oberfläche hielt, sprudelten Luftblasen herauf, aber das harte blaue Licht glomm unbeirrt in der Schwärze; von einem Versagen des Lichtschwerts war nichts zu bemerken.

Er atmete tief ein und tauchte hinab.

Zum Glück lieferte die leuchtende Klinge Licht genug, so daß er den Stengel finden konnte. In ein, zwei Sekunden war der harte Kern durchschnitten. Er stellte fest, daß das Blatt sich unten konkav verjüngte, also an der Unterseite nicht flach wurde. Das würde ihnen wenigstens die Illusion von Stabilität liefern.

Dann tauchte er auf, rang nach Luft und wischte sich das Wasser aus den Augen, nachdem er das Lichtschwert ausgeschaltet hatte. Als er es wieder am Gürtel befestigt hatte, streckte er die Hand aus und zog das schwimmende Blatt zum Ufer.

Er benutzte das Lichtschwert kurz noch einmal, um hinten in das Blatt ein kleines Loch zu schneiden. Mit einer dünnen Rolle Rettungsschnur vertäute er das Fahrzeug an einem Stalagmiten.

»Das könnten wir zur Fortbewegung verwenden!« rief die Prinzessin. Sie stand in einiger Entfernung am leicht ansteigenden Ufer. Vom Boden bis zur Decke zog sich hier eine Reihe durchsichtiger Selenitkristalle. Jedes Gebilde war übermannsgroß, vielleicht zwei, drei Zentimeter dick. Leuchtende Gewächse an ihnen verliehen ihnen das Aussehen von Kirchenfenstern, und das scharfkantige Mineral war hier und dort von Scharlachrot durchtränkt.

»Fast zu schön, um sie abzubrechen«, sagte Luke bewundern. »Aber Sie haben recht … das werden gute Paddel.« Mit dem unschätzbaren Lichtschwert schnitt er vier Kristalle von der richtigen Größe ab und formte sie mit dem blauen Strahl, damit man sie gut festhalten konnte. Er trug sie zum Wasser hinunter und legte sie vorsichtig in das schuppige Wasserlilienblatt, auf dem sie den See zu überqueren hofften.

»Fertig?« fragte er schließlich. Leia zögerte und warf einen Blick auf ihren Armbandchronometer.

»Wir sind fast sechzehn Stunden lang gelaufen, Luke.« Sie wies auf den See. »Wenn wir versuchen wollen, ihn zu überqueren, möchte ich das lieber ausgeschlafen tun.«

Er nickte, fand ein verwelkendes Stück der Blattgewächse am Ufer und zerrte es weiter hinauf. Es würde eine annehmbare Matratze abgeben.

»Schlafen Sie nur«, sagte er, als sie sich nebeneinander ausstreckten. »Ich bin noch nicht so müde.« Sie nickte und suchte auf der feuchten Liegestatt eine bequeme Lage. Nach zwei Minuten schliefen sie beide fest …

Luke schreckte plötzlich hoch und schaute schnell in alle Richtungen. Er glaubte, eine Bewegung wahrgenommen zu haben, aber da war nichts, nur das Gurgeln des Wasserlaufs, der sich in den See ergoß, und das Tröpfeln von der Höhlendecke.

Nachdem er auf die Uhr geblickt hatte, weckte er die Prinzessin. Sie rieb sich den Schlaf aus den Augen und sagte: »Wie lange?«

»Fast zwölf Stunden. Ich war wohl auch erschöpft.«

Sie holten Konzentratwürfel heraus und kauten hungrig. Luke schöpfte in einem zusammenschiebbaren Becher Wasser aus dem Fluß.

»Ich hätte mir nie träumen lassen, daß Konzentrat so gut

schmeckt«, sagte die Prinzessin, als sie den letzten Bissen hinunterspülte.

»Mein Appetit wird sich bessern, wenn wir wieder die Sonne sehen«, gab Luke zurück. Er starrte auf den See hinaus. »Hoffentlich ist der See nicht so groß, wie er aussieht. Ich bin nicht gern auf dem Wasser.«

»Kein Wunder«, sagte die Prinzessin; sie wußte, daß auf der Wüstenwelt Tatooine, wo Luke aufgewachsen war, eine offene Wasserfläche so selten vorkam wie ein Immergrüngewächs.

Wortlos schoben sie sich auf das Blattboot und griffen nach den langen Selenitpaddeln. Luke löste die Schnur am Stalagmiten, spulte sie auf und schob sie in den Gürtel, dann stieß er das Gefährt ab. Sie glitten schnell auf den See hinaus.

Luke durchlebte Ängste, als sie auf die scheinbar bodenlose Schwärze hinausruderten. Der Grund mochte vielleicht nur einen Meter unter ihnen liegen, aber das schwarze Wasser war wahrhaft unergründlich.

Was, wenn der See sich über viele, vielleicht Hunderte von Kilometern erstreckte, dachte Luke sorgenvoll. Oder wenn er sich in mehreren Richtungen verzweigte? Ohne Pfad als Leitmarke konnten sie sich völlig verirren.

Am besten war es wohl, sich an der linken Wand zu halten, wo der Pfad im Wasser verschwunden war. Es sprach nicht viel dafür, daß er quer durch den See führte – eher mußte er an der Wand entlangführen, wo es am seichtesten war.

Er stellte sich allerlei Schrecknisse vor. Vielleicht endete der See in einem riesigen unterirdischen Wasserfall, in einem Katarakt, der sie gegen Felsen, die nie das Tageslicht erblickt hatten, in einen einsamen Tod schleudern würde. Während sie gleichmäßig weiterruderten, verloren solche Schreckensbilder etwas von ihrer Gegenwärtigkeit, zumal auch in der Ferne kein donnerndes Rauschen eines Wasserfalls zu hören war.

Nach einer Stunde mühsamen Paddelns war ihm nicht mehr

wichtig, was sie am anderen Ende des Sees erwartete, sondern vielmehr, daß sie es überhaupt erreichten.

Seine Schultern begannen zu schmerzen. Er wußte, daß es für die Prinzessin noch schlimmer sein mußte, aber sie hatte sich kein einziges Mal beklagt. Er bewunderte ihre Seelenstärke und fragte sich, ob die Erlebnisse auf Mimban sie milder gestimmt haben mochten.

»Warum ruhen Sie sich nicht aus?« sagte er schließlich. »Ich rudere eine Weile allein.«

»Seien Sie nicht albern«, erwiderte sie ruhig, aber fest, wenngleich ohne Begeisterung. »Es wäre unsinnig, wenn Sie dauernd die Seiten wechseln müßten. Ich bin von der Schwimmfähigkeit des Dings ohnehin nicht sehr überzeugt. Und wenn Sie an einer Seite bleiben, rudern Sie uns nur im Kreis herum. Bleiben Sie, wo Sie sind, und teilen Sie sich Ihre Kräfte gut ein.«

Luke unterwarf sich dem gesunden Menschenverstand, der weniger attraktiv sein mochte als Galanterie, dafür aber praktischer war. Sie ruhten sich in regelmäßigen Abständen aus. Der halbe Tag verrann eintönig, ohne daß das andere Ufer sichtbar geworden wäre. Im strömungslosen schwarzen Wasser hielten sie mittags an, um ihre farbigen Würfel zu verzehren.

Ganz hoch oben sah Luke die Höhlendecke von Stalaktitenbüscheln beherrscht, neben denen alles zusammenschrumpfte, was Luke bisher in dieser Art gesehen hatte. Manche mußten viele Tonnen wiegen. Es gab auch lange, dünne, Dutzende von Metern lang, nicht dicker als ein Männerdaumen. Alle waren bedeckt mit der leuchtenden Flechte, die die schier unermeßliche Höhle mit tröstlichem blaugelbem Schimmer erfüllte.

Er grinste, als er an Hallas Bemerkung über das Wasser dachte. Da hatte sie recht gehabt! Es hatte etwas Magisches an sich, den Becher in die Schwärze zu tauchen und ihn vollaufen zu sehen, denn die Farbe des Sees war so satt und rein und makellos, daß die Schwärze eine Eigenschaft des Wassers selbst sein mußte.

Das Wasser war sauberer und frischer als alles, was Luke je getrunken hatte. Während sie stumm aßen und tranken, dachte er, wie sehr er den kleinen Bach vermißte, der sie bis hierher geleitet hatte.

Danach fuhren sie weiter. Mehrere Stunden später bedeutete Luke der Prinzessin plötzlich, das Paddeln einzustellen.

»Was ist?« flüsterte sie.

Luke starrte auf die glatte Oberfläche des Sees.

»Horchen Sie.«

Leia tat es und starrte nervös auf das Wasser. Ein fernes Klatschen wurde hörbar.

»Das ist nur Tropfenwasser von der Decke«, flüsterte sie.

»Nein. Zu unregelmäßig. Tropfwasser fällt gleichmäßig.«

Das Geräusch hörte auf.

»Ich höre nichts mehr, Luke. Es muß doch Tropfwasser gewesen sein.«

Luke blickte sorgenvoll auf den schwarzen Spiegel, auf dem sie schwammen.

»Ich höre auch nichts mehr.« Er griff nach seinem Paddel und tauchte es ins Wasser. Von Zeit zu Zeit warf er nervöse Blicke nach hinten. Bis jetzt lag aber nichts hinter ihnen als seine eigenen Ängste.

Seine Nervosität teilte sich der Prinzessin mit. Sie wollte gerade wieder aufatmen, als er die Hand hob.

»Halt.«

Sie zog das Paddel aus dem Wasser, fast ein wenig verärgert.

»Da ist es wieder«, sagte er gepreßt. »Hören Sie es nicht, Leia?« Sie antwortete nicht. »Leia?« Er drehte sich um und sah, daß sie starr auf etwas im Wasser blickte. Ihr Mund war geöffnet, aber sie konnte nicht sprechen.

Nur deuten. Luke griff instinktiv nach seinem Lichtschwert, noch bevor er die breite Luftblasenspur entdeckte, die ihnen entgegenfegte, unheimlich und bedrohlich wie ein Geschoß.

Luke schob sich vorsichtig zur Rückseite des Blattes und ließ sich auf ein Knie nieder, das eingeschaltete Lichtschwert in der rechten Hand.

Die Luftblasen verschwanden und tauchten nicht sofort wieder auf.

»Vielleicht ... vielleicht ist es fort«, murmelte die Prinzessin.

»Vielleicht.«

Es kam herauf.

Eine bleiche, gestaltlose Erscheinung, phosphoreszierend, dem großen Wandrella nicht unähnlich, aber verglichen mit dem Seegespenst war das Wurmwesen eher eine vertraute Kreatur.

Es gab kein Gesicht, nichts Unterscheidbares in dieser sich ständig verwandelnden Erscheinung. Sie hob kurze, dicke Pseudoarme aus weißlicher Substanz aus dem Wasser. Sie schimmerten im schwachen Höhlenlicht. Luke hatte den Eindruck, teilweise durch das Wesen hindurchsehen zu können, und im Innern schienen fremdartige Formen durcheinanderzuwirbeln.

Ein pulsierender weißer Arm hieb nach dem zerbrechlichen Gefährt. Luke schwang sein Lichtschwert. Der blaue Strahl durchdrang die leuchtende Substanz völlig. Die Energieklinge richtete zwar keinen sichtbaren Schaden an, aber das amöbenhafte Gebilde nahm den Arm wieder in sich auf.

Ein anderer halb ausgerollter Fühler zuckte nach Luke, und dieser stach danach. Die Klinge aus reiner Energie hieb direkt durch den Arm. Es war keine Spur von Blut oder anderen Flüssigkeiten zu sehen. Nur das Klatschen des Wassers an dem schwammigen, schwankenden Gefährt und Lukes gepreßtes Atmen waren zu hören, sonst herrschte tödliche Stille in der Höhle.

Jedesmal, wenn das Wesen nach ihnen hieb, parierte Luke

den Stoß mit seinem Lichtschwert. Jedesmal schrumpfte das Glied in den sich aufbäumenden, leuchtenden Körper zurück, ohne irgendeine Verletzung erkennen zu lassen.

Ein geschwungener Arm traf Luke von hinten, während er auf einen anderen Pseudoarm einhieb. Der Arm fegte ihn ins Wasser, und die Prinzessin schrie auf. Auf irgendeine Weise gelang es ihm, sich mit einer Hand an der aufgerollten Kante des Blattbootes festzuhalten. Durch die Belastung kippte es ein wenig, aber zum Glück hatte es zuviel Auftrieb, um zu kentern.

Leia zerrte ihn wieder halb an Bord, dann packte ihn etwas von unten und riß ihn unter die Oberfläche. Die Prinzessin ließ gerade noch rechtzeitig los, um nicht selbst mit hinabgezogen zu werden.

Angstvolle Augenblicke vergingen, ohne daß eine Spur von Luke zu sehen war. Dann tauchte er in der Nähe hustend und prustend auf. Sein Lichtschwert gleißte unter Wasser, als er auf etwas Unsichtbares einhieb. Es ließ ihn lange genug los, so daß er wieder auf das Blatt kriechen konnte. Die Energieklinge zischte gefährlich nah an Leia und seinen eigenen Beinen vorbei, als er auf haftende, bleiche Arme einhackte. Er stach zu, bis der letzte Pseudoarm sich davonschlängelte.

Tropfnaß und immer noch hustend kniete er auf dem Blatt und versuchte, in alle Richtungen zugleich zu blicken.

»Da!« rief Leia. Luke sah die Blasenspur im Wasser, nur entfernte sie sich jetzt vom Blattboot. Das ungleichmäßige Glucksen war noch minutenlang zu hören, nachdem die Blasen selbst verschwunden waren.

Erschöpft fiel er auf den Rücken und starrte an die Decke.

»Sie haben es geschafft, Luke. Sie haben es vertrieben!«

»Da bin ich nicht so sicher«, sagte er keuchend. »Vielleicht ist das Ding nur müde geworden und abgezogen.« Er starrte das abgeschaltete Lichtschwert an. »Oder es findet eine Energieklinge nicht sehr schmackhaft.« Er befestigte die Waffe wieder an seinem Gürtel, setzte sich ächzend auf und umschloß seine

Knie mit den Armen. Das Wasser lief ihm von den Haaren ins Gesicht.

Leia rückte näher und streckte unsicher die Hand aus, um seinen Arm zu berühren. Er sah sie an und hustete. Sie richtete sich auf. Plötzlich begann sie zu schreien. Luke schaute sich um, aber es war nichts zu sehen.

Die Prinzessin beugte sich vor und schrie weiter in die vorgehaltenen Hände hinein. Schließlich hob sie den Kopf und sah ihn an.

»Jetzt geht es wieder, glaube ich«, sagte sie und atmete tief ein. »Ich glaube nur ... ich möchte von hier fort, Luke.« Ihre Stimme wurde schriller. »Ich muß hier raus.«

»Glauben Sie mir, Leia, ich habe es genauso eilig wie Sie«, sagte er und griff nach ihrer Hand.

Sie sahen einander stumm an, dann griffen sie nach den Paddeln und fuhren weiter.

Trotz Lukes Gefühl, daß ihr durchsichtiger Angreifer sie noch einmal überfallen würde, wurden sie in den nächsten Stunden nicht belästigt. Und dann wurde auch das unwichtig, denn endlich tauchte das andere Seeufer auf.

Sie fuhren aber nicht auf nacktes Ufergelände zu.

»Das haben doch nicht die Coway gebaut«, flüsterte Luke staunend.

Ein uralter Kai hob sich aus dem trockenen Boden heraus. Man sah zwar nirgends Boote, aber der lange, ins Wasser hinausragende Metallfinger ließ trotz seiner fremdartigen Konstruktion keinen Zweifel daran, wozu er diente.

Weniger Glück hatte Luke dabei, den Zweck der zahlreichen Bauten zu erkennen, die am ganzen Ufer zusammengedrängt waren. Viele schienen aus Stein gebaut zu sein, andere besaßen metallene Wände, und manche bestanden aus beiden Materialien. Alt sahen sie alle aus. Nicht ein einziges Gebäude schien von der Zeit unberührt geblieben zu sein. Luke vermochte nirgends ein einziges Fenster zu entdecken. Öffnungen, die als Türen gedient haben mußten, waren oval und gedrungen.

Sie paddelten ans Ufer, bis das Blatt den Grund berührte. Luke stieg bis zu den Hüften ins Wasser und streckte die Hand nach der Prinzessin aus. Sie blieb sitzen, nicht eigentlich ängstlich, aber wenig zuversichtlich.

»Kommen Sie«, sagte Luke, »hier ist es nicht tief.«

»Aber ich möchte nicht ins Wasser, Luke.«

»Keine Angst«, sagte er. »Nur ein paar Schritte.«

Sie schüttelte wieder den Kopf. Luke seufzte und watete zur Vorderseite des Blattes. Er streckte die Arme aus. Sie glitt hinein, und er trug sie aufs Trockene, wobei er sah, daß sie die Augen fest geschlossen hielt.

Schließlich saßen sie erleichtert auf der Steinböschung, ohne sich Gedanken darüber zu machen, ob ihr Gefährt davontrieb. Hinter ihnen ragte stumm die Stadt empor.

»Geht es wieder?« fragte er, beugte sich vor und sah ihr ins Gesicht. Sie erwiderte seinen Blick nicht.

»Mir fehlt nichts. Tut mir leid, daß ich eine solche Last war, daß ich so geschrien habe. Ich ... sonst habe ich mich besser unter Kontrolle.«

»Kein Grund, sich zu entschuldigen«, versicherte er ihr. »Schon gar nicht für das Schreien. Was die Angst angeht«, er lächelte schwach, »ich war doppelt so entsetzt wie Sie, als dieses Halbgespenst aus dem Wasser kam. Ich war zu beschäftigt, sonst hätte ich bestimmt auch geschrien.«

»Ach, es war nicht so sehr das Monster«, sagte Leia entwaffnend. »Das war eine echte, greifbare Bedrohung.« Leia stand auf und fügte beinahe beiläufig hinzu: »Ich kann leider nicht schwimmen.«

Luke starrte sie ungläubig an, als sie hier und dort ihren zerrissenen Overall auswrang.

»Warum haben Sie denn nichts gesagt, bevor wir losgefahren sind?« stieß er schließlich hervor.

Sie lächelte ihn schief an.

»Wäre es darauf angekommen, Luke? Der Weg verschwand im See.« Sie deutete auf den unverwechselbaren Pfad, der in der Nähe aus dem Wasser auftauchte und in die unterirdische Stadt führte. »Wir müssen hinüber. Ich sah keinen Sinn darin, Sie mit meinen Kinderängsten zu belasten.« Sie wandte sich dem Weg zu. »Sehen Sie, er führt durch den Ort. Ich möchte die Leute kennenlernen, die ihn gebaut haben.« Sie sah ihn ungeduldig an. »Wir vergeuden Zeit.«

Stumm vor Bewunderung stand er auf und folgte ihr in das Labyrinth von Bauwerken. Es stellte sich schnell heraus, daß die Stadt das Werk einer Intelligenz sein mußte, die schon vor langer Zeit von Mimban verschwunden war. Alles war exakt angeordnet, und die Metallbearbeitung verriet Spuren fortschrittlicher Techniken. Der Verfall der Gebäude war auf die Zeit zurückzuführen, nicht auf schlechte Konstruktion. Angesichts der relativ geringen Erosion unter Tage mußte die Stadt uralt sein.

Das Fehlen rechter Winkel und eine Bevorzugung weiter Kurven und Bögen deutete darauf hin, daß die Bewohner der Stadt nicht nur ein Gefühl für Architektur, sondern auch für Ästhetik gehabt hatten. Die Betonung des Schönen war ein weiterer Luxus, den primitive Völker sich selten leisten konnten, da sie sich in erster Linie an das Nützliche zu halten hatten.

Hinter ihnen klapperte etwas, und Luke fuhr herum. Die rätselhaften Ovalportale starrten ihn an wie die Augenhöhlen grauer, ausgebleichter Totenschädel. Die Prinzessin warf ihm einen Blick zu.

»Ich dachte, ich hätte etwas gehört, das ist alles«, sagte er und blickte wieder geradeaus.

Sie gingen weiter durch die Stadt, aber Lukes Unruhe wollte sich nicht legen. Er *hatte* etwas gehört. Während sie den gewundenen Pfad entlangschritten und näher an die Gebäude kamen, spürte er ein Prickeln im Nacken, als starre ihn jemand oder etwas an. Das Gefühl wurde immer stärker. Aber jedesmal, wenn er sich schnell umdrehte, war nichts zu sehen. Keine Spur einer Bewegung, kein Seufzen, kein Laut.

Er war froh, als die Gebäude weniger zahlreich wurden. Leere Eingänge verlockten ihn, eines der halb verfallenen Bauwerke zu betreten, um zu sehen, wie sich das Innere gehalten hatte.

Aber jetzt war nicht die Zeit für solche Erkundungsgänge, entschied er. Ihre erste Aufgabe war, einen Weg nach draußen zu finden.

Er fragte sich, was den Untergang der fortgeschrittenen Rassen Mimbans, der Erbauer der Tempel, der Thrella und aller anderen verursacht hatte. Vielleicht ein Krieg zwischen den Rassen oder ein fortschreitender Niedergang, der zu ihrer Ablösung durch Primitive wie die Grünen geführt hatte.

Stein knirschte auf Stein. Als er diesmal herumfuhr, glaubte er hinter einer Wand von Stalagmiten auf der linken Seite eine Bewegung wahrzunehmen.

»Sagen Sie bloß nicht, das hätten Sie auch nicht gehört.«

»In Höhlen fällt immer wieder Gestein von der Decke«, sagte die Prinzessin. »Ich weiß, wie Ihnen zumute ist, Luke. Ich bin selbst auch ziemlich nervös.«

»Es sind nicht meine Nerven«, widersprach er. »Irgend etwas ist uns auf den Fersen. Ich habe eine Bewegung gesehen.« Ohne die Einwände der Prinzessin zu beachten, ging er auf die bunten Säulen zu. Das Geräusch wiederholte sich nicht, keine Bewegung war wahrzunehmen. Er ging halb geduckt weiter, erreichte das andere Ende der kleinen Mauer und blickte um die Ecke. Nichts.

»*Luke!*«

Ben Kenobi wäre stolz gewesen. Mit einer blitzschnellen Bewegung wehrte er die auf ihn zustürzende Gestalt ab, riß gleichzeitig das Lichtschwert heraus und schaltete es mit einem Knopfdruck ein.

Das Wesen wurde in zwei Hälften zerteilt.

Luke lief zurück zur Prinzessin. Sie deutete nach vorn. Ihr Weg wurde verstellt von zwei weiteren Zweibeinigen. Andere tauchten hinter ihnen auf, zwei, drei, und rückten vorsichtig näher.

»Coway«, sagte Leia und bückte sich, um einen abgebrochenen Stalagmiten aufzuheben. Sie wog ihn in der Hand und hielt ihn wie einen Speer umklammert, als die Humanoiden näherrückten.

Die Wesen waren schlank und mit dünnem, grauem Flaum bedeckt. Ihre Augen waren klein und dunkel. Sie trugen halblange Hosen, an denen verschiedene primitive Instrumente und viele Amulette hingen. Mit letzteren waren auch Oberarme und Hals behängt.

Jeder war mit einem langen, dünnen Speer aus Fließstein bewaffnet. Einige trugen auch zweischneidige Äxte. Sie zeigten keine Furcht vor Lukes Lichtschwert, trotz seiner gerade bewiesenen Tödlichkeit. Das deutete entweder auf genauere Kenntnis menschlicher Technologie hin – vielleicht von Besuchen an der Oberfläche – oder auf Mut, der der Unwissenheit entsprang.

Zum Glück war ihre Taktik gleichermaßen primitiv. Mit einem gellenden Schrei stürmten drei von ihnen los, zwei andere erst nach kurzem Zögern. Dieser geringe Zeitunterschied war entscheidend.

Ein einziger Hieb mit dem Lichtschwert zerschlug zwei der vorgestreckten Speere. Der dritte stieß auf die Prinzessin zu. Sie wehrte ihn mit ihrem Stalagmiten ab, stellte dem anstürmenden Eingeborenen ein Bein, stürzte sich auf ihn und hieb ihm den Stein auf den Kopf. Es gab einen dumpfen Schlag, und der Angreifer brach blutüberströmt zusammen. Luke wich einem Axthieb aus und schlug dem Gegner die Beine weg.

Nun waren die beiden Nachzügler herangekommen. Luke erledigte den ersten, indem er ihm mit einem Schwerthieb die

Hand, die den Speer hielt, über dem Gelenk abschlug. Der Angreifer brach zusammen und umklammerte stöhnend den brennenden Stumpf.

Der zweite Gegner war vorsichtiger als sein Kumpan: Er blieb stehen und stach mit dem Speer auf Luke ein. Luke schlug prompt die Speerspitze ab, worauf der andere den Schaft nach Luke warf, kehrtmachte und davonstürzte.

Luke wandte sich der Prinzessin zu. Sie wehrte geschickt die Hiebe und Stöße des letzten Eingeborenen ab. Als das Wesen Luke kommen sah, wandte es sich jedoch zur Flucht.

Luke packte das Lichtschwert fester und schleuderte es ihm nach. Die Energieklinge glitt tief in den Rücken des Coway, bis der massive Griff ans Fleisch stieß. Das Wesen stürzte tot zu Boden.

»Schnell!« sagte die Prinzessin und hob eine Axt auf. »Er darf nicht entkommen und die anderen warnen.« Luke hob sein Lichtschwert auf und eilte ihr nach. Gemeinsam verfolgten sie den letzten überlebenden Coway.

In ihrer Hast bemerkten sie nicht sofort, daß es leicht, aber unverwechselbar bergauf ging, zum ersten Mal, seitdem sie den Thrella-Brunnen verlassen hatten.

Vor ihnen lag ein großer Schutthaufen, von der Decke herabgestürztes Gestein. Der fliehende Coway erreichte ihn und kletterte hinauf. Die Prinzessin zielte im Lauf und schleuderte ihre Axt mit mehr Kraft und Genauigkeit, als Luke (oder sonst irgend jemand) ihr zugetraut hätte. Sie traf den Eingeborenen an der rechten Schulter, so daß er auf der anderen Seite des Schutthügels hinabstürzte.

»Erwischt«, rief Luke. »Sie haben ihn erwischt.«

Keuchend stiegen sie den Steinhügel hinauf. Auf der anderen Seite schien es heller zu sein. Wahrscheinlich wuchsen hier die Leuchtpflanzen dichter, sagte sich Luke, wenngleich ihn die Flora Mimbans jetzt überhaupt nicht beschäftigte. Sie mußten den verwundeten Coway einholen und töten, bevor er eine

Armee seiner Genossen gegen sie aufbieten konnte. Sie erreichten die Spitze …

Und erstarrten bei dem Anblick, der vor ihnen lag …

10

Die Höhle erweiterte sich zu einem riesigen, runden Amphitheater, groß wie der schwarze See, nur eben ohne Wasser. Hoch oben auf der anderen Seite der Höhlenwand klebten mehrere kleine, einstöckige Gebäude. Sie waren von derselben Bauart wie die Stadt hinter ihnen, vielleicht eine Art Torbau. Nur sahen sie lange nicht so verfallen aus wie die Gebäude der Stadt. Jemand hatte sie einigermaßen instand gehalten. Der Boden ringsum war von Schutt gesäubert, Mauern und Dächer geflickt. Sie sahen ganz so aus, als seien sie bewohnt.

Unter sich sahen sie den Eingeborenen, den die Prinzessin mit der Axt getroffen hatte. Die Hand auf die Schulter gepreßt, lief er auf eine große Menge behaarter Wesen zu, die sich in der Mitte der Höhle zusammendrängten. Sie standen um einen Teich herum, eine Senke, gefüllt mit dem Wasser, das von der Decke tropfte. Neben dem Teich loderte ein großes Feuer, genährt von gelbbraunen Substanzen, die nichts mit Holz zu tun hatten, aber sehr gut brannten.

Umrahmt von Rauch und Feuer waren drei große Stalagmiten, an die zwei wütende Jassem und eine alte Frau gefesselt waren. Halla war von mehreren rankenartigen Tauen umschlungen, Hin und Kee von der Vielzahl der Stricke fast zu Mumien gemacht. Dreipeo und Erzwo standen in der Nähe, gleichfalls von Ranken gefesselt.

Mindestens zweihundert Coway, darunter bewaffnete

Frauen und Kinder, drängten sich um Teich, Feuer und Gefangene. Der verwundete Eingeborene, der auf sie zurannte, brüllte aus vollem Hals.

Luke wollte sich abwenden. Die Prinzessin packte seinen Arm und sah ihn scharf an.

»Wohin sollen wir flüchten, Luke? Sie wären nach Sekunden hinter uns her, und sie kennen sich in diesen Höhlen aus. Wenn wir uns stellen und kämpfen, wenn wir sterben müssen, dann lieber im Freien … nicht auf dem See.« Sie wog die Axt in der Hand.

»Leia, wir –« Aber sie rutschte schon den Schutthang hinunter zur Höhle.

Inzwischen hatte der verletzte Coway die Menge erreicht und schrie auf einige hochgewachsene Männer ein, die alle einen Kopfschmuck aus Stein, Knochen und anderen Materialien trugen. Ein paar Anwesende, die sich umschauten, stießen Schreie aus. Aller Augen wandten sich den beiden Wesen zu, die langsam heranschritten.

Luke hatte sein Lichtschwert erhoben. Der Eingeborene, den Leia verwundet hatte, deutete auf die leuchtende Waffe und sagte etwas mit halblauter Stimme.

Als sie sich den Höhlenbewohnern näherten, machte Luke mit dem Lichtschwert eine, wie er hoffte, entscheidende, selbstsichere Bewegung. Die Menge, in der sich verstörtes Gemurmel erhob, wich auseinander. Luke und die Prinzessin schritten zwischen den Reihen gespannter Eingeborener auf die Gefangenen zu. Luke hatte deutlich den Eindruck, daß man die Macht des Lichtschwerts respektierte, sich davon aber keineswegs in Panik versetzen ließ.

»Sie wissen nicht recht, was sie tun sollen«, murmelte Leia und bestätigte damit Lukes Überlegungen. »Sie scheinen Ihr Schwert zu bewundern, aber zum Gott werden Sie deshalb nicht befördert.«

»Sie werden es noch mehr bewundern, wenn sie versuchen,

uns aufzuhalten«, sagte Luke grimmig. Er schreckte eine Gruppe von Coway ab, die zu nah herandrängte.

»Luke!« schrie Halla, als die beiden sich den Gefangenen näherten. Die beiden Jassem schnatterten fröhlich.

»Nun, getroffen haben wir uns«, sagte er sarkastisch, während er ihre Fesseln betrachtete. »Sie hatten wieder einmal recht, Halla.«

»Aber nicht so, wie ich es mir dachte.« Sie schrie den drei geschmückten Eingeborenen etwas zu und flüsterte: »Es ist euch klar, daß wir nicht viel Aussicht haben, hier wegzukommen?«

»Sie hat recht, Sir«, sagte Dreipeo. »Versuchen Sie, sich selbst zu retten.«

»Ich bin nicht so weit gegangen und gerudert, um mich am Ende einer unterirdischen Gottheit opfern zu lassen«, gab Luke zurück. Er begriff plötzlich, was geschehen war. »Sie können mit ihnen reden?« sagte er erstaunt.

»Ein bißchen. Ihre Sprache ist verwandt mit jener der Grünen. Es ist nicht einfach ... so, als versuche man unter Wasser zu sprechen. Aber ich kann mich mit den Häuptlingen verständigen.«

»Den Häuptlingen?«

»Die Coway-Stämme werden offenbar von einem Triumvirat beherrscht«, erklärte sie. »Die drei Kerle da mit dem Kopfputz. Ich habe ihnen gerade einen Vorschlag gemacht. Wenn sie so edelmütig oder sportlich sind, wie ich annehme, haben wir vielleicht eine Chance.«

»Vorschlag? Was für ein Vorschlag?« fragte Leia argwöhnisch.

»Darauf komme ich gleich«, sagte Halla ausweichend. »Wir hatten den Weg nach unten gefunden und wollten euch entgegengehen, als wir aus dem Hinterhalt überfallen wurden. Das passierte in einem engen Tunnel, und es waren einfach zu viele. Sie gebrauchten Netze bei den Jassem und den Droiden. Wir hatten keine Chance.«

»Aber wir bekommen vielleicht eine, wenn ich euch jetzt befreie«, sagte Luke. »Wo sind eure Waffen?«

»Immer langsam, Luke«, mahnte sie. Sie wies mit dem Kopf auf die Ansammlung niedriger Gebäude. »Bis dahin kommen wir nie. Außerdem habe ich nicht gesehen, in welches Haus sie die Waffen gebracht haben.

Und selbst wenn ich es wüßte, könnten Sie uns nicht befreien, sie holen und rechtzeitig zurückkommen. Sie können mit dem Lichtschwert sicher gut umgehen, aber gegen hundert Speere, die gleichzeitig aus verschiedenen Richtungen geschleudert werden, kommen Sie nicht an: Es sei denn, Ihr Spielzeug erzeugt nicht nur eine Energieklinge, sondern auch eine Abschirmung.«

»Nein, nur die Klinge«, erwiderte Luke. »Wie lange seid ihr hier schon angebunden?«

»Einen halben Tag etwa, und sie streiten sich darum, auf welche Weise sie uns töten sollen. Sie haben nichts gegen uns persönlich ... Sie mögen nur die Menschen im allgemeinen nicht. Kein Wunder, wenn sie gesehen haben, wie die Bergleute mit den Grünen umgehen. Ich glaube nicht, daß die Coway viel dagegen hätten, wenn sämtliche Menschen Mimban verlassen würden.«

»Sagen Sie ihnen, daß wir nicht so sind wie die anderen Leute«, verlangte Luke. »Sagen Sie ihnen, daß wir mit den Menschen, die hier leben, auch nichts zu tun haben wollen.«

»Das ist kein Stamm von Philosophen, mein Junge«, erklärte Halla geduldig. »Die Vorstellung der Coway von Herrschaft ist verflixt simpel. Man kann ihnen so etwas wie die Rebellion nicht erklären. Aber ich glaube, daß sie uns eine Chance geben werden.«

»Das glaube ich nicht«, sagte die Prinzessin scharf. »Würden wir einem Feind, der schon vier von uns getötet hat, eine zweite Chance geben?«

»Dem Kerl mit der Wunde in der Schulter zufolge, der vor euch angekommen ist, habt ihr nur zwei getötet«, sagte Halla. »Die beiden anderen sind nur verwundet. Anscheinend betrachten die Coway den Tod als ein unausweichliches, alltägliches Vorkommnis. Das ist eine primitive Gesellschaft, vergessen Sie das nicht. Nach ihrer Denkungsart sind die zwei, die ihr getötet habt, einfach ein bißchen früher gestorben als sonst. Ein Häuptling hat vorhin den Toten sogar vorgeworfen, eine falsche Entscheidung getroffen zu haben. Sie hätten auf Verstärkung warten sollen, meinte er. Er behauptete, die Schuld liege nicht bei euch, sondern bei den Toten, weil sie sich dumm verhalten hätten.«

»Das ist aber reichlich barbarisch«, murmelte die Prinzessin.

»Was sage ich denn die ganze Zeit?« meinte Halla. »Der mit der verletzten Schulter redet jedenfalls unaufhörlich davon, was für ein großartiger Kämpfer Sie sind, Luke.«

»Lichtschwert gegen Speere und Äxte – das ist nicht sehr fair«, sagte Luke bedrückt. Halla nickte.

»Darüber diskutieren sie jetzt.« »Ich verstehe nicht, Halla.«

»Ich habe versucht, ihnen alles zu erklären, als ihr beiden den Hang heruntergekommen seid. Ich habe versucht, ihnen klarzumachen, daß wir nicht nur von einem anderen Planeten kommen und anders sind als die Bergarbeiter, sondern auch, daß ihr beiden oben gegen die Menschen gekämpft habt und sie, wenn wir siegreich wären, von Mimban vertreiben würdet. Dann könnten die Coway wieder an die Oberfläche gehen, wann es ihnen beliebt.

Ein Häuptling ist ganz dafür, der zweite hält mich für die größte Lügnerin aller Zeiten, und der dritte ist unentschlossen. Darum geht das ganze Geschrei: Die beiden versuchen den dritten zu beeinflussen.« »Und was ist nun mit Ihrem Vorschlag?« fragte Leia.

»Ach der!« Halla wirkte verlegen. »Ich schlug vor, wenn sie sich nicht einig werden könnten, sollten sie doch Canu entscheiden lassen. So wie ich es sehe, ist Canu ihre Gottheit für richterliche Entscheidungen. Um Canu davon zu überzeugen, daß wir die Wahrheit sagen, braucht unser bester Kämpfer nur einen ihrer Stammesmeister zu besiegen.« Luke blinzelte. »Wie war das, Halla?«

»Keine Sorge«, sagte Halla. »Sie haben die Macht auf Ihrer Seite, nicht wahr?«

»Die Macht? Ich nehme lieber mein Lichtschwert.«

Sie schüttelte bedauernd den Kopf.

»Tut mir leid, mein Junge. Sie haben es ja selbst gesagt: Äxte und Speere gegen ein Lichtschwert, das ist nicht fair.«

Luke wandte sich bedrückt ab. »Ich bin keine Kampfmaschine, Halla, und Sie überschätzen die Nützlichkeit der Macht.«

»Luke, diese Leute sind keine Riesen.«

»Aber auch keine Zwerge. Was passiert, wenn wir uns auf den Wettkampf einigen und ich verliere?«

»Dann wird man uns wohl auf höchst primitive Weise die Kehlen durchschneiden«, gab Halla zurück. Luke starrte sie dumpf an. »Bitte, Luke. Ich habe mein Bestes gegeben. Es ist die einzige Möglichkeit für uns. Sie waren nicht dafür zu gewinnen, gegen einen der Jassem anzutreten. Sie halten sie nicht für intelligent.«

»Entweder das, oder sie sind nicht so primitiv, wie Sie glauben«, meinte die Prinzessin.

»Es ist nicht so sehr das, als vielmehr die Tatsache, daß es wir Menschen sind, die die Oberfläche des Planeten ausbeuten. Also sind wir diejenigen, die sich vor Canu beweisen müssen.«

Die weitere Diskussion wurde unterbunden, als die drei Häuptlinge plötzlich ihr Gespräch abbrachen. Einer von ihnen drehte sich um und rief Halla etwas zu. Sie lauschte aufmerksam und grinste dann.

»Es klappt. Sie sind bereit, sich Canus Urteil zu unterwerfen.« Sie sah Luke besorgt an. »Ich bin eine alte Frau, Luke, aber ich habe schon gesagt, daß ich noch recht lange leben möchte. Lassen Sie mich nicht im Stich.«

»Sie müssen siegen, Luke«, sagte die Prinzessin. »Wenn ich nicht früher oder später mit der Untergrundbewegung auf Circarpous zusammentreffe, wird unser Fortbleiben sie wahrscheinlich veranlassen, sich der Allianz dauernd zu versagen.«

Lukes Blick ging zwischen Halla und Leia hin und her.

»Der Allianz? Und was ist mit mir? Ich soll euch nicht im Stich lassen. Hört mal zu, ihr beiden.« Er tippte sich auf die Brust und sah Leia an. »Es ist letzten Endes wichtiger, daß ich am Leben bleibe, als ein vages patriotisches Opfer zu bringen. Oder«, fuhr er fort und wandte sich Halla zu, »Sie aus einer Klemme zu befreien, die Sie hätten vermeiden können. Sie sind diejenige, die sich auf Mimban auskennt.«

»Luke, mein Junge –«, begann sie.

Er winkte ab.

»Nicht jetzt. Es spielt keine Rolle mehr.« Er gab Leia das Lichtschwert. »Also gut ... Wie lauten die Regeln? Und gegen wen kämpfe ich? Machen wir ein Ende ... so oder so.«

»Ihr kämpft«, übersetzte Halla mühsam die Worte des Häuptlings, »bis einer von euch aufgibt oder tot ist. Das Wort für Aufgeben ist *saen*. Das ist aber nicht von Bedeutung, weil Sie nichts zu gewinnen haben, wenn Sie es aussprechen.«

Luke gab nur einen Brummlaut von sich und ging auf die Häuptlinge zu. Die ganze Versammlung redete nun durcheinander, anscheinend in Erwartung des bevorstehenden Kampfes. Luke spürte, daß er trotz der kühlen Luft zu schwitzen begann.

Die Menge wich auseinander, und Luke sah zum erstenmal den Coway, gegen den er antreten sollte. Seine Spannung ließ ein wenig nach. Das Wesen war zwar breiter als er, aber von gleicher Größe. Es wirkte auch nicht besonders bösartig. In der Menge gab es größere und auch wilder aussehende Coway. Dieses bescheiden aussehende Exemplar war aber der auserwählte Meister. Es mußte dafür einen Grund geben, den er früher kennenlernen würde, als ihm lieb war. Er betrachtete seinen Gegner argwöhnisch. Der Coway starrte ihn an, verbeugte sich tief und vollführte mit beiden Armen eine komplizierte Bewegung.

Luke, der das nicht nachzuvollziehen vermochte, führte den Allianz-Gruß aus. Aus der Menge tönte ein Gemurmel, das nach Anerkennung klang. Es mochte vielleicht auch heißen, er würde nun in kleine Stückchen zerrissen werden, aber er zog es vor, lieber das erste zu glauben.

Der Coway ging an ihm vorbei und blieb auf der anderen Seite des Teiches stehen.

»Was soll ich jetzt machen?« rief Luke Halla zu.

»Gehen Sie auf diese Seite des Teichs und stellen Sie sich ihm gegenüber«, erfuhr er. »Wenn der zweite Häuptling, das ist der in der Mitte mit den blauen Stacheln am Kragen, den rechten Arm sinken läßt, geht ihr aufeinander los.« Ihre Stimme klang ernst.

»Müssen wir im Wasser kämpfen?« fragte er besorgt.

»Das hat niemand gesagt.«

»Gut.«

Aus der Menge drang ein kurzes, schreckenerregendes Geheul, dann wurde es totenstill. Der mittlere Häuptling hob den Arm und ließ ihn heruntersausen. Augenblicklich kam der Coway durch den Teich auf Luke zu.

Luke tänzelte auf seiner Seite umher und versuchte zu überlegen, wie er handeln sollte. Auf den Körper oder auf den Kopf zielen? Unter dem grauen Fell war nicht ohne weiteres eine verwundbare Stelle zu erkennen. Anfeuerungsrufe der Zuschauer hallten von den Höhlenwänden wider.

»Warum haben Sie Luke das Wort für Aufgabe gesagt, wenn er nichts damit erreichen kann?« flüsterte Leia Halla zu.

»Wenn er in die Klemme gerät, hoffe ich, daß er es als letzten Ausweg gebraucht«, wisperte Halla.

»Aber warum denn?«

»Weil es nicht der Ausdruck der Coway ist, den sie benutzen, wenn sie aufgeben wollen, sondern eine Beschimpfung. Es hat etwas mit der Herkunft zu tun, glaube ich.«

Die Prinzessin fuhr herum und sah sie entsetzt an.

»Im Namen der Allianz, warum haben Sie das getan?«

»Ich dachte, es nützt uns vielleicht, wenn Luke etwas Trotziges schreit, während der Kerl ihn erdrosselt. Wir haben nichts dabei zu verlieren. Luke auch nicht. Die Coway bewundern Standhaftigkeit.«

Die Prinzessin war zu betroffen und angewidert, um darauf zu antworten. Halla starrte an ihr vorbei zum Teich.

»Wenn wir Glück haben, braucht er das Wort gar nicht auszusprechen«, meinte sie gelassen. »Außerdem können wir jetzt ohnehin nichts mehr tun.«

Luke sprang am Ufer herum und versuchte einzuschätzen, wie beweglich sein Gegner war. Entweder war er zu schlau, um zu reagieren, oder, was wahrscheinlicher war, es kümmerte ihn gar nicht. Der Coway ging geradewegs auf Luke zu, spritzend und planschend, ohne Rücksicht auf das, was Luke im Sinn haben mochte.

Was Luke anging, so war sich der Coway seiner Sache offenbar mehr als sicher. Blieb Luke, wo er war, würde der Coway aus dem Wasser zu ihm hinaufsteigen müssen, was Luke einen kleinen Vorteil verschaffen mußte. Er blieb stehen und wartete.

Der Coway breitete die Arme aus und griff an.

Luke erwiderte den direkten Angriff direkt. Als der Coway herankam, zielte er mit einem kraftvollen Boxhieb auf sein Kinn. Vielleicht besaßen die Coway Glaskinne. Das Kinn des Coway bestand aber aus Granit, nicht aus Glas. Trotzdem hielt Lukes Hieb ihn auf – eine Sekunde lang.

Als er wieder anrückte, traf Luke mit der anderen Faust die Stelle, wo bei einem Menschen die Magengrube ist. Der Coway wurde aber nicht einmal langsamer. Luke versuchte unter einem ausgestreckten Arm wegzutauchen, aber der Eingeborene war erstaunlich schnell. Er packte Luke an einer Schulter und wirbelte ihn herum.

Luke versuchte verzweifelt zurückzuweichen und stand plötzlich im Wasser. Der Teichgrund war schlüpfrig, er rutschte aus und stürzte nach hinten. Als der Coway sich auf ihn warf, wirbelte er herum und fand sich plötzlich *über* seinem Gegner.

Mit beiden Händen versuchte er, den behaarten Kopf unter Wasser zu drücken. Aber der wich und wankte nicht.

Luke begriff immer besser, weshalb die Coway dieses etwas kleinere Exemplar als ihren Repräsentanten vor Canus Gericht ausgewählt hatten. Er war wendig und biegsam, und unter dem täuschend weich aussehenden Pelz verbargen sich harte, kompakte Muskeln.

Sonst keine Regeln, ermahnte er sich. Mit einer Hand suchte er am glatten Teichgrund nach einem Stein, nach irgend etwas Festem, das kleiner war als seine Faust. Er fand nur Sand und verlor durch das Herumtasten das Gleichgewicht. Der Coway warf ihn ab und fiel auf seine Brust. Luke entdeckte schnell, daß sein eigener Kopf – im Gegensatz zu dem des Eingeborenen – sehr leicht unter die Wasseroberfläche zu drücken war.

Ein paar Zentimeter Wasser genügten, um das Gebrüll der Menge in ein dumpfes Echo zu verwandeln. Er starrte nach oben. Verzerrt vom Wasser, funkelte ihn das Froschgesicht des Coway an. Unerbittlicher Druck hielt ihn mit einer Hand unter Wasser, während der Eingeborene sich mit der anderen abstützte.

Verzweifelt warf Luke sich nach rechts. Sein Mund stieß an etwas Warmes, und er biß heftig zu. Der Coway riß sich ruckartig los. Lukes Kopf tauchte aus dem Wasser auf, und er saugte gierig Luft in sich hinein. Der Lärm der Zuschauer überfiel ihn erneut wie ein zweiter Gegner. Im Hintergrund konnte er Halla, Leia und Dreipeo aufmunternd schreien hören. Die beiden Jassem heulten und johlten, während Erzwo so laut schrillte und pfiff, daß er die Hälfte der Coway zu übertönen vermochte.

Wenn nur Hin an Lukes Stelle gewesen wäre, dann hätte der Coway über ihm nicht so gegrinst. Als die Hand, in die er gebissen hatte, seinen Schädel von neuem packte, warf Luke sich herum und suchte mit beiden Händen am Körper des Coway nach einer verwundbaren Stelle. Die Stellen, auf die Luke es besonders abgesehen hatte, blieben jedoch außer Reichweite.

Ungeduldig packte der Coway Lukes Kopf mit der anderen Hand, damit die Rechte fester zugreifen konnte. Luke merkte, daß er, so im Gleichgewicht, das Wasser zu nutzen vermochte. Er bäumte sich auf und drehte sich herum. Der schwankende Eingeborene stürzte seitwärts in den Teich.

Völlig durchnäßt und halb ertränkt, raffte Luke sich auf. Auch der Coway erhob sich und griff wieder an.

Diesmal gebrauchte Luke das rechte Bein. Sein Fuß, in den er alle noch vorhandene Kraft legte, schoß förmlich aus dem Wasser und traf den Coway in der Körpermitte, etwa dort, wo sich bei einem Menschen der Magen befand. Ob es an der Wucht des Treffers lag oder an der Tatsache, daß eine verletzlichere Stelle getroffen war, der Coway stieß einen dumpfen Laut aus und setzte sich hart ins Wasser.

Luke stieß wieder mit dem Fuß zu. Aber der Coway war nicht so betäubt, daß er den Stoß nicht mit einem Arm abgefangen hätte, so daß Luke stürzte. Als er versuchte, sich herumzuwerfen, berührten seine Hände etwas Längliches, Unnachgiebiges: einen Stein. Bevor er ihn aber als Waffe gebrauchen konnte, packte die gefürchtete Hand seines Gegners sein Genick und drückte ihn brutal hinunter, so hart, daß Lukes Gesicht in den Sandboden des Teiches gepreßt wurde. Er spürte, wie die Sandkörner in seine Nase drangen.

Seine Gedanken zerflossen, als das Blut die letzten Spuren Sauerstoff aus seiner Lunge trug. Eine Stimme irgendwo in einem Winkel seines Gehirns drängte ihn, sich zu entspannen. Er war müde, so müde.

Der Coway glaubte an eine List und lockerte den Griff nicht. Eher drückte er noch fester zu, weil er spürte, daß er dem Sieg nahe war. Dann verschwand, wie durch ein Wunder, die Last auf Lukes Nacken. Unfähig, sich zu verteidigen, zurückzuschlagen, schwamm Luke an die Oberfläche auf.

Luft! Das köstlichste aller Gase füllte seine verdorrte Lunge, diesen geschwächten Blasebalg, der nun mit jedem Atemzug stärker pumpte. Er hustete Wasser heraus und blieb auf den Knien liegen, im Freudenrausch darüber, wieder atmen zu können. Erst als die panikartige Gier seines Körpers nach Sauerstoff nachließ, fiel ihm ein, den Kopf zu drehen und nach seinem Gegner Ausschau zu halten.

Vom Kopf des Coway tropfte Blut ins klare Teichwasser. Er lag auf dem Rücken, offenkundig bewußtlos, vielleicht sogar tot.

Luke kroch auf Händen und Knien, halb betäubt und verwirrt, zu dem regungslosen Coway. Mit einer Hand berührte er dessen Gesicht. Nichts rührte sich. Es handelte sich nicht um eine List.

Plötzlich war neben ihm jemand im Wasser.

»Sie haben gewonnen, Luke, Sie haben ihn besiegt!« schrie ihm die Prinzessin ins Ohr. Sie hatte beide Arme um ihn geschlungen und stürzte beinahe mit ihm ins Wasser.

»Begreifen Sie denn nicht?« rief sie. »Sie haben gewonnen. Wir sind alle frei. Das heißt«, fuhr sie leiser fort und starrte auf die stummen Zuschauer, bemüht, keine Furcht zu zeigen, »wenn diese Wesen Ehrgefühl haben.«

»Darüber würde ich mir keine großen Gedanken machen, Leia«, sagte er und wischte sich das Wasser vom Gesicht. »Canu hat entschieden, oder nicht? Außerdem braucht es Jahrtausende fortgeschrittener technologischer Entwicklung, bis in einer Gesellschaft die Ehre zu einer moralischen Binsenweisheit verfällt, die jeden echten Sinn verloren hat.

Sorgen würde ich mir nur machen, wenn das eine Arena des

Imperiums wäre.« Er warf einen Blick auf die Menge. »Ich glaube, die Coway halten ihr Wort.«

»Das werden wir sehen«, sagte sie. Sie legte seinen linken Arm um ihre Schultern und half ihm auf die Beine. Als sie aus dem Teich stiegen, hörte Luke etwas gurgeln und schnauben. Ein Blick zur Seite zeigte ihm, daß sein Gegner sich zu regen begann. Er war froh darüber, daß der Coway noch lebte.

Als das immer deutlicher wurde, lösten sich mehrere Coway aus der Versammlung und liefen auf den Besiegten zu. Luke spürte für einen Augenblick Besorgnis. Er hatte von primitiven Gesellschaften gehört, wo der entehrte oder besiegte Angehörige eines Stammes getötet wurde.

Es sah danach aus, als seien die Coway gereiftere Wesen. Sie setzten ihren unterlegenen Meister auf und hielten ihm eine Art Brennpflanze unter die Nase. Luke fing einen Schwall davon auf und spürte, wie seine Kräfte zurückkehrten. Er versuchte vorbeizuhasten. Selbst wenn der Coway tot gewesen wäre, hätte ihn ein Hauch des unfaßbar scharfen Rauchs wieder zum Leben erweckt, dachte er erleichtert.

Dann fiel ihm etwas auf, und er blieb verblüfft stehen. Was ihn bannte, war nicht die Wiederbelebungsmethode der Coway oder die heftige Reaktion des besiegten Kämpfers, sondern ein Stein. Fast so groß wie ein Männerschädel, lag er neben dem Kopf des Coway im Wasser.

Seine Fingerspitzen bewahrten noch die Erinnerung an diesen Stein. Es war der, den er vor dem Aussetzen seiner Sinne berührt hatte. Oder war er gar nicht ohnmächtig geworden? Es schien, als habe etwas ganz tief in ihm Liegendes, eine Kraft, von deren Vorhandensein er nichts geahnt hatte, am Rand des Erstickungstodes eingegriffen, um ihm zu helfen, den Stein zu heben, sich umzudrehen und ihn zu schleudern.

Dabei konnte er sich nicht einmal daran erinnern, beide Hände um den Stein gelegt, geschweige denn ihn aus dem Wasser gehoben und geworfen zu haben.

»Wie habe ich es gemacht?« fragte er Leia.

»Gemacht? Was gemacht?«

»Ihn ... besiegt«, sagte er erschöpft.

Ihr Blick glitt zwischen dem Coway und Luke hin und her.

»Soll das heißen, Sie erinnern sich nicht?« fragte sie. Er schüttelte den Kopf. »Ich dachte, alles ist aus, als Sie das zweite Mal unter Wasser gedrückt wurden. Wahrscheinlich habe ich mir unnötige Sorgen gemacht, aber Sie haben uns alle ordentlich getäuscht, als Sie so lange unter Wasser blieben.«

Ich habe nicht gespielt, dachte Luke.

Die Prinzessin lächelte.

»Dann haben Sie den großen Stein geschleudert und den Coway genau an der Schläfe erwischt. Er hatte nicht damit gerechnet. Er versuchte nicht einmal auszuweichen. Ich habe nicht gedacht, daß Sie so raffiniert sind, Luke.«

Luke hätte widersprechen und erklären können, er habe auch nicht damit gerechnet. Nur die offenkundige Bewunderung, die aus den Augen der Prinzessin leuchtete, hinderte ihn daran. Darüber können wir später auch noch sprechen, sagte er sich.

Aber eines schien unwiderlegbar zu sein: Auf irgendeine Weise hatte er den Stein geschleudert. Das war das Entscheidende.

Sie gelangten zu Halla und den anderen. Alle versuchten gleichzeitig, ihm zu gratulieren. Luke ließ sich von Leia sein Lichtschwert zurückgeben, stellte es auf Minimalleistung und durchschnitt die Ranken, mit denen Halla an den Stalagmiten gefesselt war. Die alte Frau stürzte beinahe zu Boden, weil ihre Beine völlig gefühllos waren. Die Prinzessin stützte sie.

»Danke, Leia.« Halla bückte sich und rieb ihre Schenkel.

Luke trat zu den Jassem und den Droiden, um sie zu befreien. Einer der Häuptlinge, der das Signal für den Beginn des Kampfes gegeben hatte, trat zwischen Luke und Kee. Einen schrecklichen Augenblick lang glaubte Luke, die Coway völlig falsch eingeschätzt, sie mit romantischem statt mit realistischem Blick betrachtet zu haben. Würde er noch einmal kämpfen müssen? Oder mußten die Jassem, als nichtmenschliche Wesen, eine Gewalttat vollbringen, um ihre Freiheit wiederzuerlangen?

Er machte sich grundlos Sorgen. Der Häuptling hatte lediglich die Absicht, Canus Urteil auf eine für alle verständliche Weise zu illustrieren. Er zog ein scharfgeschliffenenes Messer aus Vulkanglas heraus und durchschnitt die Fesseln der Jassem und der Droiden.

Lukes Erleichterung war von kurzer Dauer. Als er sich umdrehte, sah er, daß mehrere Coway seinen Gegner heranführten. Der Besiegte schüttelte seine Begleiter ab, als er vor Luke stand.

Luke packte das Lichtschwert fester und wartete. Kee schnatterte drohend, aber Luke hob abwehrend die Hand.

Der Coway-Krieger streckte beide Arme aus, packte Luke an den Schultern und zog ihn zu sich heran. Luke glaubte schon, das Lichtschwert gebrauchen zu müssen, als sein Gegenüber ihm einen Backenstreich versetzte.

Luke blinzelte. Der Schlag war beinahe kräftig genug gewesen, ihn umzuwerfen. Der Coway murmelte etwas, aber es klang nicht wie eine Herausforderung.

»Stehen Sie nicht einfach da«, sagte Halla belustigt. »Geben Sie den Schlag zurück.«

»Was?« sagte Luke verwirrt. »Ich dachte, der Kampf ist vorbei.«

»Ist er auch. Das ist seine Art einzuräumen, daß Sie der Stärkere sind. Na los, revanchieren Sie sich.«

»Na ja ...« Mit der rechten Hand gab er dem Coway eine Ohrfeige, daß es ihm den Kopf herumriß. Trotz Hallas Behauptung machte er sich auf eine gewaltsame Reaktion gefaßt, aber der Eingeborene zeigte eine zufriedene Miene und sank vor Luke auf die Knie, während die Zuschauer ihre Zustimmung herausbrüllten.

Als der Krieger beiseite getreten war, kam ein zweiter Häuptling heran. Er richtete seine Worte in feierlicher Art an Luke.

»Soviel ich verstehen kann, sind wir eingeladen, heute abend an einem Fest teilzunehmen«, sagte Halla leise.

»Wie unterscheiden Sie die Nacht vom Tag?« fragte die Prinzessin.

»Wahrscheinlich sind an den Zugängen zur Oberfläche Beobachter aufgestellt«, meinte Halla. »Wenn sie nicht immer unter Tage gelebt haben, werden sie bei der Zeitrechnung wohl so verfahren.«

»Können Sie nicht für uns alle ablehnen?« fragte Luke. »Sagen Sie ihnen, wie dringend es ist, daß wir an die Oberfläche zurückkehren.«

Halla unterhielt sich leise mit dem Häuptling, der bereitwillig antwortete.

»Es ist eigentlich keine Bitte, Luke. Wenn wir die Einladung ablehnten, würden wir nicht nur ihre Gastfreundschaft, sondern auch Canu beleidigen. Wir haben natürlich die Wahl. Wenn wir uns weiterhin weigern, brauchen wir nur jemanden aus unserer Mitte zu bestimmen, der mit einem ihrer Meister kämpft, und dann –«

»Mir ist eben klar geworden, wie hungrig ich bin«, unterbrach sie Luke.

11

Es war durch nichts zu erkennen, wann die Nacht hereinbrach. In der riesigen Höhle blieb es gleichmäßig hell, als die Festlichkeit begann. Die leuchtenden Pflanzen des Mimban-Inneren hielten sich an Abläufe, die von den unsichtbaren Bahnen astronomischer Körper unbeeinflußt blieben.

Nachdem Luke seine Kleidung am ständig lodernden Großfeuer getrocknet und sich wieder angezogen hatte, fühlte er sich wohler. Nur sein Genick schmerzte noch, wo die harten Finger des Coway zugepackt hatten.

In einer Reihe konzentrischer Kreise rund um den Teich wurden große Platten mit exotisch aussehenden Speisen herumgereicht. Die Besucher sahen sich unterhalten von endlosen Tänzen, trotz der wimmernden rhythmischen Musik erträglich gemacht durch die wahrhaft erstaunlichen Hoch- und Weitsprünge der Tänzer.

Halla fällte über jede Platte ihr Urteil und gab an, welche Speisen für den menschlichen Organismus zuträglich waren und welche nicht. Was für den Menschen galt, entsprach anscheinend auch den Jassem, wenngleich sie ein, zwei magenpeinigenden Ausnahmen begegneten.

Luke aß mit guter Miene. Er hielt Hallas Bewertungen in einigen Fällen für ausgesprochen unzureichend, verzehrte aber genug, um die bemühten Gastgeber zufriedenzustellen.

Das meiste schmeckte zwar wie zerkochtes Raumjäger-Isoliermaterial, aber ein paar von den unterirdischen Leckerbissen waren geradezu schmackhaft. Er versuchte, sich auf sie zu konzentrieren. So fremdartig ihr Ursprung auch sein mochte, was man ihm vorsetzte, war frisch und eine willkommene Abwechslung von den Konzentratwürfeln.

Die Prinzessin, die links neben ihm saß, schien die Vorführungen sehr zu genießen. Ihre Empfindungen Mimban gegenüber schienen jedenfalls frei von Kritik an den hier gepflegten Künsten zu sein.

Als er sie danach fragte, erhielt er eine überraschende Antwort.

»Das ist einer der schweren Makel des Imperiums, Luke«, sagte sie mit Nachdruck. »Die Kunst ist dort so dekadent wie die Herrschenden. Beide leiden an einem Mangel an schöpferischer Lebenskraft. Das hat mich ursprünglich überhaupt zur

Allianz gezogen, nicht die Politik. Politisch war ich wahrscheinlich genauso naiv wie Sie.«

»Ich verstehe nicht ganz«, sagte er trocken.

»Als ich im Palast meines Vaters lebte, langweilte ich mich tödlich, Luke. Als ich untersuchte, warum mich nichts reizen konnte, entdeckte ich, daß das Imperium jeden originellen Gedanken unterdrückte. Totalitäre Regimes fürchten jede Art von freiem Ausdrucksvermögen. Eine Skulptur kann ein Manifest sein, ein Abenteuer in Manuskriptform ein Aufruf zur Rebellion. Von korrupter Ästhetik zu korrupter Politik war der Schritt kleiner, als die meisten Leute begriffen.«

Luke nickte, obwohl er nicht ganz sicher war, daß er alles verstanden hatte. Der Prinzessin war es jedenfalls sehr wichtig, das sah man.

Er griff nach einer kleinen Frucht, die einem rosaroten Miniaturkürbis glich. Er biß vorsichtig hinein. Blauer Saft spritzte über seine Brust, und Halla und die Prinzessin lachten.

»Was haben Sie von einem ungebildeten Bauernburschen erwartet?« murmelte er und grinste.

»Ich finde, daß Sie für einen ungebildeten Bauernburschen der erfahrenste Mann sind, den ich kenne«, sagte die Prinzessin leise, ohne ihn anzusehen.

Er drehte ihr überrascht den Kopf zu. Ihre Blicke trafen sich, und es gab eine kleine, lautlose Explosion, bevor sie sich hastig abwandte.

Er dachte angestrengt über Dinge nach, mit denen er sich seit geraumer Zeit nicht zu befassen gewagt hatte, und biß wieder in die Frucht.

Plötzlich öffnete sich seine Hand; die Frucht fiel zu Boden, als Luke emporschoß, die Augen weit aufgerissen. Die Prinzessin stand betroffen auf.

»Luke … was ist denn?« Er trat schwankend ein paar Schritte zur Seite.

»War es das Obst, Luke?« sagte Halla besorgt. »Luke?«

Er drehte sich um und starrte sie an.

»Was?«

»Wir sind erschrocken, Master Luke. Sie …« Dreipeo verstummte, als Luke sich abwandte und nach Osten starrte.

»Er kommt«, sagte er halblaut. »Er ist nah, ganz nah.«

»Luke, reden Sie vernünftig, oder Hin muß Sie festhalten, und ich füttere Sie mit Dipillen«, sagte Halla. »Wer kommt?«

»Da war eine Regung«, flüsterte Luke. »Eine tiefe Störung der Macht. Ich habe sie vorher schon ganz schwach gespürt. Am stärksten war sie, als Ben Kenobi getötet wurde.«

Leia atmete scharf ein, und ihre Augen weiteten sich.

»Nein, nicht er, nicht hier.«

»Etwas Finsteres bewegt die Macht, Leia«, sagte Luke. »Gouverneur Essada muß ihn verständigt und hierhergeschickt haben. Er würde alles daransetzen, uns beide zu finden.«

»*Wer* denn?« schrie Halla ungeduldig.

»Lord Darth Vader«, murmelte Leia kaum hörbar. »Der Schwarze Lord. Wir … sind einander schon begegnet.« Ihre Hände zitterten.

Eine laute Eingeborenenstimme brach das Schweigen. Die Musik hörte auf. Die Tänzer kamen zum Stillstand.

Alle drei Häuptlinge standen auf und starrten den Stammesgenossen an, der auf die festliche Versammlung zustürmte. Der Läufer brach in den Armen eines der Häuptlinge zusammen, stammelte abgerissene Sätze. Der Häuptling ließ den Kurier zu Boden gleiten, drehte sich um und unterrichtete mit weit ausholenden Gesten seine Leute.

Die Freude der versammelten Coway wurde von Bestürzung verdrängt. Die meisten sprangen auf, liefen wild durcheinander, schwangen die behaarten Arme und rissen entsetzt die Augen auf. Essen, Geräte und Instrumente waren vergessen, wurden in den Boden getrampelt oder umgestürzt.

Der Häuptling ging auf die Gäste zu und begann auf Halla einzureden.

»Was hat er gesagt?«
Sie wandte sich Luke und den anderen zu.

»Menschen sind hierher unterwegs. Menschen in harter Schale. Im Hauptgang, von der Oberfläche herab. Auf dem Weg, den wir genommen haben.« Sie wirkte angewidert und zornig. »Viele Menschen mit Todesstäben. Sie haben bereits zwei Coway getötet, die in der Nähe des Ausgangs Nahrung sammelten und zu flüchten versuchten.«

»Sturmtruppen, gepanzerte Soldaten des Imperiums«, sagte Luke dumpf. »Muß wohl so sein, seit ich die Präsenz gespürt habe.«

»Aber wie kann Vader uns hier gefunden haben?« fragte die Prinzessin scharf. »Wie denn?« Luke lauschte auf etwas, das die anderen nicht hören konnten, und sie wandte sich an Halla. »Kann man der Spur unseres Sumpfschleppers gefolgt sein?«

Halla überlegte.

»Möglich, aber eigentlich würde ich es bezweifeln. Es gab viele Stellen, wo wir durch den Sumpf beinahe geschwommen sind und keine Spur hinterlassen haben können. Aber es ist denkbar, daß ein Ortungsgerät unseren Weg trotzdem verfolgt hat. Erstaunlich wäre es auf jeden Fall. Ich kenne die Geländeorter des Imperiums alle, und so gut ist keiner.«

»Und selbst wenn, wie wären sie vom demolierten Schlepper zum Höhlenzugang gelangt?« fragte die Prinzessin. »Wie konnten sie wissen, daß wir hier unten sind?«

»Vielleicht dachten sie, wir würden unter Tage Zuflucht suchen, nachdem unser Schlepper zerstört worden war«, meinte Halla. »Aber ich begreife immer noch nicht, wie sie gewußt haben können, daß wir uns in dieser einen Höhle hier aufhalten.«

»Das liegt wohl an mir.« Sie fuhren herum und starrten Luke an. »So, wie ich Vader gespürt habe, kann er wohl auch mich wahrnehmen. Er hat mit der Macht viel mehr Erfahrung als ich, seine Sinne werden also schärfer sein. Er war ein Schüler von

Obi-wan Kenobi, vergeßt das nicht.« Er warf einen Blick zum Tunnel, der an die Oberfläche Mimbans führte.

»Er kommt uns nach.«

Ein Droide konnte nicht ohnmächtig werden, aber Dreipeo gelang eine überzeugende Nachahmung. Erzwo rügte seinen Begleiter.

»Erzwo hat recht, Dreipeo«, sagte Luke. »Wenn du dich abschaltest, ist niemandem geholfen.«

»Das ... weiß ich, Sir«, erwiderte der goldene Droide, »aber ein Schwarzer Lord ist unterwegs hierher. Allein schon der Gedanke daran überfordert meine Sensoren.«

Luke lächelte grimmig.

»Die meinen auch, Dreipeo.«

Die beiden anderen Häuptlinge traten zu ihrem Kollegen und begannen wild durcheinanderzuschnattern; sie gestikulierten und schwangen die Arme. Luke hatte den Eindruck, daß viele Gesten und Worte sich auf die drei Menschen bezogen, die in der Nähe standen.

Schließlich drehten die Häuptlinge sich um und starrten Luke erwartungsvoll an. Verwirrt suchte er bei Halla eine Erklärung. Was sie ihm sagte, gefiel ihm nicht besonders.

»Sie sagen, Sie hätten ihren besten Mann besiegt und wären deshalb der größte Krieger hier.«

»Das war Glückssache«, sagte Luke.

»Von Glück haben sie keine Vorstellung«, erwiderte Halla. »Nur die Ergebnisse zählen für sie.«

Luke trat von einem Bein auf das andere. Es machte ihn verlegen, daß die Häuptlinge ihn durchdringend und unverwandt anstarrten.

»Tja, und was erwarten sie von mir? Sie denken doch nicht daran, sich zu wehren? Äxte und Speere gegen Lasergewehre?«

»Die Unterschiede mögen groß sein, was die Technologie angeht«, erklärte die Prinzessin und sah ihn scharf an, »aber in jeder anderen Beziehung würde ich die Leute hier nicht unterschätzen. Sie haben zwei ausgewachsene Jassem ohne modernes Gerät gefangengenommen. Ich bezweifle, ob eine Gruppe von Menschen es hätte besser machen können.

Und sie kennen die Gänge und Tunnels, Luke. Sie wissen, wo die Schlundlöcher sind und wo man festen Boden erwarten kann. Die Macht ist keine geologische Erscheinung ... Vielleicht haben wir doch eine Chance.«

»Die Coway würden sich besser aufs Verhandeln verlegen«, murmelte Luke skeptisch.

»Nichts zu machen, Luke«, sagte Halla, nachdem sie sich kurz mit einem der Häuptlinge besprochen hatte. »Eine Großinvasion ist etwas anderes als das Auftauchen von ein paar Versprengten. Sie wollen kämpfen. Canu wird entscheiden.« Sie lächelte.

»Wenn ich nur Ihr Zutrauen zur Eingeborenen-Jurisprudenz hätte, Halla.«

»Sie haben keinen Grund, sich zu beklagen. Canu hat Sie nicht im Stich gelassen, oder?«

»Luke«, sagte die Prinzessin flehend, »wir haben keinen Ort, wohin wir fliehen können. Das haben Sie selbst zugegeben. Wenn Vader weiß, daß Sie hier sind, weiß er vermutlich auch, daß ich bei Ihnen bin. Er wird nicht ruhen, bis ...« Sie zögerte, räusperte sich und fuhr fort: »Er wird sich durch nichts aufhalten lassen, Luke, und wenn er uns bis in den inneren Kern von Mimban folgen muß. Das wissen Sie. Wir haben keine Wahl. Wir *müssen* kämpfen.«

»Vielleicht wir«, räumte er ein, »aber nicht die Coway.«

»Sie werden es tun, ob Sie mitmachen oder nicht, Luke«, sagte Halla. »Wir haben schon behauptet, daß wir gegen das sind, was das Bergwerksunternehmen repräsentiert. Die Häuptlinge wollen, daß wir Ernst machen.«

Lukes Gedanken wirbelten durcheinander, prallten manchmal zusammen und bildeten einen einzigen Wirrwarr, bis er sich nur noch nach einem ruhigen, stillen Versteck sehnte.

Aber … er hatte das Davonlaufen satt.

Und sie waren nur davongelaufen, seit Leia und er den Boden dieses Planeten betreten hatten. Er wurde sich bewußt, daß Halla, Leia und die drei Coway-Anführer gespannt auf seine Reaktion warteten. Die Miene der Prinzessin war unergründlich.

Er fällte die einzige Entscheidung, die er fällen konnte …

In der Hektik der Vorbereitungen, die man anschließend traf, entdeckte Luke, daß die Coway nicht so hilflos waren, wie er angenommen hatte. Es stellte sich heraus, daß die Eingeborenen schon früher Überfälle von der Oberfläche aus erlebt hatten, sowohl von fleischfressenden Raubtieren wie von anderen primitiven Stämmen.

Luke verfolgte bewundernd, wie die Coway sich rüsteten, der menschlichen Invasion zu begegnen, und enthielt sich meist unklarer Ratschläge. Sie gingen ihren Vorbereitungen begeistert und mit grimmiger Freude nach.

Luke empfand Dankbarkeit für ihre Tätigkeit wie für ihre Einstellung. Das linderte seine Hauptsorge ein wenig: die Furcht, daß Hunderte von Coway ihr Leben verlieren würden, um die Prinzessin und ihn zu verteidigen. Es war ein angenehmes Gefühl, herauszufinden, daß sie seinen Zorn auf die gepanzerten Gestalten, die von oben herabkamen, teilten.

Erleichtert stellte Luke fest, daß die Prinzessin – dank der von den Truppen des Imperiums angewandten Taktik – zu wütend war, um echte Angst zu empfinden. Er versuchte ihren Zorn noch zu schüren und dafür zu sorgen, daß sie wenig über Vader nachdachte.

»Energiewaffen im Einsatz gegen primitive Wesen«, murmelte sie empört. »Wieder eine eklatante Verletzung der imperialen Verfassung. Wieder ein Grund mehr für die Allianz, den Kampf fortzusetzen.«

»Die Coway würden von diesen Gefühlen nicht viel halten, junge Dame«, sagte Halla, »weil sie uns für die Primitiven halten. Und wenn man danach geht, wie Grammel und seine Helfershelfer mit den einheimischen Rassen hier umgegangen sind, müßte ich unseren Freunden sogar recht geben ...«

Während die Verteidiger ihre Strategie für den bevorstehenden Kampf ausarbeiteten, hatten Luke und die Prinzessin nicht viel mehr zu tun, als die Wirkungen und Grenzen der Waffen zu erläutern, denen sie sich vermutlich gegenübersehen würden.

Wenigstens waren sie nicht allein auf Äxte und Speere beschränkt, dachte er. Er wog seine Pistole in der Hand und genoß ihre tödliche Schwere. Es war eine der Waffen, die man Halla und den Jassem bei der Gefangennahme abgenommen, inzwischen aber wieder zurückgegeben hatte.

Hin hatte sich sofort umgedreht und Leia sein Lasergewehr überreicht. Er erklärte Luke, daß er sich mit der riesigen Streitaxt wohler fühlte, die er von den Coway bekommen hatte. Kee zog es vor, sein Gewehr zu behalten.

Luke half bei der Anbringung eines Netzes, als ein hallender Knall wie ein Donnerschlag durch den gewundenen Tunnel fegte. Nach Hallas Angaben befanden sich die Eindringlinge jetzt etwa in der Mitte zwischen der Höhlenstadt und dem Zugang an der Oberfläche.

»Sturmgewehr E II«, sagte die Prinzessin fachmännisch, als die letzten Echos des Schusses verhallten. »Strahlstärke 0,25 Zentimeter, Dauerfeuer nur bei Minimalleistung.« Sie versuchte, das schwere Gewehr zurechtzurücken.

Die Coway vermochten zwar nicht so genau wie die Prinzessin zu erkennen, worum es sich handelte, aber die Bedrohlichkeit war auch für sie erkennbar, stand außer Zweifel. Sie stürzten sich noch wilder in die Arbeit.

Von einer Reihe vorgeschobener Posten tönte ein Ruf herüber. Vor Lukes Augen begannen die Coway zu verschwinden, an Stellen, wo er es nicht für möglich gehalten hätte. Sie verschwanden in Spalten und Rissen, im Boden, glitten in Löcher in der Höhlendecke, erstarrten hinter künstlichen Fließsteinmauern.

Luke und die Prinzessin eilten zu Halla. Die beiden Jassem nahmen ihre vorgesehenen Positionen ein und mischten sich unter die weniger gut getarnten Coway. Die beiden Droiden suchten Deckung.

Halla beendete ihr Gespräch mit einem der drei Häuptlinge und wandte sich Luke und Leia zu.

»Wie viele?« war Lukes erste Frage.

»Die Späher wissen es nicht genau«, erwiderte sie. »Zum einen haben auch die Sturmtruppen Späher ausgeschickt. Daher der Schuß vorhin. Außerdem sind sie ziemlich auseinandergezogen. Wenn ich die Zählweise der Coway richtig verstehe, müssen es aber mindestens siebzig Mann sein.«

»Alle zu Fuß?« fragte die Prinzessin.

»Ja. Sie hatten keine andere Wahl, und das ist ein Vorteil für uns. Der Tunnel ist an vielen Stellen zu eng und mit Schutt ausgefüllt, als daß auch nur ein kleiner Transporter seinen Weg fände.«

»Wenigstens etwas«, sagte Luke. »Wir brauchen uns nicht mit gepanzerten Fahrzeugen oder schweren Waffen herumzuschlagen.«

Halla lachte in sich hinein.

»Weshalb sollte Grammel glauben, daß sie nötig wären? Nicht gegen unsere armen, primitiven Coway. Eine sechzig bis siebzig Mann starke Einheit der Sturmtruppen mit Energiewaffen und Einzelpanzerung müßte ausreichen, um ein paar schlecht bewaffnete Eingeborene gefangenzunehmen.«

»Lassen wir den Sarkasmus einmal beseite«, sagte Luke. »Es wird mehr brauchen als Tapferkeit und Mut, um zu verhindern, daß das ein Gemetzel unter unseren Freunden wird.«

»Ich wäre schon mit Tapferkeit und Mut zufrieden«, sagte Halla.

»Und ich damit, Vader klar im Visier zu haben«, zischte

die Prinzessin haßerfüllt. »Mehr verlange ich vom Leben nicht.«

Luke sah auf sie hinunter.

»Hoffentlich bietet sich die Gelegenheit, Leia«, murmelte er.

»Aber was ist, wenn Vader nicht dabei ist?« fragte Leia etwas später, als sie hinaufstiegen, um sich hinter einem Bollwerk aus gestreiftem Kalktuff zu verbergen.

»Er ist dabei«, sagte Luke.

»Die Macht?«

Er nickte langsam.

»Außerdem weiß er, daß wir beide hier sind, wie Sie vorhin selbst gesagt haben. Er ist dabei, um dafür zu sorgen, daß man uns lebend fängt.«

Leia schob das schwere Lasergewehr über die Brüstung.

»Das wird ihm nie gelingen«, sagte sie gepreßt. Sie sah Luke an. »Wenn es *dazu* kommen sollte, Luke ...«

»Wozu?«

»Daß wir lebend gefangen werden. Versprechen Sie mir, daß Sie gegen mich Ihr Lichtschwert gebrauchen.«

Luke sah sie unbehaglich an.

»Leia, ich –«

»Schwören Sie es!« sagte sie mit stahlharter Stimme.

Luke murmelte etwas, das sie zufriedenstellte. Sie bemerkten, daß ein Coway über ihnen leise etwas rief. Halla schaute von der Höhlenwand auf der linken Seite herunter.

»Seid ihr beiden nie still? Ruhe jetzt, Kinder ... wir bekommen Gesellschaft.«

Es wurde still im Tunnel. Luke strengte seine Augen an, bis sie schmerzten, aber die Coway waren zu geschickt versteckt. Im Umkreis von zehn Metern waren Dutzende verborgen, aber wahrnehmen konnte er nur hier und dort einen. Direkt sehen konnte er nur Leia, Halla und Kee, dessen Gewehrmündung zwischen zwei großen Stalagmiten herausragte. Von Hin war nichts zu sehen.

Die Luft im Tunnel war so klar und still, daß Luke das metallische Tappen der ersten Soldaten hörte, bevor sie zu sehen waren. Kurz danach tauchten die vertrauten roboterhaften Gestalten auf. Die Leiber gepanzert, trugen die fernen Figuren ihre Gewehre lässig in Hüfthöhe. Offenkundig rechneten sie mit wenig oder keinem Widerstand.

Luke begriff, daß die Coway recht hatten; bei dieser räumlichen Enge war die Panzerung eher ein Nachteil. Sie schützte den Träger vor den meisten Energiewaffen, außer an Stellen wie Gelenken und Augen, wo der Schutz notwendigerweise geringer war. Die Panzerung schränkte auch das Gesichtsfeld des Trägers ein. Bei einem Kampf in einem Raumschiff mit breiten, weit überschaubaren Korridoren war das kein großer Nachteil, aber im engen Tunnel war unbehinderte Sicht wichtiger als ein Schuß mehr.

Wie auf ein Signal tauchten auf beiden Seiten des schmalen Weges je zwei Coway auf. Die beiden Späher der Sturmtruppen wurden mit erstaunlicher Geschwindigkeit davongezerrt. In der nachfolgenden Stille glaubte Luke das Knacken von Gliedern und Knochen in harter Panzerung zu hören.

Nervös wartete er darauf, daß sich etwas ereignete. Jeder wußte, daß einer der Späher die Truppen über sein Helmfunkgerät verständigen konnte, wenn die vier Coway versagten, wenn sie auch nur Sekunden vergeudeten, und dann würde der Überraschungseffekt, die wichtigste Waffe der Verteidiger, verloren sein.

Er wartete immer noch, als ein einzelner Coway hinter ihm auftauchte, so lautlos, daß Luke beinahe aufschrie. Der Eingeborene hob beschwichtigend die Hand, verzerrte die Gesichtsmuskeln, als wolle er lächeln, und verschwand so lautlos, wie er gekommen war. Er ließ zwei Gewehre und zwei Pistolen zurück – die Waffen der geräuschlos und unauffällig niedergemachten Soldaten des Imperiums.

Luke betrachtete freudig das kleine Arsenal. Er rutschte hinter der Kalktuffmauer ganz hinunter, entfernte den Energie-Akku aus einem der Gewehre und lud sein Lichtschwert neu auf. Dann tauschte er seine Pistole gegen eine neue aus und nahm seinen Platz neben der Prinzessin wieder ein.

»Wir sollten Hin das andere Gewehr bringen«, flüsterte er, während er in den Tunnel starrte.

»Keine Zeit«, gab sie zurück. »Wir wissen nicht, wo er steckt. Das Risiko wäre zu groß.«

»Wahrscheinlich haben Sie recht.« Er schaute hinunter zu den Waffen. »Wenigstens sind wir länger gut bewaffnet, als ich angenommen hatte.«

Der rhythmische Marschtritt metallumkleideter Füße auf dem Höhlengestein drang endlich zu ihnen, und die Sturmtruppen tauchten auf. Sie marschierten zu dritt und zu viert durch den Tunnel, erreichten die Stelle, wo die beiden Späher kurz vorher das Schicksal ereilt hatte. Das phosphoreszierende blaugelbe Licht der Pflanzen im Tunnel schimmerte auf glatten Panzern und polierten Waffen.

Sie kamen näher, immer näher, bis Luke schon glaubte, sie würden bis vor seine Mauer marschieren, bevor Halla und die Häuptlinge sich zum Eingreifen entschlossen.

Eine laute, machtvolle Stimme brüllte etwas. Die Höhle wurde zu einem einzigen Chaos. Eine Sturzflut von Lärm erfüllte die Luft, wo Sekunden zuvor tödliche Stille geherrscht hatte. Luke hatte das Gefühl, als müßten allein die Schallwellen, die sich an den Wänden brachen und durch den Widerhall verstärkt wurden, die meisten Leute lähmen.

Die vom Mahlstrom erfaßten Soldaten waren Sturmtruppen des Imperiums, aber sie gehörten nicht zur Garde des Imperators. Sie waren Männer und Frauen, die zu lange auf einer abgelegenen, trostlosen Welt gelebt hatten, wo Disziplin und Moral immer mehr verfallen waren. Die Schreie von Menschen und Coways gellten durch die Höhle.

Blitze gleißenden Lichts aus Energiewaffen erzeugten ein irres Geflecht der Zerstörung im eingeschnürten Tunnel. Luke feuerte unablässig mit seiner Pistole, während Leia neben ihm Feuerstöße mit dem Lasergewehr abgab.

Über ihnen nahmen Halla und Kee die dichtgedrängte Masse verwirrter Soldaten unter Feuer. Sie mußten jedoch bald mit größerer Genauigkeit zielen, als die Coway unter sandbedeckten Decken hochsprangen, um entgeisterte Soldaten in verborgene Löcher zu ziehen, oder hinter Stalagmiten hervorbrachen, oder aus Rissen in der Decke herabsprangen.

Luke, der Freund und Feind untrennbar vermischt sah, hetzte die Schräge hinunter, in der einen Hand das Lichtschwert, in der anderen die Pistole. Trotz seiner Ermahnungen hatte Leia das Gewehr weggeworfen. Mit der Pistole in der Hand stürzte sie ihm nach ins Getümmel.

Sie fegte an ihm vorbei, die Füße ausgestreckt, und ihr Rammstoß köpfte beinahe einen halbbetäubten Soldaten, der sich nicht schnell genug umdrehte.

Im Tunnel war es aufs höchste gefährlich. Energieblitze zuckten in alle Richtungen durcheinander. Luke durchtrennte die Panzerbeine eines Soldaten, bevor dieser die Pistole auf ihn richten konnte. Ohne bewußten Entschluß riß er die Hand nach hinten. Der blaue Strahl des Schwerts wehrte einen Energieblitz ab, den irgendein Soldat auf ihn abgefeuert hatte.

Er fuhr herum und hatte kaum Zeit, Ben Kenobi still zu danken. Der Soldat war von der Abwehr seines Laserstrahls so verblüfft, daß er nicht rechtzeitig reagieren konnte. Er dachte an einen Defekt seiner Waffe und versuchte, ihn zu beheben. Als er das Gewehr wieder hochriß, durchstieß Luke mit der Energieklinge sein Brustbein.

Dann drehte er sich um und stürzte sich ins dichteste Gewühl. Er suchte nach einer ganz bestimmten Gestalt. Endlich zeigte sie sich, in einigem Abstand hinter der wogenden Masse von Kämpfenden.

»Vader? Darth Vader!«

Ein verwundeter Soldat griff an, und er mußte sich zuerst mit dieser Bedrohung befassen.

Der Schwarze Lord hatte ihn aber gehört. Erstaunt schaltete die riesige schwarze Gestalt ihr eigenes Lichtschwert ein und drang ins Getümmel, um sich einen Weg zu Luke zu bahnen.

Die Prinzessin war ebenfalls dabei, sich durch die Menge zu zwängen. Sie war aber nicht auf dem Weg zu Vader, sondern zu einem abgebrochenen Stalagmiten, ein weiblicher Falke auf dem Weg zum Horst.

Auf Anweisung von Generalkapitän Grammel stiegen zehn Soldaten die Böschung hinauf, um den ganzen Tunnel mit Laserfeuer bestreichen zu können. Sie erreichten eine kleine Anhöhe und richteten die Waffen auf die Menge unter ihnen. Hin und mehrere Coway sprangen wie behaarte Raketen aus ihren Verstecken herab.

Der riesige Jassem packte brüllend zwei von den gepanzerten Soldaten und ließ sie gegeneinander knallen, bis ihre Panzer an den Gelenken platzten. Inzwischen richteten die muskulösen Coway unter den anderen Soldaten Verheerungen an.

Vader erstarrte mitten im Kampf und verfolgte zornig, welche Wendung die Schlacht zu nehmen schien. Er schüttelte wütend die Faust in Lukes Richtung, dann wandte er sich seinem Nebenmann zu.

»Grammel! Alle Überlebenden am Ausgang oben sammeln!«

»Ja, Lord Vader«, sagte Grammel dumpf. Über Helmfunk erteilte er die erforderlichen Anweisungen.

Kleine Gruppen von Soldaten lösten sich von den Coway und stürmten dem Ausgang entgegen. Luke sah verblüfft, wie wenige nur übrigblieben.

Die Soldaten traten einen geordneten Rückzug an. Einer der Häuptlinge, der sich hoch über dem Kampfplatz versteckt hatte, stand auf und gab ein Signal. Es wurde von einem Coway zum anderen im Tunnel weitergegeben. Einige seiner Männer zerrten an einem Rankenseil. Ein Stalaktit, der mehrere Tonnen wog, stürzte herab und prallte mit ungeheuerlichem Krachen auf. Ein halbes Dutzend Soldaten wurde darunter begraben.

Die anderen Soldaten, zahlenmäßig weiter reduziert, gerieten in Panik, warfen ihre Waffen weg und hetzten den Gang hinauf, so schnell sie konnten. Die meisten liefen unter die Netze, die wartende Coway auf sie herabwarfen. Mit den Netzen waren sogar die Jassem gebändigt worden. Die Soldaten, die sich in den Maschen verfingen und sich wehrten, hatten keine Chance.

Leia Organa erreichte die Höhe, legte sich auf den Boden und schob das schwere Lasergewehr, das sie sich wiedergeholt hatte, über die Steinkante. Sie mühte sich, das Visier auf eine einzelne schwarzgekleidete Gestalt zu richten, die ruhig und ohne erkennbare Hast den Tunnel hinaufschritt. Vader war umgeben von Grammel und einigen Soldaten. Sie konnte nicht mehr länger warten. In wenigen Augenblicken würde der Schwarze Lord verschwunden sein.

Gerade als sie den Abzug betätigte, drehte Vader sich um winkte den Soldaten. Ein mächtiger Energiestrahl traf ihn an der Seite und schleuderte ihn zu Boden. Leia lächelte. Ihre Freude verwandelte sich jedoch in Enttäuschung, als sie wieder durch das Visier blickte.

Vader hatte sich zur Seite gerollt und schlug mit den Händen auf den Rauch, der an seiner Körperseite aufstieg. In seinem Schutzumhang gähnte ein Loch, und die schwarze Panzerung darunter war teilweise weggeschmolzen, aber die volle Kraft des Energieblitzes hatte ihn verfehlt.

Der Schwarze Lord stand auf und schien für einen Augenblick direkt in ihre Richtung zu starren. Dann ging er weiter, noch immer ohne Panik, aber mit energischeren Schritten als zuvor.

Die Prinzessin zielte erneut, feuerte ... und Vader verschwand aus ihrem Blickfeld. Der Blitz explodierte am niedrigsten Teil der Decke, zerstäubte Gestein und Mineralien, richtete aber weiter keinen Schaden an.

»Verflixt«, sagte sie leise und gereizt. Sie griff nach ihrer Pistole, ließ das Lasergewehr liegen und stieg wieder hinunter, um den Kampf fortzusetzen.

Es gab aber nicht mehr viel zu kämpfen. Die völlig überraschten Truppen hatten starke Verluste erlitten. Die Überreste, hilflos und entmutigt, wurden von den siegreichen Coway methodisch niedergemacht. Diejenigen, die das Weite suchen wollten, wurden von Kee und Halla niedergestreckt.

Leia fand Luke mit aufgerissenen Augen inmitten des Gemetzels; er bemühte sich verzweifelt, die johlenden, heulenden Coway daran zu hindern, daß sie die Verwundeten in kleine Stücke rissen. Er fuhr herum und funkelte sie an, als sie nach seinem Arm griff.

»Lassen Sie sie, Luke«, sagte sie leise. »Mischen Sie sich nicht ein.«

»Sie bringen die Verwundeten um!« schrie er entsetzt. »Sehen Sie doch, was sie tun!«

»Ja, beinahe wie Menschen«, meinte sie, »auch wenn die Sturmtruppen es etwas säuberlicher gemacht hätten.«

»Sie sind einverstanden?« fuhr er sie an. Sie antwortete nicht, sondern sah ihn nur an, bis er die Schultern hängen ließ.

»Es tut mir leid, Luke«, sagte sie sanft, »aber in diesem Universum gibt es sehr wenig, was sich über das Schäbige, Gemeine erhebt. Vielleicht nur die Sterne selbst. Kommen Sie, wir suchen Halla, die Jassem und unsere Droiden und feiern.«

»Gehen Sie nur«, sagte er und löste seinen Arm aus ihrem Griff. »Ich sehe keinen Grund zum Feiern.«

Sie sah ihm nach, als er davonschritt, ohne die Coway bei ihrem Massaker weiter zu beachten, beschäftigt mit seinen Gedanken, in denen er zu ertrinken schien ...

12

Als der letzte Tropfen Blut auf dem Höhlenboden zu einem dunklen Fleck vertrocknet war, versammelten sich die Flüchtlinge, um zu entscheiden, wie es weitergehen sollte.

Halla besprach sich mit den Coway-Häuptlingen.

»Sie sagen, die Entflohenen hätten eines ihrer Fahrzeuge in der Nähe des Ausgangs zurückgelassen, um ihn zu beobachten. Wahrscheinlich hoffen sie, daß wir dort herauskommen.«

»Gibt es einen anderen Weg nach draußen?« fragte Luke müde.

»Ja, in der Nähe.« Einer der Häuptlinge – er hatte den Arm stark versengt, ohne daß er sich darum kümmerte – sprach drängend auf Halla ein. »Er möchte wissen, ob sie irgend etwas für uns tun können.«

»Sie können uns den zweiten Ausgang zeigen«, sagte Luke. »Sie haben genug getan. Wir müssen uns beeilen. Vielleicht haben wir schon zu lange gezögert.«

»Zu lange?« sagte die Prinzessin. »Was meinen Sie damit? Bis Vader mit Verstärkung zurückkommen kann, sind wir lange fort. Ich glaube nicht, daß er die Coway belästigen wird. Es geht ihm um uns und den Kristall.«

»Davon rede ich, Leia«, sagte er. »Ich glaube nicht, daß Vader in die Stadt zurückgekehrt ist. Als er aus meiner Wahrnehmung verschwand, oder vielmehr, als die Störung der Macht, die er erzeugt, nicht mehr erkennbar war, ging er in *diese* Richtung.« Er deutete mit der Hand. »Nicht zurück zur Stadt, sondern zum Tempel.«

»Das ist doch lächerlich«, wandte Halla ein. »Er hat gar keine Ahnung, wo der Tempel von Pomojema ist.«

»Vader ist viel besser auf die Macht eingestimmt als ich, wenn auch auf ihre dunkle Seite, Halla. Es spricht manches dafür, daß er die Wirkung des Kristalls spüren kann. Die Emanation wäre schwach, aber jemand, der so mächtig ist wie Vader, könnte sie unter Umständen gerade noch wahrnehmen. Und er hat noch mehr Anhaltspunkte. Wir haben uns immer bemüht, möglichst auf einer geraden Linie zu bleiben. Er braucht sich nur daran zu halten und nach der Wirkung des Kristalls zu forschen, wenn er von seinem Kurs abkommt. Er darf den Tempel nicht vor uns erreichen.« Er schritt den Tunnel entlang. Leia holte ihn schnell ein und eilte neben ihm her.

Sie hieb mit der geballten Faust in die Luft.

»Ich hatte ihn, Luke! Er stand da, in meinem Zielfernrohr, und ich habe ihn verfehlt.« Sie machte ein finsteres Gesicht. »Ich war zu aufgeregt, zu nervös. Ich habe mir nicht genug Zeit gelassen und schlecht geschossen.«

»Geschossen haben Sie ausgezeichnet, soviel ich sehen konnte. Besser als ich.«

Leia schwieg einen Augenblick.

»Ich hätte aber diesen Kampf von Mann zu Mann nicht überlebt. Wer hat Ihnen beigebracht, so mit einem Lichtschwert umzugehen? Kenobi?«

Luke nickte.

»Dem alten Mann schulde ich alles, und er weiß es auch, wo immer er jetzt sein mag.« Er griff nach der Waffe seines Vaters und umklammerte sie.

»Wenn wir Vader einholen, und das müssen wir«, sagte sie, »werden Sie Ihre ganze Geschicklichkeit im Umgang mit dem Lichtschwert wie mit der Macht brauchen. Wenn ich mir nur mehr Zeit gelassen hätte!«

Luke legte den Finger an die Lippen. Sie näherten sich dem Ausgang.

Trübes, nebliges Licht drang herab. Selbst diese feuchte Luft wirkte nach so vielen Stunden unter Tage berauschend. In der Nähe lagen mehrere Tote, Soldaten, die zu schwer verwundet gewesen waren, um die Oberfläche erreichen zu können.

Die beiden Coway, die sie begleitet hatten, führten sie zu einer nahen Felsspalte. Die beiden Jassem brummten und mußten sich mächtig anstrengen, um sich hineinzuzwängen. Sie kamen hinter dichtem Gebüsch heraus, mindestens zwanzig Meter vom Hauptausgang entfernt. Einer der Coway zeigte ihnen, wo das gepanzerte Fahrzeug stand. Luke sah die gedrungene Form, die Mündung der Kanone bestrich die Tunnelöffnung – ihn schauderte.

Die Coway verabschiedeten sich mit gemurmelten Worten und unverständlichen Gesten, dann verschwanden sie wieder im Loch. Luke kroch auf dem Bauch weiter, damit die anderen hinter ihm herauskonnten.

Als sie wieder auf der Oberfläche von Mimban standen, drehte er sich um.

»Augenblick, Luke!« flüsterte Halla. »Glauben Sie, daß Sie Vader zu Fuß einholen können?«

Luke starrte zu dem Panzerfahrzeug hinüber.

»Was sollen wir tun, Halla? Ich gebe zu, wir brauchen ein Transportmittel, aber der Panzer dort ist vollgestopft mit Soldaten.«

Halla kratzte sich am Kinn.

»Die Oberluke steht weit offen ... Platz genug für zwei Leute. Ich sehe zwei ... nein, einen Soldaten mit dem Kopf herausragen. Wahrscheinlich sagt er den anderen, was er sieht.« Der Kopf verschwand. »Jetzt ist er fort. Wir sollten in die Äste hinaufsteigen, die über dem Fahrzeug hängen.«

»Und was dann?« fragte Leia. »Wir springen einfach hinein?«

»Hört mal, ich kann ja nicht an alles zugleich denken, oder? Ich weiß nicht – eine Handgranate hineinwerfen oder irgend etwas.«

»Wunderbar«, sagte die Prinzessin. Sie sah abwechselnd Halla und Luke an. »Wenn einer von euch zwei Zauberkünstlern die Macht dazu verwendet, eine Sprenggranate heraufzubeschwören, melde ich mich freiwillig dazu, sie hineinzuwerfen.« Sie verschränkte die Arme. »Ich glaube, ich gehe da kein großes Risiko ein. Luke?«

Er sah sie nicht an.

»Wir haben keinen Sprengstoff, stimmt, aber etwas Ähnliches.« Sie drehte sich um, sah, was er anstarrte, und mußte ihm recht geben …

Der Sturmtruppen-Sergeant hatte Glück gehabt, daß er dem unterirdischen Hinterhalt lebend entkommen war, und das wußte er auch. Wenn er etwas zu sagen gehabt hätte, hätte er seine Leute nie unter die Oberfläche geführt. Auf Mimban war ihm stets mulmig zumute, wenn er die relative Vertrautheit der Städte verlassen und sich in das sumpfige Hinterland hineinwagen mußte.

Es war ein furchtbares Gemetzel gewesen, furchtbar! Sie waren überwältigt und fast bis auf den letzten Mann aufgerieben worden. So vieles war danebengegangen.

Der Ausgang des Zusammenstoßes hatte sich schon in den ersten Minuten entschieden, als der Gegner sich den Überraschungseffekt voll hatte zunutze machen können. Selbst als den Soldaten klargeworden war, daß sie angegriffen wurden, hatte ihre Reaktion nicht dem entsprochen, für das die Sturmtruppen des Imperiums berühmt waren.

Eigentlich konnte man den Leuten aber keine Schuld geben. Sie waren so an den Umgang mit den unterwürfigen, friedlichen Grünen gewöhnt, daß die Vorstellung eines kampfbereiten Mimbaniten für sie geradezu absurd war.

Während der Sergeant durch die Vorderluke die Tunnelöffnung beobachtete, beschäftigte ihn nur ein Gedanke: Wenn er den Generalkapitän richtig einschätzte, würde ein Vergeltungstrupp aufgestellt werden, sobald er und der Schwarze Lord Vader von ihrem Ausflug zurückkehrten. Sie würden mit schweren Waffen hier eintreffen, dachte er grimmig, und die

Höhle unter Beschuß nehmen, bis alle Eingeborenen, Männer Frauen und Kinder, zu Asche zerblasen waren.

Er fragte sich auch noch, wohin Grammel und der Schwarze Lord so hastig verschwunden waren, und er spürte dabei ein unangenehmens Prickeln. Er hatte nicht den leisesten Wunsch, diese hochgewachsene schwarze, geisterhafte Gestalt irgendwohin zu begleiten. Lieber dachte er an das bevorstehende Gemetzel unter den Eingeborenen. Er wandte sich an den Mann im offenen Turm.

Der Soldat hörte den Befehl des Sergeanten und wollte sich hinunterbeugen, um mitzuteilen, daß nichts zu sehen sei. Dabei konnte er die Bombe nicht sehen, die von dem mächtigen Ast über ihm herabfiel.

Die Bombe war groß und mit einem stacheligen Pelz bedeckt. Sie explodierte auf dem Soldaten und riß ihn aus dem Turm. Damit war der Weg frei für ein anderes zweibeiniges Projektil, das aus dem nebelumhüllten Baum in das Fahrzeug sprang. Auch dieses Geschoß explodierte im Inneren des Fahrzeugs.

Luke, die Droiden, Halla und die Prinzessin hatten sich im dichten Gebüsch verborgen und paßten auf. Es gab ein dumpfes Brummen, als der Schlepper sich in Bewegung setzte. Geschrei und Gebrüll tönten heraus, gedämpft vom Metall und der Entfernung.

»Sie brauchen länger, als ich dachte«, sagte Halla. »Sind Sie Ihrer Sache sicher, Luke?«

Luke sah sie beruhigend an, bevor er seine Aufmerksamkeit wieder auf den Schlepper richtete, der jetzt ziellos herumkurvte.

»Etwas anderes ist mir nicht eingefallen«, sagte er. »Wenn es klappt, ist das viel besser als eine Handgranate. Einmal beschädigen wir schon keine Instrumente im Fahrzeug. Wo es eng hergeht, hat kein Mensch gegen einen Jassem eine Chance. Zwei von ihnen in diesem Panzer müßten unwiderstehlich sein.«

Einige Sekunden danach bog der Schlepper scharf nach rechts ab und stieß gegen eine riesige Pseudo-Zypresse. Ein dicker Ast fiel von dem im Mark erschütterten Baum, stürzte krachend auf den Schlepper und rutschte dann auf den Boden hinab.

Stille. Der Motor des Panzerschleppers heulte, wurde leiser und verstummte schließlich ganz. Nach einigen sorgenvollen Augenblicken tauchte Hin im Turm auf und winkte.

»Sie haben es geschafft«, sagte Luke freudig. Die Beobachter verließen ihr Versteck im Dickicht und hasteten durch den Sumpf. Breite, behaarte Hände halfen ihnen hinauf.

Hin knurrte Luke etwas zu, der ernsthaft nickte und sich abwandte.

»Was ist?« fragte die Prinzessin ungeduldig. »Warum können wir nicht hinein?« Sie schaute sich nervös um. »Hier könnten immer noch Soldaten versteckt sein.«

»Das glaube ich nicht«, erwiderte Luke. »Hin schlägt vor, daß wir woanders hinschauen, während er und Kee das Fahrzeug ausräumen.«

»Wozu?« sagte sie. »Ich habe Tote genug gesehen, erst vor kurzem.«

Hin griff hinunter, holte die ersten Überreste der Panzerbesatzung herauf und warf sie über Bord. Das Gesicht der Prinzessin wurde blasser, und sie wandte sich ab, um zusammen mit Luke die Bäume zu betrachten. Einige Minuten später war die schreckliche Säuberung beendet. Sie sprangen in das Innere hinunter.

Selbst mit den beiden Jassem zusammen war es gar nicht so eng. Das Fahrzeug war für zehn vollausgerüstete Soldaten gedacht. Weniger tröstlich war Lukes erste Besichtigung der Steuerkonsole. Sie war viel komplizierter als die eines Raumjägers.

»Können Sie das Ding steuern?« fragte er Halla.

Sie grinste, als sie sich ans Steuer setzte.

»Ich kann mit allen Maschinen umgehen, die es auf dieser

Welt gibt, Luke.« Sie beugte sich vor, warf einen Blick auf die Instrumente und drückte auf eine Stelle am Steuerrad.

Der Motor brüllte auf, Licht flackerte, der Panzer schoß mit hohem Tempo rückwärts und prallte gegen zwei ineinander verschlungene Bäume. Es knirschte heftig, dann dröhnte und krachte es zweimal hintereinander, als beide Baumstämme auf das Fahrzeug fielen.

Als Lukes Ohren nicht mehr so dröhnten, sah er Halla mißbilligend ab. Sie lächelte schief.

»Ja, ein bißchen Übung könnte natürlich nicht schaden«, sagte sie ein wenig verlegen. Wieder studierte sie die Instrumente und spitzte prüfend die Lippen. »Augenblick ... da, das hatte ich übersehen!« Wieder drückte sie auf Tasten und betätigte Schalter, bevor sie das Lenkrad berührte.

Ruckend und rumpelnd fuhr der Panzerwagen in den Nebel hinein. Bis auf die Pilotin hielten sich alle Insassen verzweifelt irgendwo fest. Luke fragte sich, ob den Bäumen vor ihnen ähnlich zumute war wie ihm ...

»Es tut mir leid, Lord Vater, wirklich sehr leid.« Generalkapitän Grammel sah von einer der offenen Bänke des Truppentransportes zu Darth Vader auf. »Wer konnte erwarten, daß sie gut bewaffnet sind, daß die unterirdischen Eingeborenen sich so heftig wehren?«

»Ach – die Waffen – die haben doch kaum Bedeutung!« knurrte Vader mit tiefer Stimme. »Ein paar Schußwaffen in den Händen gesuchter Verbrecher!« Grammel duckte sich, als die groteske Atemmaske auf ihn herabstieß. »Geben Sie es zu, Generalkapitän: Ihre Truppen waren schlecht vorbereitet. Disziplin und Moral waren auf dem Tiefpunkt, und Sie haben sich von einem Haufen dummer Wilder überwältigen lassen.«

»Man hat uns völlig überrascht, Lord Vader«, sagte Grammel gepreßt. »Nie zuvor haben Eingeborene auf Mimban Widerstand geleistet.«

»Bislang hatten auch keine Eingeborenen Hilfe und Rat von Menschen bekommen«, fauchte Vader. »Die Taktik allein zeigte das schon. Sie hätten das erkennen und Gegenmaßnahmen ergreifen müssen.« Er starrte auf das Sumpfland hinaus. »Ich weiß, wer dafür verantwortlich ist. Wenn ich den Rest des Kristalls habe, werde ich Gericht halten.«

»Ich hatte gehofft, das selbst übernehmen zu dürfen«, murmelte Grammel.

Vader starrte ihn an, die Atemmaske so unbewegt wie immer.

»Sie dürfen überhaupt nichts, Grammel! Sie haben schwerste Fehler begangen. Keine entscheidenden, hoffe ich, aber schwerste. Ich verfluche mich für die Dummheit, daß ich angenommen habe, Sie wüßten, was Sie tun.«

»Ich sagte schon, die Überraschung war komplett, Lord Vader.«

»Mich interessiert keine Ausrede, nur der Erfolg«, erklärte Vader. »Grammel, Sie sind mir zuwider.«

»Lord Vader«, stammelte Grammel und stand auf. »Wenn ich ...«

Schneller, als ein menschliches Auge es verfolgen konnte, war Vaders Lichtschwert eingeschaltet und hochgezuckt. Grammels durchtrennter Leib wankte, taumelte zurück und kippte über den Rand des Fahrzeugs hinaus. Der Fahrer riß entsetzt die Augen auf.

Vader fuhr herum und funkelte ihn an.

»Wir fahren schneller ohne diesen Ballast, Soldat. Fahr weiter!«

»J-ja, Lord Vader«, sagte der Mann und schluckte. Nur mit aller Kraft gelang es ihm, sich wieder der Steuerung zuzuwenden.

Vader warf einen letzten Blick auf die rasch zurückbleibende Leiche des Generalkapitäns. Schon tauchten aus ihren Verstecken Aasfresser auf, um sich über den Toten herzumachen.

Vader zog den Kaiburr-Kristallsplitter aus der Tasche und starrte ihn an, ein wenig unsicher.

Dort, irgendwo vor ihnen, mußte er sein. Er konnte ihn spüren.

Er würde ihn finden ...

»Sind wir immer noch auf dem richtigen Weg?« fragte Leia einige Tage später müde die alte Halla. Sämtliche Insassen des Fahrzeugs waren schmutzig, entmutigt und erschöpft von der endlosen Fahrt.

»Ganz gewiß«, erwiderte Halla mit unerklärlicher Heiterkeit.

»Wir nähern uns einer Wirkung«, sagte Luke. »Es ist ... eigenartig. Ich habe noch nie so etwas gespürt, auch nicht annähernd.«

»Ich fühle gar nichts, außer daß ich mich waschen möchte«, gab die Prinzessin zurück.

»Leia, ich kann nur sagen –«

»Ich weiß, ich weiß«, sagte sie, »wenn ich für die Macht empfänglich wäre ...«

Erzwo pfiff im offenen Turm. Luke hastete zum vorderen Fenster und sagte gepreßt: »Da ist er.«

Aus dem Dschungel vor ihnen erhob sich eine schwarze Erscheinung, eine mächtige Stufenpyramide, die aussah, als sei sie aus Gußeisen. Aber es war kein Metall; das gewaltige Bauwerk war aus großen Blöcken vulkanischen Gesteins errichtet worden.

Trotz seiner Breite war es nicht sonderlich hoch. Ranken und Schlingpflanzen bildeten ein dichtes Geflecht. Als sie näher kamen, sah Luke, daß das Bauwerk schon ziemlich verfallen war. Zum Glück konnte man den Eingang noch erkennen, obwohl der zehn Meter hohe Bogengang halb eingestürzt war und den Durchgang doppelt mannshoch mit Schutt angefüllt hatte.

»Hier scheint seit Jahrmillionen nichts mehr angerührt worden zu sein«, murmelte die Prinzessin ehrfürchtig. All ihre Sorgen und Ungewißheiten waren beim Anblick des legendären Tempels verflogen.

Luke hastete von Bullauge zu Bullauge, dann drehte er sich nach ihr um. Seine Augen glänzten.

»Ist Ihnen klar, daß Vader nicht hier ist, Leia? Er ist nicht hier! Wir sind ihm zuvorgekommen!«

»Nur langsam, Luke«, sagte Halla. »Das läßt sich noch nicht sagen.«

»Doch. Ich bin ganz sicher!« Er schob Hin weg, stieg die Leiter zum Turm hinauf und sprang vom Fahrzeug, das kurz danach anhielt. Als Leia sich aus dem Turm schob, ging er bereits mit entschlossenen Schritten auf den Tempeleingang zu.

»Er ist nicht hier!« rief er herüber. »Keine Spur von einem Fahrzeug, nichts!«

»Trotzdem müssen wir erst einmal den Kristall finden«, schrie ihm Halla nach, als sie hinter Leia herunterstieg, aber Lukes Begeisterung steckte an. Die alte Frau geriet in Gefahr, den Schwarzen Lord und ihre eigenen Ängste zu vergessen.

Hier war der Tempel von Pomojema, den sie seit Jahren gesucht hatte. Hin und Kee begleiteten sie zum Eingang, während Dreipeo und Erzwo zurückblieben, um auf das Panzerfahrzeug aufzupassen.

Trotz Lukes Versicherung, sie seien hier allein, richteten alle ein wachsames Auge auf den dahintreibenden Nebel. Jeden Augenblick konnte alles Vorstellbare und vieles Unvorstellbare aus den Dunstschleiern auftauchen.

Luke wartete ungeduldig auf dem obersten Steinblock des eingestürzten Eingangs.

»Es ist hell im Inneren«, sagte er. Er blickte nach oben und kniff die Augen zusammen. »Vom Dach ist auch ein Teil eingestürzt, aber der Rest scheint zu halten.«

»Nur weiter, mein Junge«, drängte Halla, »aber leise, ganz leise!«

»Keine Sorge.« Nun, da sie den Tempel wirklich erreicht hatten, wollte er der alten Frau ihren Traum nicht nehmen. Sie hatte hier ebensoviel Recht wie er. Er wartete, bis die anderen nachgekommen waren, und dann standen alle stumm in dem uralten Bauwerk.

An zwei Stellen war das hochgewölbte Kuppeldach eingestürzt, so daß das Tempelinnere genügend erhellt war. Unter den unregelmäßigen Löchern lagen hohe Schutthaufen.

Der Dschungel war bis ins Innere vorgedrungen. Lianen und andere Schmarotzerpflanzen erstreckten sich in alle Ecken des Gebäudes und wanden sich an den zylindrischen Obsidiansäulen empor. Die massiven tragenden Stützen waren mit Mustern und Bildern verziert, deren Bedeutung kein Lebender mehr verstehen konnte.

Sie gingen schweigend durch den riesigen Raum zur anderen Seite des Tempels. Dort, an der dunklen Rückwand, ragte eine gewaltige, sitzende Statue empor. Sie stellte ein vage humanoides Wesen auf einem gemeißelten Thron dar. Lederartige Flügel schwangen sich auf beiden Seiten der Figur in mächtigen Bögen hinaus. Riesige Klauen ragten aus Füßen und Armen; letztere lagen auf den Armlehnen des Thrones. Die Figur besaß unter schrägen, anklagenden Augen kein Gesicht – nur eine Masse medusenhafter, gemeißelter Tentakel.

»Pomojema, der Kaiburr-Gott«, flüsterte Halla, ohne daß sie hätte sagen können, weshalb sie flüsterte. »Fast kommt er einem vertraut vor.« Sie lachte nervös. »Das ist natürlich verrückt.« Dann deutete sie erregt auf die Figur. Ihre Hand zitterte, ihre Stimme schwankte. »Da ist er … ich wußte es, ich wußte es!«

In der Mitte der grauen steinernen Brust der Statue flackerte schwach ein Licht von der Farbe des Vanadinits.

»Der Kristall«, wisperte die Prinzessin.

Halla hörte sie nicht. Ihr Gemüt und ihr Blick hafteten gebannt an dem langgesuchten Objekt, das endlich erreichbar war.

Luke erstarrte, als er eine Bewegung neben der Steinfigur bemerkte. Es war dunkel dort, und niemand konnte sagen, wie weit die Dunkelheit reichte.

Dann begannen sie alle langsam zurückzuweichen. Halla hob als erste die Pistole.

Das Wesen, das neben der Statue herauskam, hatte einen großen, breiten Mund, der zu einem Krötengrinsen geöffnet war und viele kurze, scharfe Zähne erkennen ließ. Kleine gelbe Augen starrten sie dumpf an. Es bewegte sich schwerfällig auf warzenübersäten Beinen, die dicken Baumstümpfen glichen.

Halla drückte ab. Der Energiestrahl hatte keine sichtbare Wirkung auf das Wesen, das weiter auf sie zustapfte. Luke und Leia hatten ebenfalls die Pistolen herausgerissen, und jetzt feuerten sie zu dritt. Wenn das Sperrfeuer überhaupt eine Wirkung zeitigte, dann die, das schwerfällige Wesen zu reizen. Es wankte schneller auf sie zu.

Sie wichen zurück zum Eingang.

»Hin, Kee«, rief Luke. »Zurück zum Fahrzeug ... holt die Gewehre!«

Die beiden Jassem hetzten davon. Luke betrachtete den Kristall, der hinter der schützenden Masse des Ungeheuers zu verschwinden begann. Er zog das Lichtschwert aus dem Gürtel, ließ den starken blauen Strahl herauszucken und bewegte sich langsam vorwärts.

»Luke, sind Sie verrückt geworden?« schrie die Prinzessin.

Er überlegte kurz, daß das nicht ausgeschlossen war, schob den Gedanken aber beiseite. Wenn er sich Zeit zum Nachdenken ließ, würde das näherrückende Raubtier ihn verschlingen.

Es zögerte in Schnappweite, von der hin- und herschwingenden Energieklinge gebannt. Luke stürzte vor. Das Schwert traf das Kinn des Wesens. Die gebündelte Energie bohrte ein Loch in den breiten Unterkiefer.

Das Monster stieß einen empörten Stöhnlaut aus. Die Kiefer klafften und zeigten einen Schlund, der wie ein Abgrund gähnte. Luke sah, daß sich im Innern etwas *bewegte*. Ob vom Instinkt oder von einer Vermutung getrieben, er warf sich nach links und rollte sich zur Seite.

Eine lange rosarote Zunge schnellte heraus und pulverisierte einen schwarzen Steinblock, der sich genau hinter Luke befunden hatte. Als Luke hochsprang und zurückwich, spuckte das Wesen Steinbrocken aus.

Bevor Luke den Abstand vergrößern konnte, schoß die dicke Zunge wieder heraus. Er konnte nicht mehr ausweichen und hielt sein Lichtschwert starr vor sich. Gegen das riesengroße rosige Organ schien er wenig ausrichten zu können. Es zischte heftig. Anscheinend hatte er empfindliches Gewebe berührt, denn das Wesen stieß einen kehligen Schrei aus. Wutentbrannt ging es auf Luke los, tödlichen Haß in den verengten gelben Augen.

Leia und Halla feuerten immer noch auf den massiven Leib, aber ohne jede Wirkung.

»Nutzlos«, sagte die Prinzessin gepreßt. Sie blickte zum Eingang, wo sich nichts rührte. »Hin!« schrie sie. »Kee!« Keine Antwort.

»Sie kommen gleich«, sagte Halla. »Es wird aber auch Zeit.«

Unerwartet sprang das Ungeheuer vor. Die gewaltigen Kiefer klappten knirschend zu, als Luke sich duckte. Sein Lichtschwert zog eine schwarze Linie unter den Kiefer, während er zurücksprang und an eine der dicken Säulen prallte. Eines der großen Löcher in der Decke befand sich direkt über ihm.

Er warf einen flehenden Blick zum Eingang. Wo blieben die Jassem? Er konnte diesem wütenden Behemoth nicht mehr lange ausweichen.

Es blieb keine Zeit, sich um anderes zu kümmern. Das Wesen griff wieder an. Ein schneller Blick an die Decke, eine noch schnellere Entscheidung, und er schwang das Lichtschwert zum Säulensockel.

Die Energieklinge durchschnitt den schwarzen Stein wie ein Raumjäger die Atmosphäre. Ein Grollen wurde hörbar, gefolgt von knallenden Geräuschen.

»Halla, Leia ... lauft!« brüllte er. Dann hetzte er ihnen nach.

Das Echsenwesen wankte auf sie zu und nahm die Risse in der Decke nicht wahr. Sie breiteten sich aus, vervielfachten sich, dann zerfiel die Säule und riß ein großes Stück vom Dach mit herab auf das Ungeheuer. Riesenhafte Steinblöcke zerquetschten seinen Vorderleib und ließen das böse Grinsen für immer erstarren.

Als der donnernde Widerhall des Einsturzes verklang und der schwarze Staub sich niedersenkte, blieb Luke keuchend stehen und schaute sich um. Vom Vorderteil des Wesens war nichts mehr zu sehen. Es war unter Tonnen Vulkangestein begraben. Die Hinterbeine zuckten noch eine Weile, der gewaltigen Krummschwanz peitschte den Boden, dann erstarben alle Bewegungen.

»Was ist mit Hin und Kee?« fragte er schließlich. »Das Ding hatte mich fast schon in der Gewalt. Eine große Mahlzeit wäre ich nicht gewesen.«

»Wahrscheinlich streiten sie miteinander«, meinte die Prinzessin aufgebracht. »Dann wird ihnen einfallen, was sie hätten tun sollen. Sie werden hereinstürzen und uns um Verzeihung bitten.«

»Und ich beschimpfe sie«, sagte Luke seufzend. »Im Augenblick wäre ich –« Er schaute sich nach Halla um und sah, daß sie auf das Idol zulief. »Halla!«

»Lassen Sie«, sagte die Prinzessin und winkte ab. »Sie läuft uns nicht davon mit dem Stein.« Sie ging Halla mit ruhigen Schritten nach. »Außerdem braucht sie unsere Hilfe, um ihn herunterzuholen.« Als Luke ihr nicht folgte, sagte sie verwundert: »Kommen Sie denn nicht mit?«

»Gleich«, sagte er. »Ich möchte mich erst vergewissern, daß das Wesen auch wirklich tot ist.«

Während die Prinzessin auf die Statue zuging, trat er an den sichtbaren Teil des Ungeheuers und bohrte die Energieklinge hinein. Das Wesen regte sich nicht.

Befriedigt drehte er sich um und wollte den beiden Frauen

nachgehen. Da hörte er ein fernes, warnendes Grollen, und sein Blick zuckte nach oben.

Leia und Halla starrten ebenfalls hinauf und schrien gleichzeitig: »Luke!«

Er brauchte keine Aufforderung. Was er brauchte, waren eine oder zwei Sekunden. Die Ränder des neuen Lochs in der Decke erweiterten sich.

Das Schicksal gönnte ihm die erste und versagte ihm die zweite Sekunde.

»Luke!« Die Prinzessin stürzte auf ihn zu, als das Donnern verklang und der letzte kleine Stein herabfiel. Halla stand wie erstarrt, hin- und hergerissen zwischen dem Schutthaufen, unter dem Luke begraben worden war, und dem pulsierenden Kristall. Trunken von seiner Nähe, ging sie weiter auf die Statue zu.

Leia erreichte den Schutthügel und schaute sich verzweifelt um.

»Hier ... hier«, keuchte eine brüchige Stimme.

Er lag in der Nähe auf dem Rücken, festgenagelt. Sie scharrte Geröll weg, ohne auf den erstickenden Staub und die scharfen Kanten der Steine zu achten, aber den schweren Steinblock, der auf den Tempelboden geprallt und dann auf Lukes rechtes Bein gefallen war, vermochte sie nicht wegzurücken.

»Noch einmal«, drängte er. Gemeinsam strengten sie sich an. Leia stemmte sich mit dem Rücken dagegen und versuchte den Steinblock hochzuziehen, aber er bewegte sich nicht einmal.

Sie ruhten sich keuchend aus. Lukes Gesicht war schmerzverzerrt.

»Er lastet nicht voll auf mir«, sagte er. »Sonst könnte ich das andere Bein nicht bewegen.« Er blickte zum Eingang. »Wo bleiben bloß die beiden? Sie könnten den Block leicht wegheben.«

»Ich fürchte, Ihre schwachsinnigen Begleiter werden weder Ihnen noch sonst jemandem helfen können, Skywalker.«

Luke spürte eine eisige Kälte am ganzen Körper. Auf dem

Schutt im Eingang stand eine hochgewachsene Gestalt in schwarzer Panzerung und starrte sie erwartungsvoll an.

»Sie sind beide tot«, teilte die kalte, unmenschliche Stimme mit. »Ich habe sie getötet. Was Ihre Droiden angeht, so sind sie auf Befehlsempfang programmiert. Ich habe sie veranlaßt, sich abzuschalten.«

Leias Lippen bewegten sich langsam und formten einen Namen, aber kein Laut drang aus ihrer Kehle.

Darth Vader schritt gemächlich auf Luke zu.

»Wissen Sie, Skywalker, es war mühsam für mich herauszubekommen, daß Sie es waren, der meinen TIE-Jäger über dem Todesstern abgeschossen hat«, sagte er tonlos. »Spione unter den Rebellen sind schwer zu finden und teuer. Ich habe auch erfahren, daß Sie es waren, der den Torpedo abfeuerte, mit dem der Todesstern zerstört wurde. Sie haben bei mir viel abzubüßen. Ich habe lange Zeit gewartet.« Er zog lässig sein Lichtschwert und ließ die Energieklinge langsam hin- und herschwingen und hier einen Stein, dort eine gemeißelte Verzierung zerstören. »Sie hatten Glück«, fuhr Vader fort, während Luke sich bemühte, sein Bein unter dem Block herauszuziehen. Er scharrte am Steinboden, bis seine Fingernägel abbrachen und seine Fingerspitzen bluteten. »Wahrscheinlich werde ich nicht die Geduld haben, Sie so lange leiden zu lassen, wie Sie es verdienen. Sie dürfen sich glücklich schätzen.« Seine Stimme sank zu einem Flüstern herab. »Ich rechne nicht mit solchen Schwierigkeiten, wenn es um Sie geht, Leia Organa. In mancher Beziehung sind Sie für meine Rückschläge weit mehr verantwortlich als dieser schlichte Junge.«

»*Ungeheuer*«, zischte sie, voller Zorn und Angst.

»Erinnern Sie sich an den Tag im Todesstern«, sagte Vader gelassen, »als der verstorbene Gouverneur Tarkin und ich Sie befragten?« Er betonte das letzte Wort stark.

Leia schlang ihre Arme um sich und erschauerte.

»Ja«, sagte Vader amüsiert, »ich sehe, das ist der Fall. Es tut mir aufrichtig leid, daß ich diesmal nicht über ein solches Gerät verfüge. Aber mit einem Lichtschwert kann man so allerlei bewirken«, meinte er und schwang seine Waffe. »Ich werde mein Bestes tun, es Ihnen vorzuführen, wenn Sie mir die Freundlichkeit erweisen wollen, nicht ohnmächtig zu werden.«

Leia ließ die Arme sinken. Die Angst fiel nicht von ihr ab, aber sie verdrängte sie mit einer ungeheuren Willensanstrengung, verbannte sie in einen abgelegenen Winkel ihres Gehirns. Sie lief auf Luke zu, kniete nieder und tastete nach seinem Handgelenk. Als sie aufstand, hielt sie das Lichtschwert in der Hand.

Vader beobachtete sie wohlwollend.

»Sie wollen kämpfen? Gut! Dann wird es interessanter!«

Sie spuckte den vortretenden Riesen an, eine armselige, schwache Reaktion, während sie das Lichtschwert schwang.

»Die Macht stehe mir bei, Sie zu töten, bevor ich sterbe«, fauchte sie.

Ein gräßliches, hustendes Lachen drang hinter der unheimlichen Atemmaske hervor.

»Dummes Kind. Die Macht steht mir bei, nicht Ihnen! Aber wir werden ja sehen«, sagte er achselzuckend. Er stellte sich bereit. »Komm, Mädchen ... unterhalte mich.«

Grimmig entschlossen, die Zähne zusammengebissen, ging sie auf ihn zu. Vader ließ plötzlich den Arm sinken, und die gleißende Klinge seines Schwerts zeigte auf den Boden.

»Leia, nicht!« schrie Luke. »Das ist eine Finte ... er fordert Sie heraus. Töten Sie mich und dann sich ... es ist aussichtslos!«

Vader warf Luke einen verächtlichen Blick zu, dann sah er wieder die Prinzessin an.

»Los«, sagte er, »lassen Sie ihn für sich kämpfen, wenn Sie wollen. Aber ich erlaube nicht, daß Sie ihn töten. Ich bin schon zu oft beraubt worden.«

Leia schien zu zögern, dann stieß sie mit dem Lichtschwert

zu. Gleichzeitig ließ der Schwarze Lord seine blau gleißende Klinge hochzucken, um den Hieb zu parieren.

Leia sprang hoch, warf sich herum und ließ ihr Schwert in einem flirrenden Lichtbogen herabsausen. Energie flammte bei der Berührung mit der gepanzerten Atemmaske des Schwarzen Lords auf. Nur übermenschlich schnelle Reflexe erlaubten ihm, der vollen Wirkung des Hiebs zu entgehen.

Wenn jemand noch erstaunter war als Vader, dann Luke. Er verdoppelte seine Anstrengungen, sich aus der Falle zu befreien.

»Beinahe, kleine Prinzessin, beinahe«, murmelte Vader ohne Zorn. »Ich war schon mehrmals zu siegessicher.« Er stellte sich in Position. »Das soll nicht mehr vorkommen!« Sein Lichtschwert zuckte herum und herab. Sie vermochte dem Stoß gerade noch auszuweichen. Wieder griff er an und schlug zu, wieder parierte sie.

Sie duellierten sich weiter, Vader ständig im Angriff. Die Prinzessin brauchte jedes Quentchen an Geschicklichkeit und Kraft, um sich auch nur zu verteidigen. An Angriff war nicht zu denken.

Eine Person im Tempel verfolgte den Kampf nicht. Halla stand hoch über den Duellanten, in Augenhöhe vor dem pulsierenden, facettierten Kristall, der so groß war wie ihr Kopf und blutrot leuchtete. Mit zitternden Händen griff sie nach ihm und streichelte ihn. Ein Ruck, eine Drehung, und sie löste ihn mit erstaunlicher Leichtigkeit aus der Fassung.

Einen langen Augenblick hielt sie das Juwel in beiden Händen und starrte tief in das Leuchten, das beinahe lebendig zu sein schien. Dann suchte sie sich einen Weg hinab über die Vorsprünge des Idols, den Kristall mit einer Hand fest an die Brust gepreßt.

Vader schlug zu, die Prinzessin riß das Schwert hoch, um erneut zu parieren, und im letzten Augenblick änderte Vader die Richtung seines Hiebs. Die Spitze der Energieklinge zuckte über ihre Körpermitte, durchschnitt ihren Grubenanzug und hinterließ eine schwarze Brandspur quer über ihren Leib. Sie zuckte vor Schmerzen zusammen und preßte die freie Hand auf die Wunde. Vader ließ ihr keine Verschnaufpause, sondern griff weiter an.

Lukes Bemühungen, sich zu befreien, waren völlig fruchtlos gewesen. Jetzt lag er erschöpft am Boden, versuchte zu Atem und wieder zu Kräften zu kommen, und war gezwungen, hilflos zu verfolgen, wie Vader sein Katz- und-Maus-Spiel mit der Prinzessin trieb.

Wieder eine komplizierte Stoß-Hieb-Kombination. Diesmal streifte die Energieklinge ihre Wange und hinterließ eine häßliche Brandspur. Sie spürte, wie Tränen in ihren Augen brannten, als ihre Hand zu der verbrannten Wange zuckte. Sie wurde immer langsamer, und die Hand mit Lukes Lichtschwert begann immer stärker zu zittern.

»Kommen Sie, Prinzessin Organa, wo ist Ihre edle Standhaftigkeit, wo bleibt die Entschlossenheit der Verräterin?« höhnte Vader. »Ein paar Brandwunden können doch nicht so weh tun?«

Wutentbrannt schwang sie mit neuer Kraft das Lichtschwert. Er blockte ab, ohne sich anstrengen zu müssen, und trat vor, um erneut zuzustoßen. Obwohl sie den Hieb zu parieren vermochte, war er mit solcher Wucht geführt, daß sie zu Boden stürzte und sich überschlug. Vader folgte ihr unerbittlich, als sie davonzukriechen und wieder auf die Füße zu gelangen suchte. Sein Lichtschwert zog eine lange, schwarze Spur über die Rückseite ihres linken Beines.

Schreiend rollte sie davon und vermochte aufzuspringen. Dann wich sie hinkend zurück, das verletzte Bein schonend.

Luke, der nicht mehr zusehen konnte, hatte die Hände vors Gesicht geschlagen. *Klink* – ein Klirren von Stein auf Stein. Er hob den Kopf, drehte ihn und schaute nach hinten. Das Geräusch wiederholte sich. Er versuchte, um den Stein herumzusehen, der ihn festhielt.

Eine Hand, scheinbar ohne Arm und Körper, schob sich mit unendlicher Langsamkeit und Beharrlichkeit über den massiven Block aus Vulkangestein. Dahinter tauchte ein Kopf auf. Eine entsetzliche Wunde klaffte an der Oberseite des Schädels.

»Hin!« flüsterte Luke, der kaum zu atmen wagte. Ein schneller Blick zeigte, daß Vader sich ganz auf die Prinzessin konzentrierte. Der schwerverletzte Jassem legte eine Hand an die Schnauze, um Luke zum Schweigen zu bringen.

Auf Händen und Knien kriechend, kam Hin um den Stein herum, bis er sich unter einer überhängenden Kante befand. Er stemmte sich gegen den schweren Steinblock, der sich jedoch nicht bewegte. Hin stürzte zu Boden. Sein Atem ging stockend, seine Augen waren halb geschlossen.

»Los, Hin, los!« drängte Luke, während sein Blick zwischen dem Duell und dem am Boden liegenden Jassem hin- und herzuckte. »Du kannst ihn bewegen ... nur ein bißchen. Versuche es noch einmal, bitte!«

Hins Lider bewegten sich, die Augen starrten Luke an, ohne ihn zu sehen. Mechanisch schoben sich die fellumhüllten Schultern noch einmal unter den Block.

»Kommen Sie, kleine Prinzessin. Jetzt ist es an der Zeit, Mut zu beweisen«, mahnte Vader. »Sie haben immer noch eine Chance.« Er verfolgte sie, als sie vor ihm zurückwich, bedrohte sie mit Finten, die sie schwach abzuwehren versuchte. »Stellen Sie sich zum Kampf«, drängte er. Wieder zuckte das Lichtschwert herunter und streifte ihre Brust, durchschnitt den Anzug. Die Prinzessin ächzte, beugte sich vor und stürzte beinahe zu Boden. Vader kam näher.

Ein knirschendes Geräusch zerriß die Stille, und die beiden Duellanten hoben die Köpfe.

Hin hatte mit einer letzten Anstrengung den Steinblock weggestemmt. Der Jassem brach sterbend zusammen, während Luke sich verzweifelt aufraffte. Der Druck auf seinem Bein hatte ihn nur festgehalten und es nicht verletzt. Er stürmte auf

Vader und Leia zu, das rechte Bein noch schonend, aber es wurde mit jedem Schritt kräftiger.

»Leia!« Sie besaß noch genug Geistesgegenwart, das Lichtschwert abzuschalten, bevor sie ihm die Waffe zuwarf. Vader versuchte, sie abzufangen, aber er verfehlte sie um Fingerbreite und bekam statt dessen die Prinzessin zu fassen.

Der Wurf war aber zu schwach gewesen. Luke versuchte schneller zu laufen. Vader knurrte etwas und stieß die Prinzessin mit der freien Hand weg. Sie fiel zu Boden und blieb keuchend und erschöpft liegen.

Luke sah Vader heranstürzen. Der Schwarze Lord mußte das am Boden liegende Lichtschwert zuerst erreichen. Er warf sich nach vorn und hechtete auf den Boden. Er kam sich vor wie neugeboren, als seine Faust sich um den Schwertgriff schloß, dann rollte er sich blitzschnell nach rechts davon. Vaders Hieb kam einen Augenblick zu spät und zog eine tiefe Furche in den Steinboden, wo Luke gelegen hatte.

Dann war Luke auf den Beinen. Die Energieklinge schimmerte gleißend blau in seiner Hand. Durch sein Wegrollen war er hinter Vader gelangt. Er stand zwischen dem Schwarzen Lord und der Prinzessin. Vader starrte ihn stumm an.

»Leia?« Keine Antwort. Luke schaute sich um. »Prinzessin?«

»Machen Sie sich keine Sorgen um mich«, sagte Leia mit dünner, gebrochener Stimme.

Vader schien tief einzuatmen.

»Nein, Skywalker«, sagte er grollend, »machen Sie sich keine Sorgen um sie. Denken Sie an sich.«

Luke spürte wilde Hochstimmung, während er die Waffe seines Vaters schwang.

»Ich mache mir überhaupt keine Sorgen, Vader. Jetzt nicht mehr. Ich habe keine Sorgen mehr und nur noch ein Ziel.« Seine Stimme klang fest und überzeugt. »Ich werde Sie töten, Darth Vader.«

Der Schwarze Lord lachte kalt.

»Was für eine hohe Meinung Sie von sich selbst haben, Skywalker.«

»Ich ... ich bin Ben Kenobi«, flüsterte Luke.

Vader wirkte einen Augenblick lang betroffen.

»Ben Kenobi ist tot. Ich habe ihn selbst getötet. Sie sind nur Luke Skywalker, ein Farmerjunge von Tatooine. Sie sind kein Meister der Macht, und Ben Kenobi werden Sie nie gleichkommen.«

»Ben Kenobi ist mit mir, Vader«, fauchte Luke, »und auch die Macht ist mit mir.«

»Sie haben etwas von der Macht in sich«, räumte Vader ein, »aber ein Meister sind Sie nicht. Das ist Ihr Todesurteil! Nur ein Meister kann ... das.« Der Schwarze Lord sprang vor, und Luke fuhr herum. Gleichzeitig starrte Vader nicht Luke an, sondern auf den Boden. Ein Stein dort erhob sich in die Luft und schoß auf Lukes Kopf zu. Luke sah ihn kommen und reagierte, wie Kenobi es ihm beigebracht hatte ... ohne lange zu überlegen.

Ein kleinerer Stein stieg hoch und kreuzte die Bahn des heranfliegenden. Die beiden prallten zusammen. Obwohl Vaders Geschoß viel größer war, wurde es von Lukes Stein abgelenkt und sauste harmlos an seiner Schulter vorbei.

Keuchend starrte er Vader an.

»Gut, mein Junge«, sagte der Schwarze Lord, »sehr gut. Aber mein Stein war schwerer. Meine Kraft ist größer.«

»Nicht groß genug, Vader«, sagte Luke und griff an. Seine Gedanken galten Kenobi, den Kampftechniken mit dem Lichtschwert und dem Gebrauch der Macht, den der alte Jedi-Ritter ihm mühsam beigebracht hatte. Er versuchte, seinen Arm von der Macht leiten zu lassen.

Vader parierte, blockte ab, parierte wieder und sah sich von Lukes heftigem Angriff zurückgedrängt. Die Atemmaske kippte für einen Augenblick nach hinten. Ein Stück von einem schweren Halbrelief löste sich von einer der Säulen und stürzte herab.

Im letzten Augenblick spürte Luke die Gefahr und sprang

zurück. Die schwere Steinplatte zerbarst zwischen ihnen. Die beiden Männer holten Atem, während der Staub sich legte. Luke rang nach Luft, Vader ließ zunehmende Anspannung erkennen.

»Nicht schlecht, Skywalker«, sagte er. »Für einen Jungen sogar sehr gut. Aber am Ende ändert sich nichts.« Er hob das Lichtschwert und stürmte vor.

Luke wurde immer weiter zurückgetrieben, während Vader ihn mit einem Regen von Steinsplittern und Schwerthieben überschüttete. Alle zusammen konnte er nicht abwehren.

Aber Luke schaffte es.

Sie umkreisten sich in der Mitte des Tempels. Die Prinzessin versuchte, sich am Boden herumzudrehen, um sie zu beobachten. Aber die Schmerzen ihrer Wunden umschlossen sie wie eine stählerne Wand, die ihre Gedanken gefangenhielt, und sie schloß die Augen und sank auf den kalten Steinboden zurück.

Wieder legten die beiden Gegner eine Pause ein. Diesmal keuchte Vader schwer.

»Kenobi ... hat Sie ... gut ausgebildet«, gab er zu. Der harte Kampf schien an seinen Kräften gezehrt zu haben. »Und Sie verfügen ... über eigene ... Fähigkeiten. Sie sind eine Herausforderung. Ich schätze ... Herausforderungen.«

»Eine zu große Herausforderung für ... Sie!« sagte Luke trotzig.

»Nein«, erwiderte Vader, »nein. Sie überschätzen sich, kleiner Mann.« Der Schwarze Lord richtete sich zu seiner ganzen Größe auf. »Ich gedenke nicht mehr mit Ihnen zu spielen.«

Er schwang das Lichtschwert, bis die Energieklinge nur noch ein blauer Wischer zu sein schien, und sprang senkrecht in die Luft. Es war mehr als ein Sprung und noch nicht ganz Schweben. Aus dem blauen Energiekreis schleuderte er das Schwert.

Instinktiv parierte Luke. Die Wucht des heransausenden Lichtschwerts riß ihm sein eigenes Schwert aus der Hand. Die beiden Waffen flogen davon und blieben gleißend am Boden liegen, in der Nähe einer kreisrunden Öffnung, die schwarz im Boden gähnte.

Als Vader langsam zum Boden herabsank, packte er mit der linken Hand sein rechtes Handgelenk, machte eine Faust und schien sich zusammenzukrümmen. Eine Kugel aus reiner, weißer Energie von der Größe seiner Faust entstand vor Vaders Händen und flog auf Luke zu, der sie entgeistert anstarrte.

Irgend etwas machte Luke begreiflich, daß er sein Lichtschwert erreichen konnte, bevor die weiße Kugel ihn berührte. Er riß beide Hände hoch und wandte den Blick ab, so daß er nicht sehen konnte, was geschah.

Seine Hände schienen zu verschwimmen. Die weiße Kugel traf sie, prallte zurück und berührte Vader, als dieser am Boden aufkam. Es gab einen kleinen Knall, wie eine Explosion in weiter Ferne. Vader wurde zurückgeschleudert, und die Kugel verschwand.

Als der weiße Energieball Lukes Hände berührt hatte, war er durch die ungeheure Kraft zu Boden geworfen worden. Hätte er sich erfolglos gewehrt, wäre er durch den Tempel und durch die Mauer geschleudert worden.

Nun lag er auf dem Bauch, während Vader langsam davonrollte und ungläubig den Kopf schüttelte. Sein Blick erfaßte den durchgeschüttelten, aber sonst unverletzten Luke, der auf sein Lichtschwert zukroch.

»Das ist ... unmöglich!« murmelte Vader und begann auf seine eigene Waffe zuzukriechen. Die linke Seite seiner Panzerung war wie von einer Riesenfaust eingedrückt. »Solche Macht ... bei einem Jungen. Das kann nicht sein!«

Luke hatte weder die Kraft noch den Wunsch zu widersprechen. Er sah nur das Lichtschwert, fühlte nur den glatten Griff in seiner Hand.

Aber inzwischen hatte Vader seine eigene Waffe erreicht. Mit einer gewaltigen Anstrengung raffte er sich auf und wandte sich Luke zu. Luke stand auf, hob das Lichtschwert seines Vaters hoch über den Kopf, stürmte auf den Schwarzen Lord zu und warf sich auf die vor ihm aufragende Gestalt.

Es gab einen blendendweißen Lichtblitz, als er Vaders Energieklinge traf und durchschnitt. Sein Lichtschwert sauste hinunter und durchbohrte den Steinboden. Lukes Hand prallte an einen großen Stein, und das Schwert wurde weggeschleudert.

Er stürzte hart zu Boden und rollte sich auf den Rücken, um zu sehen, was geschehen war. Vader starrte auf den Boden. Sein rechter Arm lag dort, und die rechte Hand umklammerte noch immer das leuchtende Schwert. Luke sah weniger Blut, als er erwartet hatte. Er versuchte aufzustehen und schaffte es nicht. Er besaß nicht mehr die Kraft, sich auf die Knie hochzuschieben, geschweige denn aufzustehen.

Er blieb völlig erschöpft liegen. Langsam wankte der Schwarze Lord mit unsicheren, schleppenden Schritten zu seinem abgetrennten Arm. Er bückte sich, hob das amputierte Glied und griff nach dem Schwert. Er umklammerte es mit der Linken und wandte sich Luke zu. Es war nutzlos, dachte Luke, als Vader das Schwert mit der gesunden Hand schwang. Der Schwarze Lord, der Meister der Dunklen Seite der Macht, war unbesiegbar.

Es war vorbei.

»Tut mir leid«, murmelte er und drehte den Kopf in die Richtung, wo Leia am Boden lag. »Es tut mir leid, Leia. Ich habe dich geliebt.« Er sah wieder nach oben und entdeckte, daß er nicht einmal mehr die Kraft für einen letzten Fluch besaß.

Das Lichtschwert sauste hoch und hinter Vaders Kopf. Der Schwarze Lord wankte wie ein Betrunkener vorwärts. Er stolperte ein paar Schritte nach links.

Und verschwand.

Ein mißtönendes, unmenschliches Kreischen bezeichnete den Sturz des Schwarzen Lords durch die dunkle Öffnung neben Luke, der seinen Augen nicht zu trauen wagte und mühsam zum Rand des finsteren Lochs kroch, um hineinzustarren.

Er konnte den Boden des Schachts nicht sehen – und keine Spur von Darth Vader.

»Er ist fort«, lallte er halb betäubt. »Verschwunden, da hin, wo er hingehört, hoffe ich.« Er setzte sich langsam auf. »Leia, ich habe es erreicht! Er ist fort, Leia.« Und trotzdem ... es blieb eine Regung, ein schwaches Beben der Macht, so schwach, daß er es kaum wahrnehmen konnte, wie ein schlechter Nachgeschmack im Mund. Aber es war da ... *Vader lebte noch!*

Aber er war keine Bedrohung mehr für sie. Das genügte ihm. Er schluchzte, während er sich Zentimeter für Zentimeter über den Boden schob.

»Leia! Leia!« Er erreichte sie, streckte suchend die Hand aus, berührte ihre Stirn. Sie öffnete die Augen und sah ihn an. Seine Tränen rannen hemmungslos über sein Gesicht, während er die entsetzlichen Wunden betrachtete, die Vaders Energieklinge an ihrem Körper, an ihrem Gesicht hinterlassen hatte.

»Luke?« flüsterte sie kaum vernehmbar. Sie lächelte ihn mühsam an. Er griff nach ihrer Hand und sank neben ihr auf die Seite.

Auf dem Schutthaufen am Eingang blieb Halla stehen und drehte sich um. Sie sah die beiden Gestalten Hand in Hand am Boden liegen. Von Darth Vader, dem Schwarzen Lord, war nichts mehr zu sehen. Der Opferbrunnen von Pomojemas Anhängern hatte ihn verschlungen. Sie konnte gehen, sie war frei.

Ihr Blick wandte sich dem glühenden, abgrundtiefen, blutigen Rot des Kaiburr-Kristalls zu, dann starrte sie hinaus in den Nebel Mimbans.

Das Fahrzeug, mit dem sie angekommen waren, wartete dort auf sie. Im Innern lag Kee, von Darth Vader niedergemacht. Lukes Droiden hockten regungslos und abgeschaltet in der Nähe.

»Verdammt!« zischte sie. »Ach, verdammt!« Dann kletterte sie den Schutthaufen hinunter ... zurück in den Tempel.

»Luke!« Sie hob die schlaffe Gestalt hoch und starrte in das bleiche Gesicht. »Luke, mein Junge! Komm, du erschreckst die alte Halla.«

Er öffnete die Augen und glotzte sie an.

»Halla?«

Sie befeuchtete die Lippen, sah zum Himmel hinauf, der durch die Lücken im Dach hereinlugte, dann legte sie den Kristall in seinen Schoß, schob ihn weg, als versenge er sie. »Da. Ich kann nicht viel mit ihm anfangen. Ich bin eine Schwindlerin, eine Gauklerin der Macht, keine Meisterin. Gut, ich könnte noch ein paar Zauberkunststückchen mehr vorführen ... ich würde die Macht des Steins vergeuden, und das Imperium würde mich bald finden.«

Luke blickte auf den pulsierenden Edelstein.

»Der Kristall verstärkt die Kraft.« Er lachte in sich hinein und begann zu husten. »Was nützt das jetzt?«

»Ich weiß es nicht!« schrie sie aufgebracht. »Sie wollten ihn haben, hier ist er, verdammt noch mal. Was wollen Sie noch von mir? Was kann ich noch tun?« Sie schüttelte die Fäuste.

»Nichts, Halla.« Er lächelte sie sanft an. »Man kann nichts mehr tun.« Er berührte den Kristall. »Er fühlt sich warm an ... gut.«

»Sie sind verrückt«, schnaubte sie. »Das ist ein kalter Stein.«

»Nein ... er ist warm«, wiederholte er. »Eine seltsame Wärme.« Er kippte bewußtlos nach hinten, den Kristall noch immer fest umklammernd.

Halla stand auf und wandte sich ab.

»Blödes altes Weib«, beschimpfte sie sich. »Dummes, eigensüchtiges altes Weib. Ich hätte ihnen helfen sollen, als es noch genützt hätte. Ich hätte –« Sie zögerte und zog die Brauen zusammen. Wurde es im schattenhaften Tempel heller? Sie drehte sich um, und ihre Augen drohten aus den Höhlen zu treten.

Lukes regungslose Gestalt war eingehüllt in eine satte, rote Lichtflut. Der Kristall in seinen Händen leuchtete wie die

Sonne. Das Licht blieb auch nicht still. Es waberte, flackerte, überflutete ihn wie etwas Lebendiges. Es folgte jeder Kontur, erreichte alle Finger und Zehen, tanzte wie Elmsfeuer in der Takelage eines alten Segelschiffs.

Nach mehreren langen Augenblicken schrumpfte der strahlende Glanz, aufgesaugt vom Kristall, der wieder seine normale Färbung annahm.

Luke setzte sich so abrupt auf, daß Halla unwillkürlich einen Schrei ausstieß. Er blinzelte und sah sie an. Zögernd, als sei sie im Begriff, einen Geist zu begrüßen, schob sie sich näher.

»Luke?« fragte sie unsicher.

»Halla. Was ist geschehen? Ich …« Er drehte den Kopf und starrte die Öffnung an, die Darth Vader verschluckt hatte. »Daran erinnere ich mich. Und ich weiß … Halla, ich bin *gestorben.*«

»War Ihnen wohl zu langweilig«, erwiderte sie, ohne zu lächeln. »Es war der Kristall … irgend etwas im Kristall. Die Macht …«

»Ich weiß es nicht mehr«, sagte er und schüttelte den Kopf. Dann streckte er die Hand aus und berührte die Prinzessin an der Schulter. »Leia?«

»Sie hielten den Kristall fest«, erklärte ihm Halla langsam. »Mit beiden Händen. Erinnern Sie sich an die alten Legenden … daß die Tempelpriester heilen konnten?«

»Ich verstehe nicht«, murmelte Luke, aber er griff wieder mit beiden Händen nach dem Kristall, schloß die Augen und versuchte, sich gleichzeitig zu konzentrieren und zu entspannen. Das Leuchten des Kristalls wurde stärker.

»Ich verstehe«, tönte eine Stimme aus Luke, die die seinige sein mochte oder auch nicht.

Das blutrote Leuchten drang wieder aus dem Kristall heraus, kroch an Lukes Arm hoch, kam aber an den Ellenbogen zum Stillstand. Er hielt den Kristall mit einer Hand fest und öffnete die Augen. Wie ein Schlafwandler streckte er die Hand aus. Ein

Finger berührte das Gesicht der Prinzessin und strich über die Wunde von Vaders Lichtschwert. Als der rote Glanz sie streifte, verschwand jede Spur der Verletzung. Halla konnte sehen, wie sie in Sekundenschnelle verheilte.

Langsam und stumm folgte Luke, beobachtet von Halla, mit den Fingern jeder Wunde, die Vader geschlagen hatte. Als er fertig war, legte er die Handfläche auf ihr Herz und ihre Stirn. Dann richtete er sich auf. Das Leuchten des Kristalls schrumpfte zusammen.

Einige Minuten vergingen. Unverletzt, ihre Schönheit wiederhergestellt, setzte Leia Organa sich langsam auf. Sie griff sich mit beiden Händen an den Kopf.

»Alles in Ordnung, Leia?« fragte er besorgt.

Sie zuckte zusammen und starrte ihn an.

»Luke, ich habe schreckliche Kopfschmerzen.«

»Kopfschmerzen«, wiederholte er. Er drehte den Kopf und lächelte Halla an. »Sie hat Kopfschmerzen.«

Halla grinste, begann zu lachen, schüttete sich aus vor Gelächter. Luke fiel ein, und sein verlegenes, glückliches Lachen wurde nur ab und zu von einem Husten gestört. Der Kristall hatte sein verletztes Inneres geheilt, aber es mangelte ihm noch immer ein wenig an Sauerstoff.

Die Prinzessin wurde plötzlich unsicher. Sie sah an sich hinunter. Die Erinnerung kehrte schlagartig zurück, während sie ihr Bein und ihr Gesicht betastete.

»Sie sind fort«, murmelte sie ungläubig. »Verheilt. Wie ist das möglich?«

Luke wurde ernst.

»Es war der Kristall, Leia. Er hat mich geheilt, hat Sie geheilt, und ich wurde mir dessen nicht einmal bewußt. Alles, was Halla vermutet hat, entspricht den Tatsachen. Der Kristall kann sich wirklich die Macht nutzbar machen. Der Kristall hat Sie geheilt, Leia ... nicht ich.«

»Na, Luke«, sagte Halla, »Sie waren das Werkzeug, durch das

der Kristall gewirkt hat. Ohne Sie wäre das nichts anderes als irgendein Stein.«

»Luke, wir …« Leia verstummte, schaute sich um und schüttelte nervös den Kopf. »Was ist mit …?«

Luke beruhigte sie.

»Da unten.« Er deutete auf die Öffnung. »Ich habe ihn nicht aufschlagen hören. Vader ist erledigt, Leia.« Und trotzdem … während er das sagte, kam wieder das seltsame Prickeln der Macht, kaum spürbar, doch unangenehm wie ein schwacher Geruch nach Schwefel.

Sie unterbrach den unliebsamen Gedankengang.

»Was ist mit Dreipeo und Erzwo?«

»Alles in Ordnung«, sagte Halla. »Jedenfalls sahen sie unbeschädigt aus, als ich, äh, nachschaute, ob das Fahrzeug in Ordnung ist. Sie sind abgeschaltet, aber Schäden konnte ich keine erkennen.«

Luke seufzte erleichtert und legte den Arm um Leia.

»Da«, sagte er und reichte Halla den Kristall. Sie sah ihn unsicher an, dann griff sie ehrfürchtig danach. »Sie können ihn ruhig eine Weile behalten, weil Sie mit uns mitkommen.«

»Mit euch?« sagte Halla. »Was wollt ihr mit einer müden, alten Frau? Was könnte ich euch nützen?«

»Sehr viel«, gab Luke zurück. »Ungeheuer viel. Wir nehmen Sie mit, wenn wir Mimban verlassen. Und wenn Sie sich dann immer noch nicht den ›Banditen‹ anschließen wollen, müssen Sie das nicht.« Er dachte nach. »Ich kenne einen anderen Mann, einen Schmuggler und Piraten, der auch einmal Ihrer Meinung gewesen ist.«

»Vergleichen Sie mich nicht mit Schmugglern, und drängen Sie mich nicht«, sagte sie verärgert. »Ich lasse mich vielleicht überreden … die Macht allein weiß, was ihr mit mir anfangen wollt. Aber wohin soll ich mitgehen?«

Luke sah auf Leia hinunter und lächelte. Sie lehnte sich an ihn und lächelte ebenfalls.

»Wir fliegen nach Circarpous IV«, sagte er. »Wir haben uns verspätet und müssen eine wichtige Verabredung einhalten.« Er sah sie an. »Mit einer Untergrundbewegung. Wir machen noch eine Idealistin und Revolutionärin aus Ihnen, Halla.«

»Daß ich nicht lache!« schnaubte sie, aber sie erhob keine Einwendungen mehr, als sie mit den beiden den Tempel Pomojemas verließ.

Im Panzerfahrzeug betätigte Luke die notwendigen Schalter. Erzwo war als erster wieder in Betrieb, gefolgt von dem verblüfften Dreipeo.

»Oh, Sir! Wo ist er? Wir konnten ihm nicht entkommen. Er kannte die richtigen Befehle und Kodewörter. Ich versuchte noch, Sie zu warnen, Sir, aber wir konnten –« Er verstummte und starrte in die Runde. »Weshalb lächeln Sie denn alle?« Erzwo pfiff gereizt. Für einen Droiden, dessen Spezialität Kommunikation war, konnte Dreipeo außerordentlich begriffsstutzig sein.

»Ich bitte um Verzeihung, Sir«, sagte der goldene, schlanke Droide höflich, »aber habe ich etwas Wichtiges übersehen?«

»Erzwo, laß den Motor an. Wir machen uns auf den Weg.«

Der kleine D2-Droide betätigte die Zündung des Panzerschleppers. Der Motor sprang sofort an. Halla lenkte das schwere Fahrzeug in weitem Bogen in den nebligen Dschungel von Mimban.

»Wieso«, hörte man die schwache, verklingende Stimme eines gewissen Droiden sagen, »wieso habe ich den Eindruck, daß mich alle auslachen …?«